Franziska Stalmann

Das rote Fenster

SERIE PIPER

Zu diesem Buch

Nachts leuchtet aus dem Fenster der Nachbarwohnung ein seltsam rotes Licht. Anna erkennt hinter dem Fenster die fünfzehnjährige Maria – nackt und mit wechselnden Männerbesuchen. Anna macht sich Sorgen um das Mädchen – und dann geschieht das Unfassliche: Maria wird tot in ihrem Bett gefunden. Anna erzählt der Polizei, was sie gesehen hat, doch es finden sich keinerlei Spuren von Marias nächtlichem Treiben. Seit dem Tod ihres Mannes führt Anna sein Ermittlungsbüro weiter, und weil Marias Mutter sie dringend um Hilfe bittet, wird sie aktiv: Sie sucht nach den Männern hinter dem roten Fenster. Während sie der Aufklärung des Mordes näher kommt, gerät ihr eigenes Liebesleben immer wieder ins Schlingern und beinahe aus den Fugen. – Franziska Stalmanns neuer Roman um ihre eigenwillige Heldin Anna Wolf setzt fort, was schon »Annas Mann« so erfolgreich machte: Er erzählt einfühlsam und packend vom Leben und vom Tod, aber auch von den Höhen und Tiefen der Liebe, von Erotik und Leidenschaft.

Franziska Stalmann, geboren 1951 in Hamburg, Psychologin und Schriftstellerin, lebt in München. Mit »Champagner und Kamillentee«, ihrem ersten Roman, hat sie einen Bestseller vorgelegt, gefolgt von ihren Erfolgsromanen »Lieber die Taube in der Hand«, »Annas Mann« und zuletzt »Das rote Fenster«.

Franziska Stalmann
Das rote Fenster

Roman

Piper München Zürich

Von Franziska Stalmann liegen in der Serie Piper vor:
Lieber die Taube in der Hand (1788)
Champagner und Kamillentee (6037)
Annas Mann (4052, 6147)
Das rote Fenster (4451)

FSC

Dieses Taschenbuch wurde auf FSC-zertifiziertem Papier gedruckt. FSC (Forest Stewardship Council) ist eine nichtstaatliche, gemeinnützige Organisation, die sich für eine ökologische und sozialverantwortliche Nutzung der Wälder unserer Erde einsetzt (vgl. Logo auf der Umschlagrückseite).

Originalausgabe
August 2005

Umschlag/Bildredaktion: Büro Hamburg
Heike Dehning, Charlotte Wippermann,
Alke Bücking, Kathrin Hilse
Foto Umschlagvorderseite: Jeff Smith/Getty Images
Foto Umschlagrückseite: Peter von Felbert
Papier: Munken Print von Arctic Paper Munkedals AB, Schweden
Gesamtherstellung: Clausen & Bosse, Leck
Printed in Germany
ISBN-13: 978-3-492-24451-0
ISBN-10: 3-492-24451-3

www.piper.de

1

Die Frau fiel. Sie fiel geräuschlos und grazil und landete mit einer eleganten Bewegung, bei der sie die Arme öffnete, vor meinen Füßen. Beim Aufprall schlug sie mir die Blumen aus der Hand.

Ich stellte die Champagnerflasche auf den Boden und beugte mich über sie. Ihre Augen waren geschlossen, ihr Gesicht bleich und wächsern. Sie sah aus, wie mein Mann ausgesehen hatte auf dem Metalltisch in der Leichenhalle. Ich versuchte, ihren Puls zu fühlen, aber ich fand ihn nicht.

Angst überflutete mich und nahm mir den Atem. Es war, als läge mein Mann hier, nach seinem Autounfall, und ich könnte ihm helfen, ihm in letzter Sekunde das Leben retten – wenn ich nur wüsste, wie!

Ich tastete weiter nach ihrem Puls, suchte mit der anderen Hand ihre Halsschlagader, versuchte mich zu erinnern, wie Mund-zu-Mund-Beatmung ging und was man tun musste, wenn man als Erster zum Unfallort kam, doch mein Kopf war leer, ich sah nur immer das Gesicht meines Mannes vor mir, wie er dagelegen hatte, auf dem Tisch in der Leichenhalle.

Schluchzen stieg in meiner Kehle hoch, und meine Hände zitterten.

Schuhe klapperten auf der Treppe: »Ist Ihnen was passiert?«

»Wieso mir? Sie ist die Treppe runtergefallen. Sie stirbt!«

»Sie stirbt nicht. Sie fällt oft, und ihr passiert nie was dabei.«

Ich sah hoch. Auf der Treppe stand ein Mädchen, das aussah wie die Prinzessin im Märchenbuch. Ihre Haut war weiß, ihr Haar lang und lockig, ihr Gesicht süß und unschuldig. Allerdings trug sie kein goldenes Gewand, sondern enge Jeans und ein stark ausgeschnittenes T-Shirt in Rosenrot.

Ich starrte sie an.

»Wirklich«, beteuerte sie. »Das macht ihr gar nichts.«

Die Frau seufzte, öffnete die Augen und sah mich blicklos an.

»Sie ist Epileptikerin«, sagte das Mädchen. »Die fallen öfters.«

Die Frau bewegte suchend die Augen: »Maria? Bist du da?«

»Ja, Mama«, sagte das Mädchen in gelangweiltem, herablassendem Ton. »Ist alles okay. Du bist bloß wieder gefallen. Und du hast die Blumen von der Dame demoliert.«

»Ich bin keine Dame«, sagte ich ärgerlich und gab der Frau auf dem Boden die Hand. »Ich bin Ihre neue Nachbarin. Anna Wolf.«

»Eva Silberhorn. Ich freue mich, Sie kennen zu lernen«, sagte sie ernsthaft. »Das ist meine Tochter Maria.«

»Den Blumen ist bestimmt nichts passiert«, sagte ich und wickelte sie aus dem Papier. »Sehen Sie. Sie sind ganz in Ordnung.«

»Oh, Lilien. Wie schön.«

»Hier. Ich schenke sie Ihnen.«

»Aber das kann ich nicht annehmen«, sagte sie, nahm sie und hielt sie ganz fest.

»Steh endlich auf, Mama«, sagte Maria ungeduldig. »Das sieht so blöd aus, wie du da rumliegst mit den Blumen. Wie aufgebahrt. Wie auf dem Friedhof.«

Ich streckte ihrer Mutter die Hand hin, aber Maria wies mich zurecht: »Sie brauchen ihr nicht zu helfen. Das kann sie alleine.«

Und wirklich war Frau Silberhorn so schnell auf den Füßen, wie ich es jemandem, der eben noch wie tot dagelegen hatte, nicht zugetraut hätte. Ebenso schnell verschwand sie, von Maria angetrieben, im Halbdunkel des Treppenhauses. Sie schaffte es gerade noch mir zuzuwinken, mit den Lilien.

Ich nahm die Flasche hoch und stieg hinter ihnen die Treppe hinauf. Die alten Holzstufen knarrten laut unter jedem Tritt. Alles knarrte hier, die Türen, die Böden, die Treppe. Die Fenster klemmten. Die Boiler gaben spuckende Geräusche von sich, die Toilettenspülung produzierte Töne, die wie Gewehrschüsse klangen, und in den Decken mit den geometrischen Stuckverzierungen zeigten sich schon wieder feine Risse.

»Schwingdecken«, hatte der Maler gesagt. »Alte Böden schwingen. Alte Decken auch. Da können Sie gar nicht so schnell streichen, wie da wieder Risse nachkommen. Abreißen müsste man die Hütte. Warum ziehen Sie auch in so eine wackelige alte Bude?«

Eben darum. Weil sie alt und wackelig war und mich nicht an die schöne Dachterrassenwohnung erinnerte, in der ich mit meinem Mann gelebt hatte. Weil ich aus ihren Fenstern ins Weite blickte, über die Gleisfelder, die zum Bahnhof führten, mit ihren Baracken und Stellwerken und wild wachsenden Büschen und Bäumen und Blumen. Birken und Hasel und Holunder und Weiden. Senfgelbe Rispen und lilablaue Blüten an halbhohen Stängeln.

Dahinter lag der Friedhof, auf dem mein Mann begraben war. Ich konnte ihn von hier aus sehen. Auch darum war ich hierher gezogen.

Ich legte die Champagnerflasche ins Kühlfach, schaltete den Boiler im Bad an und bezog das Bett. Als es klingelte, war ich gerade fertig damit, die Bücher ins Regal zu räumen und die zusammengefalteten Kartons in den Flur zu schleppen. Ich öffnete die Tür und hörte seinen Schritt auf der Treppe, seinen leichten schnellen Schritt, unter dem sogar die alten Stufen leiser knarrten als sonst.

Er trug seinen Anwaltsanzug und die große Aktenmappe, mit der er auf Reisen ging. »Ich bin gleich nach der Verhandlung in den Zug und am Bahnhof ins Taxi und hierher zu dir«, sagte er atemlos. »Verschwitzt, zerknittert und mit Paragraphen bedeckt. Nimmst du mich so?«

»Ich bin verschwitzt, zerknittert und mit Bücherstaub bedeckt. Nimmst du mich so?«

Er legte seine Hand auf mein Gesicht: »Das weißt du doch, Anna.«

»Nimm mich schnell«, sagte ich.

Er stellte die Aktentasche ab: »Wo ist dein Bett?«

Ich zog ihn durch den Flur und zeigte es ihm.

»Dein Bett gefällt mir«, sagte er nach einer Weile und löste sich aus meinen Armen. »Wackelt nicht. Quietscht nicht. Die Matratze ist fest. Ein feines Bett. Als ob es neu wäre.«

»Es ist neu. Ich habe es letzte Woche gekauft. Ich kann doch mit dir nicht in dem Bett liegen, in dem Jochen und ich geschlafen haben.«

»Natürlich nicht«, sagte er, aber sein Gesicht verdunkelte sich, wie immer, wenn ich von meinem Mann sprach.

»Champagner!«, sagte ich. »Ich habe Champagner für uns gekauft. Warte, ich hole ihn. Ich hatte auch Blumen, Lilien, aber ich habe sie verschenkt.«

»Du hast sie nicht zufällig auf den Friedhof getragen zu deinem Mann?«

»Natürlich nicht. Ich habe sie meiner Nachbarin gegeben, weil sie die Treppe hinuntergefallen ist.«

»Ach so.« Er lachte sein kleines kurzes Lachen, das ich liebte. »Das leuchtet ein. Menschen, die Treppen hinunterfallen, brauchen natürlich ein paar Blumen. Also bring den Champagner. Wir taufen dein neues Bett damit, neue Betten müssen mit Champagner getauft werden, wie Schiffe, wusstest du das?«

Wir tauften das Bett und redeten und weihten es noch einmal ein und redeten wieder lange, bis ich merkte, dass ich keine Antwort mehr bekam, weil er eingeschlafen war.

Ich lag in seinem Arm und lauschte auf seine Atemzüge

und versuchte auch zu schlafen, aber mein Herz klopfte laut und meine Augen öffneten sich immer wieder. Ich stand auf, goss die Reste aus unseren Gläsern in eines und wanderte durch meine Wohnung.

Die beiden Zimmer lagen im Halblicht der großen Lampen, die das Gleisfeld beleuchteten und die Sprossen der Bogenfenster auf den Holzboden malten. Ich öffnete leise das Wohnzimmerfenster. Der Saum des Himmels fing an, heller zu werden, Vögel zwitscherten versuchsweise, und kühle frische Sommermorgenluft drang herein. Ein Zug mit erleuchteten Fenstern fuhr langsam vorbei.

Die Küche und das lange, schmale Bad sahen auf einen verschachtelten Hinterhof. Eine große Birke wachte über Wäschestangen, Abfalltonnen und einen vernachlässigten Kinderspielplatz. Vorspringende Gebäudekörper nahmen das Licht oder ließen einen von ganz nahe in die Fenster der Nachbarn blicken. Doch die Küchentür hatte oben ein schönes Halbrund und führte auf eine Loggia mit einer Speisekammer und genug Platz für einen Stuhl und einen winzigen Tisch.

Das Bad hatte grüne Fliesen, eine löwenfüßige Badewanne und ein schmales, hohes Fenster hinter der Toilette. Das Fenster stand offen, und ein seltsamer rötlicher Schein lag davor, so als ginge in dieser allerersten Morgendämmerung die Sonne schon wieder unter.

Ich schob mich an der Toilette vorbei und streckte den Kopf hinaus. Das Licht kam aus einem Zimmer der Nachbarwohnung, es war ein sanftes rosenrotes Licht, und in diesem Licht stand das Mädchen von heute Nachmittag. Sie war nackt, ihr Haar fiel weit über die Schultern, ihre Haut schimmerte rosig, und die Spitzen ihrer vollen Brüste waren erstaunlich dunkel und sahen aus wie Himbeerbonbons.

Sie hielt ihre Brüste mit den Händen, ließ das Haar von einer Seite zur anderen schwingen und bewegte ihre glatten runden Hüften wie eine Tänzerin. Sie sah nicht in meine

Richtung, sie blickte konzentriert in eine Ecke des Zimmers und lächelte, wahrscheinlich sah sie in einen Spiegel, denn wie immer sie sich bewegte, ihre Augen richteten sich dorthin.

Überraschung und die Scham des unfreiwilligen Beobachters ließen mein Gesicht heiß werden. So hatte ich mich früher auch im Spiegel angesehen und mir vorgestellt, wie es sein würde, erwachsen zu sein und mich zu verlieben und mit einem Mann zu schlafen. Ich war dabei nicht nackt gewesen. Und schön auch nicht. Sie war wunderschön.

Aber sie war nicht allein. Aus der Ecke tauchte ein Mann auf, mit runden Schultern, Fettpolstern an den Hüften und einer großen Glatze über einem dunklen Haarkranz. Seine Hände, klein, dunkel, griffen nach ihren Brüsten und wanderten dann langsam über ihren Körper und zwischen ihre Beine.

Er hob sie hoch, setzte sie auf etwas, das ich nicht sehen konnte, sie öffnete bereitwillig die Schenkel, er drang mit einem Ruck in sie ein, und sein Hintern begann sich rhythmisch zu bewegen. Ich sah ihr Gesicht, sie blickte über seine Schulter, lächelnd, als sähe sie eine ferne schöne Landschaft.

Ich zog den Kopf zurück, lief ins Schlafzimmer, kroch ins Bett, drängte mich an Andreas und versuchte zu schlafen und zu vergessen, was ich gesehen hatte.

»Und? Wie geht es Ihnen in der neuen Wohnung?«, fragte Frau Beifuss, während sie die Blumen ordnete, die sie auf Jochens Schreibtisch gestellt hatte.

Sie war dagegen gewesen, dass ich umzog: »Aber das können Sie nicht machen, da hat der Herr Doktor gewohnt, solange ich ihn kenne! Warum schließen Sie nicht auch gleich das Büro?«

Sie war mit sechzehn in seine Kanzlei gekommen, um Rechtsanwaltsgehilfin zu werden, und als er die Kanzlei aufgegeben und das Ermittlungsbüro eröffnet hatte, war sie bei ihm geblieben und alles geworden, was er brauchte, Sekretärin, Ermittlerin, Prokuristin und Büroleiterin. Sie liebte ihn womöglich noch mehr als ich.

»Gut«, sagte ich.

»Aber es ist doch sicher schwer für Sie in der neuen Wohnung, nicht? So ganz allein.«

Was meinst du mit ganz allein?, dachte ich. Ohne Jochens Geist? Außerdem bin ich nicht allein, es gibt einen Mann in meiner Wohnung und meinem Bett, aber wenn ich dir das sage, fängst du bestimmt wieder an, mich zu hassen.

»Jochen hätte auch gewollt, dass ich mich aus der alten Umgebung löse und auf eigene Füße stelle«, sagte ich, ich sagte es nicht zum ersten Mal und fand es ziemlich blöd, aber es war das Einzige, was sie einigermaßen mit meinem Umzug versöhnte.

»Na gut«, sagt sie. »Wenn Sie meinen.«

Ich nahm meinen Terminkalender und wanderte hinüber zu Herrn Fischler.

Er saß gebeugt hinter seinem Schreibtisch und hatte die Hände um den Kaffeebecher gelegt, als fröre er. Sein Vogelgesicht mit der großen Nase und den kleinen Augen wirkte eingefallen, und die Fliege unter seinem Adamsapfel trug ein deprimierendes Muster in Grau und Dunkelrot. Er hatte eine neue Freundin, was ich von Frau Beifuss wusste, die auf wundersame Weise immer alles über ihn wusste, und seither war er montags meist müde und ganz heruntergekommen.

»Erschöpft. Der Mann ist total erschöpft«, sagte sie jeden Montag, halb empört, halb erfreut. »Das ist die neue Frau. Man fragt sich nur, was sie mit ihm macht, das ihn so erschöpft«, fügte sie hinzu und ließ die Augen mit vielsagendem Gesichtsausdruck durch den Raum schweifen.

»Guten Morgen, Herr Fischler«, sagte ich aufmunternd.

Er sah mich gequält an.

»Na, kommen Sie. Trinken Sie noch einen Schluck Kaffee.

Und nun die Termine. Was haben wir diese Woche für Termine?«

Er zog mühsam seinen Kalender heran, doch dann belebte er sich allmählich, während er mir die Termine diktierte. Es tat ihm immer gut, wenn er mir sagen konnte, was ich tun sollte.

»Heute nur Kleinkram«, sagte er. »Sie können die Ermittlungsberichte fertig machen. Morgen um halb elf ein wichtiger Termin bei Wegemeier. Einer unserer ältesten Kunden. Da machen wir alles, Videoüberwachung, Einstellungs- und Mitarbeiterüberprüfungen, Werttransporte und so weiter. Jetzt haben sie Probleme im Lager. Herr Wegemeier hat Jochen sehr geschätzt, und er wird sich bestimmt freuen, Sie kennen zu lernen. Aber ...«

»Ja?«

»Herr Wegemeier hält nicht viel von Frauen in unserem Gewerbe. Oder von Frauen in leitenden Stellungen. Er mag es auch nicht, wenn Frauen Hosen tragen. Oder Hosenanzüge, so wie Sie. Er ist nicht mehr der Jüngste und sehr altmodisch. Ich weiß, es ist albern ... Ich wollte es Ihnen nur sagen. Er ist wirklich ein guter Kunde. Eine Säule des Unternehmens. Er empfiehlt uns auch so gerne weiter.«

Er sah mich so besorgt an, dass ich lachen musste.

»Keine Sorge. Ich werde ihn nicht erschrecken. Und ich ziehe einen Rock an.«

»Mittwoch und Donnerstag haben wir jede Menge Besprechungen mit Außenmitarbeitern«, sagte er erleichtert, »hier ...« Er wies auf die Eintragungen in seinem Kalender, damit ich sie mir abschreiben konnte.

»Freitag.« Er betrachtete stirnrunzelnd seine Notizen. »Eine Besprechung wegen einer Personenschutzsache. Um zehn. Um halb zwölf die neue Videoüberwachungsanlage für das Kaufhaus Heiliger. Und um fünfzehn Uhr Rolf Schüler, einer unserer besten Leute, was Observation und Beweisbeschaffung angeht. Bei dem können Sie viel lernen.«

»Gut«, sagte ich, »danke.«

»Und die Termine von Frau Beifuss? Vergessen Sie die nicht!«, rief er hinter mir her, als ich schon fast draußen war.

»Aye, aye, Sir«, sagte ich und knickste und sah noch, wie er rot wurde vor Verlegenheit.

Wenn du das sehen könntest, Jochen, dachte ich. Vielleicht siehst du es ja. Dass ich deine Firma leite und die beiden mir zeigen, wie man das macht. Dass sie freundlich zu mir sind und nicht mehr kalt und abweisend wie damals, als du noch nicht so lange tot warst und sie es nicht ertragen haben, dass ich auf deinem Platz saß.

So lange tot? So lange bist du ja noch gar nicht tot. Nächste Woche ist Herbstanfang, dann sind es genau zwei Jahre und drei Monate. Das ist nichts. Und es ist eine Ewigkeit.

Ich liebte die Tage in der neuen Wohnung, sie waren hell und heiter, selbst wenn es regnete, denn das Gleisfeld mit seinen silbrigen Schienen, den Büschen und Bäumen, die gelb und rot wurden, und dem weiten Himmel darüber hatte immer etwas Fröhliches. Auch nachts war es schön, dann wurde es still dort, und nichts bewegte sich mehr, außer den erleuchteten Züge, die lautlos hindurch fuhren.

Aber ich fürchtete mich vor den Nächten, in denen im Hof das rote Fenster leuchtete, ab zehn oder elf. Manchmal ging das rosenrote Licht auch erst später an, nach Mitternacht, und glühte bis in die Morgenstunden.

Ich wollte es nicht, doch es zog mich hin, und dann beugte ich mich in meinem dunklen Bad aus dem Fenster und sah sie, nackt und rosig, mit ihrem schönen Körper und dem süßen Gesicht der Märchenbuchprinzessin.

Aber kein Prinz war bei ihr, sondern verschiedene Männer, viel älter als sie, ein oder zwei sogar richtig alt, faltig, fett und grauhaarig. Grobe waren dabei, die es so gewaltsam mit ihr machten, dass ich fast den Schmerz spürte, den sie fühlen musste, doch es gab auch andere, die zärtlich und liebevoll mit ihr umgingen.

Nur sie blieb sich auf sonderbare Weise immer gleich, sie hatte immer das Lächeln im Gesicht und wirkte abwesend, unbeteiligt, fast herablassend, so, als sei sie wirklich eine Prinzessin, egal, wer der Mann war und was er gerade mit ihr tat.

Sie war auf die Fensterbank gebeugt, ein großer Mann mit großer Nase und kurzen dunklen Haaren erhob sich hinter ihr, hielt sie an den Hüften und stieß so hart in sie hinein, dass ihr Kopf bei jedem Stoß einen Ruck tat. Es war scheußlich anzusehen, wie eine Vergewaltigung, aber ihr süßes Gesicht blieb gleichmütig, heiter, und sie lächelte.

Mir war, als sähe sie mir geradewegs in die Augen. Ich zog den Kopf zurück, schloss leise das Fenster, huschte aus dem Bad, verkroch mich im Bett und zog die Decke über den Kopf.

Meine Wangen waren heiß, mein Herz klopfte heftig. Ich hasste die Männer dafür, was sie mit ihr machten, und ich hasste sie, weil sie es mit sich machen ließ, aber vor allem hasste ich mich, weil ich zusah und nicht nur Abscheu, sondern auch Erregung dabei empfand.

Ich stand nie wieder nachts dort. Aber ich lag wach und starrte auf das Spiel von Licht und Schatten an der Zimmerdecke und sah trotzdem, was sich hinter dem roten Fenster abspielte, und grübelte, wie es dazu gekommen war und was ich tun konnte, damit es aufhörte.

Ich hätte am liebsten Andreas gefragt. Aber ich würde ihm das rote Fenster zeigen müssen, und er würde sie sehen, wie ich sie sah, schön, erregend, bezaubernd. Viel schöner und erregender als ich. Danach würde er an ihren Körper denken, wenn er mich sah, und sie berühren wollen, wenn er mich anfasste, und in sie eindringen, wenn er zu mir kam!

Ich krümmte mich bei dem Gedanken. Sie hatte alles, was ich nicht hatte. Ich war groß und dünn, klein waren meine

Brüste, blassblond mein Haar, schwer und schwarz meine Augenbrauen, breit mein Mund: ein magerer Breitmaulfrosch, keine Prinzessin.

Ich traf sie zwei Tage später im Flur, als sie gerade die Wohnungstür hinter sich zuzog. Sie hatte sich schön gemacht, die Haare gewaschen, die Augen geschminkt, und trug glänzende Satinhosen, ein bunt bedrucktes T-Shirt und große silberne Ohrringe.

»Hallo, Frau Wolf«, sagte sie.

»Hallo, Maria ...« Ich zögerte, blieb stehen und kramte nach meinem Schlüssel. Sie ging mit einem Lächeln an mir vorbei, die Treppe hinunter.

Na los, Anna. Mach schon. Ehe sie zu weit unten ist.

»Maria?«

»Ja?«

»Kann ich dich mal sprechen?«

»Klar«, sagte sie und sah mich erwartungsvoll an.

»Kannst du einen Moment reinkommen?«

Sie kam wieder herauf, folgte mir ins Wohnzimmer, setzte sich auf mein kariertes Sofa und sah sich um.

»Das gefällt mir«, sagte sie, »dass Sie keinen Teppich haben. Und keine Vorhänge und Gardinen. So ist es viel schöner. Irgendwie größer und weiter.«

»Genau«, sagte ich und hätte viel lieber über meine Einrichtung mit ihr gesprochen. »Ich ... ich wollte – wie soll ich das sagen ...«

»Ja?«, sagte sie aufmunternd, wie eine freundliche Lehrerin, die einem schüchternen Kind auf die Sprünge helfen will.

»Ich wollte mal mit dir darüber sprechen, was – was da nachts in deinem Zimmer passiert, Maria.«

»Ja?«, sagte sie wieder, aber diesmal klang es gekünstelt.

»Du weißt schon, diese Männer ...«

»Welche Männer?«

»Die nachts bei dir sind.«

»Wie kommen Sie darauf, dass nachts Männer bei mir sind?«

»Weil ich es gesehen habe«, sagte ich. »Wenn ich den Kopf aus meinem Badezimmerfenster strecke und nach rechts schaue, kann ich in dein Zimmer sehen.»

Ich sah ihr an, wie sie sich das vorstellte, und dann zog ein kleiner Schrecken ihre Augen zusammen, als ihr klar wurde, dass es stimmte.

»Ich weiß gar nicht, wovon Sie reden«, sagte sie, der klassische Satz, wenn man ganz genau weiß, wovon die Rede ist.

»Doch, das weißt du.«

Sie schüttelte den Kopf, ihr Gesicht verschloss sich und nahm einen widerständigen Ausdruck an.

Ich verstand sie gut. Was ging es mich eigentlich an, was sie tat?

»Ich will mich ja nicht in deine Angelegenheiten einmischen«, sagte ich, auch so ein klassischer Satz, wenn man gerade dabei ist, es zu tun, »aber – wie soll ich das sagen ...«

»Warum reden Sie überhaupt mit mir, wenn Sie nicht wissen, was Sie sagen sollen?«

Auch wahr, dachte ich. Verdammt, was mache ich hier eigentlich?

Weil ich mich so hilflos fühlte, wurde ich wütend: »Ich rede mit dir, weil ich mir Gedanken mache. Und weil ich mich frage, warum du das tust. Und weil ich will, dass du damit aufhörst.«

Ihre Augen weiteten sich, ich hatte sie erschreckt, aber auch berührt, ihr Gesicht wurde für einen Moment ganz weich, doch dann verschloss sie sich wieder und setzte ihre arroganteste Miene auf.

»Ich habe keine Zeit mehr«, sagte sie, in dem gelangweilten, herablassenden Ton, in dem sie manchmal mit ihrer Mutter sprach. »Ich muss jetzt wirklich gehen, ich komme sonst zu spät.«

Ich wurde noch wütender. »Dann geh doch zum Teufel«,

sagte ich, »und lass dich weiter von diesen alten Kerlen ficken.«

Sie kicherte wie ein kleines Mädchen und stand auf.

Gott, was bin ich blöd, dachte ich. Sie ist erst fünfzehn! Und es hilft ihr bestimmt nicht, wenn ich sie beschimpfe.

Ich folgte ihr in den Flur und kramte in meiner Tasche nach einer meiner Geschäftskarten: »Hier, das ist mein Büro. Da kannst du mich anrufen, falls mal was ist, ja? Du kannst natürlich auch immer hier rüber kommen. Ja?«

Sie steckte die Karte in ihre kleine Henkeltasche, die mit vielen bunten Steinen besetzt war. »Okay«, sagte sie freundlich. »Danke. Bis dann, Frau Wolf.«

Ich machte die Tür hinter ihr zu und lauschte auf das Klappern ihrer Absätze auf den Stufen. In der Luft hing der Geruch ihres Parfüms. Ich kannte es, es war ein teures französisches Parfüm, das nach Rosen duftete.

2

Der Winter kam früh in diesem Jahr. Mitte November holte der Frost die letzten Blätter von den Bäumen, es schneite, der Schnee gefror, und die Sonne schien von einem eisigen Himmel. Glitzernde Kälte lag über dem Gleisfeld und leuchtete durch meine Fenster.

Sie machte sich auch in meinen Zimmern breit. Ich stellte die Gasöfen auf die höchste Stufe und ließ sie ständig brennen, und wenn man daneben saß, war es warm, aber der Rest des Raumes blieb kühl. Ich trug Wollsocken und dicke Pullover und störte mich nicht an der Kälte. Dies war meine erste eigene Wohnung, ich liebte sie, sie war wunderschön, und wer liebt und Schönheit will, muss zuweilen ein paar Probleme in Kauf nehmen, finde ich.

»Du fühlst dich an, als ob du aus dem Kühlschrank kommst«, sagte Andreas, als ich zu ihm unter die Bettdecken schlüpfte. »Fass mich bloß nicht an.«

Er nahm meine Hände zwischen seine und pustete seinen warmen Atem in die Höhlung, küsste meine Nase warm, nahm mich vorsichtig in die Arme und rieb meine Haut und küsste mich, bis ich ganz und gar warm war. Dann hörte er auf und schob mich von sich.

»Nicht aufhören«, sagte ich. »Nicht gerade jetzt, wo mir endlich warm wird.«

»Zieh die Socken aus. Sie kratzen.«

»Ich kriege sofort wieder kalte Füße.«

»Eben«, sagte er. »Ich habe es allmählich satt, mit einer Frau zu schlafen, die ich erst auftauen muss. Die Skisocken trägt und eine rotgefrorene Nase hat. Nicht, dass du mich so nicht anmachst. Ich bin deinem Leib nun mal verfallen.«

Ich drückte mich an ihn und mein Leib konnte spüren, wie sehr er ihm verfallen war.

»Aber ich bin kein Eskimo, und ich sehe auch nicht ein, warum ich einer werden soll. Wir brauchten bloß zu mir zu gehen und hätten es wunderbar warm.«

»Bitte! Ich bin so gerne hier«, sagte ich. »Meine erste eigene Wohnung und mein erstes eigenes Bett! Ich finde es so schön, mit dir in meinem ersten eigenen Bett zu schlafen. Und ich mag es, wenn du mich auftaust.«

Ich küsste ihn überall, wo ich an ihn herankam, ohne dass sich die Bettdecken verschoben oder ich darunter erstickte.

»Komm«, murmelte er und zog mich auf sich.

»Vorsicht«, flüsterte ich. »Lass ja keine Luft unter die Decke kommen.«

»Ach, verdammt ...«

»Beweg dich einfach nicht. Lass mich machen. Ich verspreche dir auch, dass es wärmer wird. Ich rede mit Frau Cohn.«

Frau Cohn wohnte in der Wohnung unter mir, seit langer Zeit, und am anderen Morgen ging ich zu ihr und fragte sie, was sie gegen die Kälte tat.

»Nichts«, sagte sie. »Wenn es so kalt ist, lebe ich in der Küche. Ich habe ja noch den alten Herd, der hält schön warm. Kommen Sie rein und trinken Sie einen Kaffee mit mir.«

Ich setzte mich in ihre warme Küche, lauschte auf das Knacken der Holzscheite im Herd, aß unanständig viele ihrer selbstgebackenen Plätzchen und ließ mir von ihr erzählen, wie es früher hier gewesen war. Dann klingelte ich bei ihrer Nachbarin, die Britta Schäfer hieß und ein Antiquitätengeschäft besaß, wie man der Visitenkarte entnehmen konnte, die sie an ihre Tür geheftet hatte. Aber sie war nicht da.

Im Friseursalon im Erdgeschoss hatten sie schon vor langer Zeit eine anständige Heizung eingebaut, »schließlich sitzen unsere Kundinnen mit nassen Haaren hier«, sagte die Besitzerin und sah mich so vorwurfsvoll an, als hätte ich ihr eine Perversion unterstellt.

Der türkische Gemüsehändler im Geschäft nebenan trug eine Daunenweste und sagte, Obst und Gemüse hätten es gerne kühl. Der Ingenieur und der Steuerberater in den Büros im ersten Stock froren nicht, weil sie Gasetagenheizungen hatten.

Blieb nur Frau Silberhorn. Ich drückte auf ihren Klingelknopf und wünschte mir eigentlich, sie wäre nicht da, aber sie öffnete die Tür so schnell, als hätte sie dahinter gestanden und gehofft, dass jemand sie besuchen käme. Sie lächelte auch so. Erleichtert, weil nun jemand gekommen war.

»Ach, Sie sind es, Frau Wolf. Kommen Sie doch rein, es ist ja so kalt im Treppenhaus.«

Genau. Ich trat in ihren Flur und brachte meine Frage vor.

»Ach, Sie Arme. Daran hätte ich denken sollen. Dabei ist es ganz einfach, es schön warm zu kriegen. Kommen Sie weiter, ich zeige es Ihnen.«

Ich folgte ihr, und mir wurde klar, dass es bei ihr schon deshalb viel wärmer sein musste, weil ihre Wohnung übervoll war. Auf dem Teppichboden lagen persergemusterte Läufer, Vorhänge hingen über Gardinen, Polstersessel drängten sich neben Schrankwänden, Tischen und Tischchen, auf denen Blumenstöcke oder Kleinkram standen, und Kleinkram stand auch überall sonst, wo eine freie Fläche zu finden war. Alles war liebevoll arrangiert, adrett und sehr sauber.

Sie muss anders gestrickt sein als ich, dachte ich. Mich würde es in den Wahnsinn treiben, zwischen all dem zu leben. Vom Staubwischen gar nicht zu reden.

»Sehen Sie«, sagte sie und wies auf einen leise vor sich hin summenden Heizlüfter der kleineren Sorte.

»Reicht der denn?«

»Wenn Sie ihn genau am richtigen Platz und im richtigen Winkel aufstellen. Diagonal. Das ergibt dann, zusammen mit dem Gasofen, die ideale Warmluftzirkulation im Raum und beseitigt das Kälteloch«, deklamierte sie. »Merken Sie, wie warm es hier ist?«

Es war wirklich sehr warm. Andreas und ich hätten uns splitternackt auf ihrem falschen Perser lieben können und wären dabei noch ins Schwitzen geraten.

»Das hat sich mein ehemaliger Lebensgefährte ausgedacht. Er ist nämlich Ingenieur«, sagte sie stolz und erklärte mir genau, wo die Heizlüfter stehen mussten.

»Toll«, sagte ich, als sie fertig war.

Sie bezog meine Begeisterung auch auf ihre Einrichtung. »Sie müssen Marias Zimmer sehen«, sagte sie. »Das ist wunderschön.«

Marias Zimmer war ganz in Rosarot, rosa die Wände, rosenfarben die Lampenschirme und rosengemustert jedes Stückchen Stoff, das zu finden war, sogar der Teppich. Und überall saßen Teddybären, auf dem Bett, dem Schreibtisch, dem Regal, dem Nachttisch, und sahen uns mit ihren glänzenden Augen an, manche ernst, andere lächelnd. Wie gute Geister. Oder Wächter.

Sonderbarerweise war das Zimmer wirklich wunderschön. Es wirkte nicht kitschig, sondern witzig und ausgefallen, und der bräunliche Plüsch der Bären passte gut zum Rosarot der Rosen.

»Sehr schön«, sagte ich. »Wirklich sehr schön.«

Sie strahlte: »Es passt zu ihr, nicht wahr? Sie ist ja auch eine Rose, ich meine, sie sieht aus wie eine, finden Sie nicht? Und sie ist so glücklich hier.«

Das mit der Rose stimmte, aber dann fiel mir ein, was ich Maria in diesem Zimmer hatte tun sehen, in seinem unschuldigen rosigen Licht, und mir wurde kalt, obwohl es auch hier sehr warm war.

»Jetzt muss ich aber wirklich gehen«, sagte ich. »Ich habe Sie schon viel zu lange aufgehalten.«

»Aber Sie halten mich nicht auf«, protestierte sie. »Wirklich nicht. Ich freue mich, dass Sie da sind. Wollen Sie nicht noch bleiben und einen Kaffee trinken und sich ein bisschen aufwärmen?«

»Wirklich nicht. Danke. Vielen Dank. Ich muss mich beeilen, ich muss ja noch in die Stadt und Heizlüfter kaufen.«

Sie brachte mich zur Tür, und ich versuchte, nicht mehr an sie zu denken, an sie und ihre Tochter, während ich in die Stadt fuhr und im besten Elektrogeschäft den besten Heizlüfter besichtigte, den es gab.

»Flüsterleise«, sagte der Verkäufer. »Praktisch unhörbar. Elektronische Wärmeregulierung. Hundertfünfzig Prozent Leistung.«

Was ist da nur gewesen?, dachte ich. Warum hat sie diese Männer an sich ran gelassen, die Kleine? Sich von ihnen benutzen und beschmutzen lassen, zwischen ihren Stoffrosen und Plüschbären?

»Kommt von der NASA«, sagte der Verkäufer. »So heizen sie die Weltraumstationen.«

Und wie ist es möglich, dass ihre Mutter nichts davon weiß? So, wie sie redet, hat sie keine Ahnung, oder sie müsste eine verdammt gute Schauspielerin sein: ›Sie ist ja auch eine Rose. Und sie ist so glücklich hier.‹ Ach ja. Aber ich glaube nicht, dass Frau Silberhorn eine gute Schauspielerin ist. Ich glaube, sie glaubt wirklich, was sie sagt.

»Ist natürlich ein klein wenig aufwändiger im Preis«, sagte der Verkäufer. »Aber dafür kriegen Sie Qualität und Luxus. Keinen Schrott. Den vererben Sie noch.«

Ich verstehe das nicht, dachte ich. Das ist alles so sonderbar. Also ob ich es geträumt hätte. Ein scheußlicher Traum. Aber nun ist er vorbei. Ich habe das rote Licht lange nicht mehr gesehen. Sie hat damit aufgehört.

»Hoffentlich«, sagte ich.

»Hoffentlich?«, sagte der Verkäufer gekränkt. »Das ist kein Schrott. Das können Sie mir glauben.«

»Ich nehme zwei«, sagte ich, und der Gesichtsausdruck des Verkäufers wechselte von Beleidigtsein zu Begeisterung. »Oder lieber drei. Für alle Fälle.«

»Was machst du Weihnachten, Anna?«, fragte meine Mutter.

»Weiß ich nicht«, sagte ich.

»Willst du nicht kommen?«, fragte sie. »Und deinen Freund mitbringen? Ich würde ihn so gerne kennen lernen.«

»Ich weiß nicht«, sagte ich.

»Das hast du schon mal gesagt. Was soll das heißen?«

»Weiß ich nicht, heißt, weiß ich nicht«, sagte ich. »Ich weiß es einfach nicht, Mama. Ich sage dir Bescheid, wenn ich es weiß.«

Weihnachten war unsere Zeit gewesen, Jochens und meine. Im Herbst hatten wir uns kennen gelernt. Weihnachten hatten wir geheiratet.

Der Standesbeamte hatte uns erschrocken gemustert und den Blick in seine Unterlagen gerichtet, wo seine Augen die Stelle gesucht hatten, an der mein Geburtsdatum stand. Natürlich. Jochen war achtunddreißig und sah auch so aus. Ich war neunzehn und sah aus wie sechzehn.

Jochen drückte meine Hand. Der Standesbeamte sah wieder auf, lächelte uns erleichtert zu und begann zu sprechen.

Ich konnte mich nachher nie erinnern, was er gesagt hatte. Ich erinnerte mich nur daran, wie sein Mund sich bewegt und dass hinter ihm ein großer Blumenstrauß gestanden hatte, genau hinter seinem Kopf, sodass es ausgesehen hatte, als trüge er einen Heiligenschein aus Palmblättern und gelben und orangefarbenen Gerbera.

Irgendwann hörte er auf zu reden und deutete auf ein Blatt Papier, das Jochen unterschrieb und dann ich, mit unsicherer, krakeliger Schrift. Wir streiften einander die Ringe über und küssten uns, hastig und verlegen. Ich umarmte meine Mutter und die beiden Schulfreundinnen, die ich eingeladen hatte, und dann schüttelten mir Jochens alte Freunde und Frau Beifuss und Herr Fischler die Hand und wünschten mir alles Gute.

Im »Ratskeller« gegenüber vom Standesamt fand unser Hochzeitsempfang statt. Jochen hatte ein großes Büffet und

Mengen von Champagner bestellt, und die Kellner gingen umher und schenkten eifrig nach, was gut war, denn der Champagner löste die Steifheit unserer Gäste, die sich nicht kannten und nicht zueinander passten und sich wunderten, warum wir heirateten. So schnell! Wir kannten uns doch kaum, und wir mussten auch nicht. Und der Altersunterschied! Sie wurden sogar richtig fröhlich.

Wir waren sowieso fröhlich und tranken wenig, »denk an unsere Hochzeitsnacht«, sagte Jochen leise, wenn jemand mit uns anstoßen wollte, »wir haben nur die eine«, und gegen Abend verließen wir heimlich unser Hochzeitsfest und fuhren nach Hause.

Wir stiegen die vielen Treppen in seine Dachwohnung hinauf, die wir so oft hinaufgestiegen waren, wenn wir miteinander hatten schlafen wollen, hängten unsere Mäntel an den Garderobeständer und gingen ins Wohnzimmer. Dort stand ein großer Tannenbaum, der alles mit seinem Duft erfüllte.

»Gefällt er dir?«, hatte Jochen gefragt. »Schmuck habe ich auch. Wir können ihn gleich schmücken.«

»Erst die Hochzeitsnacht«, hatte ich geantwortet. »Wir haben nur die eine, denk daran.«

Und wir hatten nur neun Weihnachten gehabt. Am zehnten war er nicht mehr da gewesen, und ich hatte versucht zu sterben, weil ich es nicht aushielt, dass er nicht mehr da war und nie wieder da sein würde.

»Was ist mit Weihnachten, Anna?«, fragte Andreas und schnitt in sein Steak. »Wollen wir einen Baum kaufen? Ich habe keinen Weihnachtsbaum mehr gehabt, seit ich von zu Hause weg bin.«

Ich kaute und schluckte und schüttelte den Kopf.

»Was heißt das?«

»Nein, ich will keinen Baum.«

»Warum nicht?«

»Weil ich keinen will.«

Er suchte mit der Gabel Salatblätter auf seinem Teller zusammen: »Würdest du das bitte erläutern?«

»Ich will einfach keinen.«

»Diese Erläuterung sucht ihresgleichen. Was ist mit Geschenken?«

Ich schüttelte den Kopf.

»Mit anderen Worten: Du willst überhaupt nicht Weihnachten feiern.«

Ich nickte.

»Und warum?«

»Weil ich nicht will.«

Er sagte nichts mehr, er aß das Steak auf, indem er jeden Bissen sorgsam und gründlich abschnitt und sorgsam und gründlich kaute. Ich stopfte mich mit den Pommes frites voll, die ich zum Steak bestellt hatte.

»Es ist wegen deinem Mann, nicht?«, fragte er, als er fertig war.

»Wenn ich ja sage, wirst du wütend«, sagte ich. »Und wenn ich nein sage, lüge ich, und du weißt es.«

»Stimmt. Na gut, ich werde nicht wütend. Aber es ist Scheiße. Scheiße, Scheiße, Scheiße«, sagte er mit leiser wütender Stimme.

Der Mann am Nebentisch drehte sich um und musterte uns über seine Brille hinweg.

»Kannst du bitte woanders Scheiße sagen? Ich will nicht, dass sie uns hier hassen. Dann kriege ich keinen Bissen mehr runter.«

Er sah mir schweigend zu, wie ich mein Steak aufaß. Wir zahlten und gingen durch die winternebeligen Straßen zurück in meine Wohnung.

Wir sagten auch dort nichts, wir zogen uns aus und gingen ins Bett. Wer miteinander schläft, kann nicht miteinander reden, jedenfalls nicht genug, um sich zu streiten, und wir taten unser Bestes, um nicht zu Wort zu kommen.

Es war ein bisschen wie beim ersten Mal, da hatten wir

uns auch so heftig geliebt, aber damals waren wir beschwipst und unbefangen gewesen, unsere Körper einander fremd und unsere Lust leicht und harmlos.

Diesmal war sie stark und schwer. Ich löste mich auf in einem dunklen Taumel von Schmerz und Verzückung, und das einzige, was mich hielt, waren seine Hände und sein festes glattes Glied. Und als er kam, mit langen kräftigen Bewegungen, hörte ich ihn rufen: Anna, Anna, Anna, als wolle er sich auch auflösen, in mir.

Wir blieben liegen, wie wir waren, und lagen noch lange so, warm, weich, erlöst, in dem Frieden, der ohne Worte ist und ohne Gedanken.

»Also, gut«, sagte er am anderen Morgen beim Frühstück. »Kein Baum, keine Geschenke. Aber du kommst zu mir?«

»Ja«, sagte ich.

»Und Silvester feiern wir auch zusammen. Freunde von mir geben ein Fest, und ich hätte Lust, hin zu gehen. Willst du?«

Eigentlich nicht, dachte ich und sagte: »Ja.«

»Und Neujahr besuche ich meine Mutter. Sie hat gefragt, ob du mitkommen willst. Sie möchte dich gerne kennen lernen. Willst du?«

Ich schwankte, ich hätte noch mal ja sagen sollen, aber ich schaffte diese Jasagerei nicht mehr, und so sagte ich nein, und weil ich so schwankend war, kam es brüsk und ablehnend heraus.

Er kniff die Augen zusammen, als hätte ihn ein Windstoß getroffen: »Entschuldigung. Meine Mutter wollte dir nicht zu nahe treten. Was passt Euer Gnaden denn nun wieder nicht?«

Ich sah zum Fenster hinaus, über das Gleisfeld, das heute Grau trug, silbergraue Schienen und schwarzgraue Bäume und Büsche und graublaue und graugrüne Dächer. Dahinter leuchteten die roten Mauern des Friedhofs und die goldene Kuppel der Aussegnungshalle, und seine Bäume winkten.

»Nun?«, fragte er, im Ton eines ungeduldigen Lehrers. So redete er sonst nicht mit mir. So redete überhaupt niemand mit mir.

»Ich will nicht«, sagte ich heftig. »Meine Mutter will dich auch unbedingt kennen lernen. Und dann? Verloben wir uns dann? Oder heiraten wir gleich? Ich kann dich nur leider nicht heiraten, ich habe schon einen Mann!«

Sein Gesicht erstarrte.

»Ach, so ist das«, sagte er. »Und was bin ich? Der Kerl fürs Bett, von dem Euer Gnaden sich heiß machen und ficken und befriedigen lassen? So wie letzte Nacht? Und all die anderen Nächte? Und ich Idiot habe doch tatsächlich geglaubt, ich wäre dein Mann.«

»Das warst du auch, letzte Nacht«, sagte ich. »Und alle anderen Nächte. Das weißt du doch. Das musst du doch wissen.«

»Und sonst? Was bin ich sonst?«

Mein Geliebter, hätte ich sagen können. Mein Freund. Ich mag dich so sehr, und vielleicht liebe ich dich. Aber ich weiß es nicht. Ich bin mir nicht sicher. Ich habe Angst davor, jemand anderen zu lieben als Jochen. Das wäre, als würde ich ihn alleine lassen, da drüben in seinem Grab. Ich mag nicht mal darüber reden, ob ich dich liebe. Schon das kommt mir vor wie Betrug.

Sein Gesicht wurde noch unbewegter, seine Stimme sanft: »Keine Antwort ist auch eine Antwort.«

»Bitte, Andreas«, sagte ich. »Lass uns Zeit. Warte. Es ist so gut mit uns. Du bist so wichtig für mich. Und mein Mann ist doch erst zweieinhalb Jahre tot.«

Unter seinem Auge fing ein Muskel an zu zucken. Ich hatte schon wieder »mein Mann« gesagt.

Er blieb eine Weile still.

»Und wir kennen uns jetzt ein Jahr und acht Monate«, sagte er dann. »Ich habe dir viel Zeit gelassen. Ich habe viel auf dich gewartet. Darauf, dass du wieder auftauchst. Und gehofft, dass du nicht gleich wieder verschwindest, wegen deiner Schuldgefühle, weil du deinen Mann mit mir betrogen hast. Dann musstest du immer erst zum Friedhof, bevor du dich mit mir getroffen hast. Dann habe ich alleine Urlaub gemacht, weil du noch nicht so weit warst, mit einem anderen Mann Urlaub zu machen. Ich treffe meine Freunde allein, weil du dich noch nicht bereit fühlst, mit einem anderen Mann seine Freunde zu treffen. Ich hocke jedes Wochenende in dieser verdammten Wohnung, in der es kalt ist und die Böden knarren und die Boiler spucken, weil du unbedingt alleine wohnen und den Blick auf den Friedhof haben willst. Alles wegen deinem Mann. Oder nicht wegen deinem Mann. Dann leb doch mit deinem Mann, Anna. Zieh zu ihm auf den Friedhof.«

Er schwieg und blickte über meine Schulter auf das Bild, das hinter mir an der Wand hing, als hätte er es noch nie gesehen. Als gäbe es nichts Interessanteres auf der Welt.

Ich sah ihn an, seine dunklen Augen, die bräunliche Haut, die halblangen Haare, den schmalen muskulösen Oberkörper im offenen Ausschnitt des Bademantels. In der Schule hatten sie ihn »Häuptling« genannt, hatte er mir erzählt, weil er aussah wie ein Indianer.

Er blickte weiter an mir vorbei auf das Bild, gleichmütig und ruhig, aber die Ruhe war gespielt, und ich wusste, dass er darauf hoffte, dass ich etwas sagte.

Ich hätte etwas sagen sollen, aber ich konnte nicht. Ich wandte den Blick wieder von ihm ab und sah hinüber zum Friedhof, und irgendwann stand er auf und ging.

Zu Weihnachten war es warm und windig, wie im Frühling, die Weihnachtsmänner und Weihnachtsbäume und Weihnachtslieder wirkten fremd und komisch, und es wurde mir leicht gemacht, so zu tun, als gäbe es gar kein Weihnachten, als wäre das Ganze nur eine gewinnfördernde Veranstaltung der Kaufhausbesitzer und Weihnachtsmarktverkäufer.

Ich rief meine Mutter an und sagte ihr, dass ich Weihnachten nicht bei ihr feiern würde, weil ich es überhaupt nicht feiern würde, ließ mir von Herrn Fischler viel Arbeit geben, nahm ein besonders dickes von Jochens Büchern mit nach Hause, das »Der Schutz von Patenten, Marken und Warenzeichen« hieß, und beschloss, mein Schlafzimmer zu streichen. Die rosa Wände in Marias Zimmer hatten mir gefallen, das wollte ich auch haben, nicht in Rosa natürlich, in Gelb. Toskanagelb.

Ich las und schrieb Berichte und rührte Farbe und strich und unterhielt mich mit Frau Silberhorn, wenn ich sie im Flur traf, und mit Frau Cohn, wenn sie mich zu Kaffee und Plätzchen in ihre Küche einlud. Ich telefonierte mit meiner Mutter und traf mich mit Thorsten, der Jochens bester Freund gewesen war und der mich alle paar Wochen anrief und zum Essen einlud.

Ich ging zum Friedhof, über die weitgeschwungene Fußgängerbrücke, die über die Gleise führte, und besuchte Jochens Grab und das von Frau Engler, die ich nach seinem Tod auf dem Friedhof kennen gelernt hatte und die nun auch tot war.

Ich streifte durch die Einrichtungshäuser der Stadt und kaufte gelbe Vorhänge und einen goldgerahmten Spiegel, den ich über das Kopfende des Bettes hängte, und gelbe Bettwäsche, die sich so seidig anfühlte wie die von Andreas.

Abends lag ich zwischen den neuen Laken und dachte an ihn, mit der Sehnsucht, die nicht schmerzt, sondern behaglich brennt, weil sie weiß, dass sie bald befriedigt wird. Morgen rufe ich ihn an, dachte ich, und dann gehen wir auf das Fest und danach hierher.

Meine Gedanken wanderten weiter, zu seinem Körper, seinen Händen, Lippen, seinem Glied, mein Schoß drängte, und ich strich über meine Brüste und die Innenseiten meiner Schenkel, zart und vorsichtig, denn ich wollte meine Lust für ihn aufheben.

Ich wachte auf, weil es klingelte, schrill und heftig und unaufhörlich. Ich sah auf die Uhr – es war halb zehn –, die Sonne schien, es war Samstag und Silvester, und es gab keinen Grund, warum jemand so beharrlich klingeln sollte. Ich zog meinen Bademantel über und öffnete die Tür.

Draußen stand Frau Silberhorn, blass, ungekämmt und angetan mit einem monströsen Morgenmantel aus zotteligem blauem Synthetikflausch, der sie noch zarter und blasser und überhaupt ganz erbärmlich aussehen ließ.

»Kommen Sie schnell, Frau Wolf, bitte«, sagte sie mit atemloser, bedrängter Stimme, »Maria muss krank sein, ich kriege sie nicht wach. Und sie bewegt sich gar nicht.«

Sie lief zurück in ihre Wohnung. Ich lief hinter ihr her.

Maria lag auf dem Bett in ihrem Zimmer, in einem blauen Samtkleid, die langen Haare sorgsam über die Schultern gebreitet, die Hände unter dem Busen gefaltet, um den Hals ein großes goldenes Kreuz, das mit klaren Steinen besetzt war. Sie sah mehr denn je aus wie die Märchenbuchprinzessin. Wie Dornröschen oder Schneewittchen. Sie war auch so blass und reglos.

Ich fasste ihre Schulter und sagte laut: »Maria!«

»Das habe ich schon versucht«, sagte Frau Silberhorn.

»Haben Sie den Notarzt gerufen?«

»Nein«, sagte sie mit einem leisen Aufschluchzen. »Ich bin gleich zu Ihnen.«

Ich legte meine Hand auf Marias Stirn. Sie war glatt und kühl. Ich fühlte ihre Wangen. Sie waren auch glatt und kühl. Es war eine glatte Kühle, die ich kannte, die ich erst einmal gespürt und nie vergessen hatte. So hatte sich das Gesicht meines Mannes angefühlt, als er in der Leichenhalle gelegen hatte.

»Oh, Gott«, sagte ich. »Ich glaube, sie ist tot.«

»Oh, du mein lieber Gott«, schluchzte Frau Silberhorn.

3

Der Fernseher lief stumm. Frauen in Abendkleidern und Männer in Smokings wanderten durch eine künstliche Schneelandschaft und öffneten rhythmisch den Mund, zwischendurch bewegte eine Frau in einem lachsfarbenen Kleid mit Federbesatz die Lippen und lächelte ein eisernes Lächeln, und dann tauchte das Fernsehballett auf und tanzte, mit gespreizten Gliedern und eisernem Lächeln.

Wenn man länger zusah, fing man an, am Sinn des Lebens zu zweifeln und daran, ob es das Gute und Schöne noch gab auf der Welt, aber das war mir immer noch lieber, als in Frau Silberhorns kleines zerrissenes Gesicht zu sehen.

»Also, der Bekanntenkreis Ihrer Tochter, Frau Silberhorn«, sagte der Kriminalbeamte, »bestand aus zwei Mitschülerinnen, Elena Sonderbauer, fünfzehn, und Lissy Merker, auch fünfzehn. Außerdem drei weitere Mitschülerinnen, mit denen sie sporadisch Kontakt hatte. Dann Daniel Kammacher, achtzehn, mit dem sie befreundet war. Keine intime Freundschaft, sagen Sie. Und sonst? Sonstige Bekanntschaften?«

»Bekanntschaften?«, wiederholte Frau Silberhorn mit einer Stimme, die so klein und zerrissen war wie ihr Gesicht. »Sie kannte ihre Lehrer. Unsere Nachbarn. Frau Wolf hier zum Beispiel. Und Frau Cohn und Frau Schäfer. Und die Leute in den Geschäften, in denen wir einkaufen.«

Sie dachte angestrengt nach. Man konnte es beinahe hören. »Ihren Vater natürlich. Mein geschiedener Mann. Sie hat ihn regelmäßig besucht. Und ihre Großmutter, die hat sie auch regelmäßig besucht. Sie war so ein liebes Mädchen. Aber sind das Bekannte?«

»Nein«, sagte er, in der sanften, beruhigenden Art, in der er mit ihr sprach. »Das ist Familie. Davon weiß ich ja. Nein, ich meine Bekannte, Menschen, die sie – irgendwie – irgendwo – kennen gelernt hat …«

Ich vermied es, ihn anzusehen, und heftete den Blick fest auf den Bildschirm. Ich spürte seine Verlegenheit und dass er es auch vermied, zu mir hinzusehen.

Ich war bei ihm im Büro gewesen und hatte ihm von den Männern erzählt, die ich im roten Fenster gesehen hatte. »Aber Frau Silberhorn darf nichts davon erfahren. Bitte! Sie würde denken, ich spreche schlecht von ihrer Tochter. Es wäre schrecklich für sie. Können Sie mir versprechen, dass Sie ihr nichts sagen?«

»Das müssen Sie schon uns überlassen. Aber es sind ja ganz unbelegte Angaben, die Sie da machen, es gibt gar keinen Grund, Frau Silberhorn zu informieren – über etwas so Vorläufiges, In-der-Luft-Hängendes!« Er hatte mich streng angeblickt, und seine blauen Augen waren hervor getreten vor Ärger.

»Männer zum Beispiel«, sagte er jetzt behutsam zu Frau Silberhorn. »Kannte sie irgendwelche Männer?«

»Männer?«, fragte sie in einem Ton, als handele es sich um eine Spezies, die sie nur vom Hörensagen kannte. »Ihren Vater natürlich. Ihre Lehrer. Herrn Öztürk aus dem Gemüsegeschäft unten im Haus. Solche Männer. Ach, und Daniel. Ihren Freund. Aber der ist ja erst achtzehn.«

Ich dachte darüber nach, ob einer mit achtzehn schon ein Mann war oder nicht, während vor der verschneiten Landschaft kaum bekleidete brasilianische Tänzerinnen mit nickenden Federbüschen auf dem Kopf auftauchten.

»Und sonst? Sonst irgendwelche Männerbekanntschaften?«

»Nein.«

»Bekam sie viel Besuch zu Hause? In ihrem Zimmer?«

»Eigentlich nicht«, sagte Frau Silberhorn. »Manchmal

eine Schulfreundin. Oder Daniel. Aber der kam sie meistens nur abholen, wenn sie weggehen wollten. Ins Kino oder so.«

»Abends irgendwelche Besucher? Oder nachts?«

Ihre Stimme wurde immer kleiner und blasser: »Nein, natürlich nicht. Wer sollte sie denn nachts besuchen?«

»Sind Sie ganz sicher?«

»Natürlich. Ich bin doch immer da. Das müsste ich doch wissen, wenn meine Tochter Besuch bekommt.«

Bekam, dachte ich.

Im Fernsehen versammelten sich die Sänger und Sängerinnen und Tänzer und Tänzerinnen um die lächelnde lachsfarbene Dame und winkten und sangen und schwenkten Blumensträuße, und Buchstaben eilten über den Bildschirm und verkündeten, dass dies »Mit Musik ins Neue Jahr« gewesen war, und wenn man die CD zur Sendung kaufte, ging ein Prozent des Erlöses an das Kinderhilfswerk der Vereinten Nationen.

Ein Nachrichtensprecher tauchte auf. Ich sah hinüber zu den beiden. Frau Silberhorn, die immer noch den schrecklichen blauen Flauschmantel trug, seit Tagen trug sie ihn, als hätte sie kein anderes Kleidungsstück, sah hilflos auf den Kriminalbeamten, der in seinen Notizen blätterte.

»Na gut«, sagte er. »Das wäre es fürs erste, Frau Silberhorn. Kann ich Sie noch mal sprechen, Frau Wolf? Vielleicht drüben bei Ihnen, damit wir Frau Silberhorn nicht mehr belästigen müssen?«

»Das Fenster«, sagte er, als wir in meiner Wohnung waren, »an dem Sie Ihre Beobachtungen gemacht haben wollen – können Sie mir das mal zeigen?«

Ich führte ihn ins Badezimmer.

»Hier?«, fragte er. »Aber das Haus gegenüber ist doch viel zu weit entfernt.«

»Sie müssen sich rausbeugen und nach rechts schauen. Da, wo der rückwärtige Hausteil anschließt, das Fenster genau in der Ecke, das ist Marias Zimmer.«

Er schob sich umständlich an der Toilette vorbei, streckte den Kopf hinaus und verdrehte umständlich den Hals. Er verharrte länger in dieser Haltung, dann tauchte er umständlich wieder herein, schloss das Fenster und schlug die Hände gegeneinander, als habe er sich schmutzig gemacht.

»Ach so«, sagte er. »Also, so wollen Sie das beobachtet haben – diese ... äh ... Vorgänge. Gar nicht so einfach. Dafür muss man ja ziemlich gelenkig sein. Und ausdauernd.«

Ich wurde rot.

»Irgendwie schwer vorstellbar.«

Er zog irritiert die Schultern hoch und sah sich im Badezimmer um, als hoffe er, hier eine Erklärung für das schwer Vorstellbare zu finden.

Schließlich schüttelte er den Kopf, und sein Gesicht verlor das Dienstliche: »Wer kümmert sich um sie?« Er wies mit dem Daumen in Richtung von Frau Silberhorns Wohnung.

»Frau Cohn«, sagte ich. »Die Nachbarin von unten. Die beiden kennen sich schon lange. Und abends ich. Aber jetzt schläft sie sowieso bald ein. Sie wird früh müde.«

Frau Silberhorn schlief schon, als ich wieder in ihr Wohnzimmer kam. Ihr Oberkörper war zur Seite gesunken. Ich hob ihre Beine auf das Sofa, schob ein Kissen unter ihren Kopf, deckte sie zu und machte den Fernseher aus. Ich legte das Telefon in Reichweite auf den Couchtisch, löschte die Lampen bis auf eine und zog ihre Wohnungstür leise hinter mir zu.

Beim Zähneputzen dachte ich an die Nächte, in denen ich wachgelegen hatte nach Jochens Tod. Nachts ist der Schmerz noch viel grausamer als am Tag. Gut, dass sie wenigstens schlafen konnte. Ich beneidete sie fast darum.

Es regnete, ein kalter Januarregen, der mich mehr frieren ließ als Schnee und Frost. Er rann über den weißen Lack von Marias Sarg und das riesenhafte Gesteck aus rosaroten Rosen, das auf dem Sargdeckel thronte und Frau Silberhorn ein Vermögen gekostet haben musste.

Ich hörte ihr Schluchzen neben mir und die tröstenden Worte von Frau Cohn, die auf ihrer anderen Seite stand, den Regenschirm über sie hielt und ihr mit der behandschuhten Rechten über die Schulter strich.

Ich starrte auf den Sarg und die Rosen und dachte an Jochen. Sein Sarg war aus hellem Eichenholz gewesen, seine Rosen rosaweiß und zart und süß duftend, und er war an einem heißen sonnenhellen Junitag beerdigt worden.

Nässe drang durch meine Schuhsohlen, meine Hand, die den Regenschirm hielt, schmerzte vor Kälte, meine Nase lief, und ich versuchte, sie unauffällig hochzuziehen. Ich hatte vergessen, ein Taschentuch mitzunehmen.

Ich lauschte auf die Predigt des Pfarrers, nicht auf seine Worte, sondern auf den Ton seiner Stimme, in der Hoffnung, die ersten Anzeichen herauszuhören, dass er bald zu Ende sein würde, aber es schien eher, als sei er gerade erst dabei, sich warm zu reden.

Ich versuchte, an etwas anderes zu denken, etwas Schönes, Erwärmendes, aber mir fiel nur ein, wie die tote Maria ausgesehen hatte. Sie war niedergeschlagen und erstickt worden, mit ihrem Kopfkissen, und erst danach hatte der Täter sie auf das Bett gelegt und sorgsam aufgebahrt: das Kleid glatt gestrichen, das Kreuz an ihrem Hals gerade gerichtet, die Haare über die Schultern gebreitet, die Hände unter dem Busen gefaltet.

Liebevoll, dachte ich, beinahe zärtlich. Und dann hat er da gestanden und sein Werk betrachtet und das Zimmer verlassen und die Wohnung und ist an meiner Tür vorbei und die Treppe hinunter gegangen. Und vielleicht ist er heute hier. Oder sie, denn es kann auch eine Frau gewesen sein, sagt die Polizei.

Ich sah hoch. Gegenüber, auf der anderen Seite des Sarges, standen Marias Freundinnen und Daniel, ihr Freund, daneben, mit seiner zweiten Frau, die einen teuren karierten Schirm über ihn hielt, Marias Vater. Er trug einen grauen Lodenmantel und einen braunen Trachtenhut mit breiter Krempe. Sein Gesicht war darunter kaum zu erkennen, auch nicht, ob er weinte. Er hielt den Stiel einer rosaroten Rose zwischen den gefalteten Händen.

Die alte Frau auf seiner rechten Seite, unter einem billigen Taschenschirm, war seine Mutter, die Großmutter, die Maria so regelmäßig besucht hatte. Sie stand sehr aufrecht, mit erhobenem Kopf, ihr Haar war noch erstaunlich dunkel und ihr Gesicht in strengem Schmerz erstarrt.

Dahinter, zwischen den Grabsteinen, unter den alten Bäumen, war eine ansehnliche Trauergemeinde versammelt, Mädchen und Jungen aus ihrer Schule, eine Abordnung des Lehrerkollegiums, Nachbarn aus dem Haus und der Straße und viele andere, von denen ich nicht wusste, wer sie waren. Unter einem Meer von Schirmen lauter ernste, blasse Gesichter.

Und wahrscheinlich ist der dabei, der es getan hat, dachte ich und fror noch mehr.

Ich krümmte die Zehen in den feuchtkalten Schuhen, wechselte die Hand, die den Schirm hielt, und beobachtete den Weg des Regens, der über das glatte Weiß des Sarges rann und in die Grube tropfte, in der sie den Sarg nachher versenken würden, und dachte an Jochens Sarg, der auch in solcher Dunkelheit verschwunden war.

Der Pfarrer faltete die Hände und begann zu beten. Er sprach mit Hingabe und in immer neuen Variationen davon, dass Gott Maria Silberhorn in seiner unendlichen Liebe halte und behüte und sein Licht leuchten lasse über ihr. Sein Gebet nahm kein Ende, und das Tropfen des Regens und der Klang seiner Stimme und Frau Silberhorns Schluchzen vereinigten sich zu einem kalten Rauschen, das mich gefangen hielt, bis ich es nicht mehr aushielt.

Ich schob mich am Sarg vorbei und drängte mich durch

die Menge der Trauergäste, mein Schirm verfing sich in ihren Schirmen und blieb hängen, und der Regen, der immer stärker wurde, strömte über mein Gesicht, während ich davon lief.

Ich rannte über den knirschenden Kies, vorbei an Brunnen und Urnenpavillons, durch die Aufbahrungshalle, wo hinter Glasfenstern die Toten in ihren Särgen lagen, hinaus zum Taxistand. Ein einsames Taxi wartete dort, ich stürzte mich hinein und nannte dem Fahrer Andreas' Adresse.

Hoffentlich ist er da, dachte ich, hoffentlich.

Ich saß vor der Tür des Kriminalbeamten und blätterte mechanisch in den Broschüren über Verkehrserziehung und Falschgelderkennen und den Schutz gegen Einbrecher. Zwischendurch rief ich bei Andreas an, aber er meldete sich nicht.

Er war nicht da gewesen, als ich zu ihm gefahren war, und ich hatte mich auf die Stufe vor seiner Wohnungstür gesetzt und auf ihn gewartet. Ich hatte schon mal bis fünf Uhr früh dort gesessen, bis er endlich gekommen war. Diesmal kam er nicht.

Ich versuchte es wieder bei seiner Kanzlei. Dort lief immer noch der Anrufbeantworter, und die Stimme seiner Sekretärin verkündete, dass die Kanzlei ab heute wieder geöffnet sein würde. Wenn Sie eine Nachricht hinterlassen wollen, sprechen Sie bitte nach dem Piepton.

Die Tür öffnete sich, und der Beamte steckte seinen Kopf heraus: »Bitte, Frau Wolf.«

Ich sah im Vorbeigehen auf das Namensschild neben dem Türrahmen: Er hieß Herbert Gobineau. Dabei sah er gar nicht französisch aus mit seinen blauen Augen und den roten Haaren. Sogar seine Sommersprossen waren rot. Er wies auf den Stuhl vor seinem Schreibtisch und sah mich fragend an.

»Ich will Sie nicht belästigen«, sagte ich, »aber ich wüsste gerne, was los ist. Ich meine, was Ihre Untersuchungen ergeben haben.«

»Tut mir Leid«, sagte er. »Sie sind bestenfalls Zeugin, Sie haben keinerlei Recht auf Information. Das haben nur die Angehörigen.«

»Aber Frau Silberhorn weiß nichts.«

»Das war doch auch in Ihrem Sinne.«

»Eben«, sagte ich. »Deswegen muss ich ja zu Ihnen kommen.«

Er sah mich streng an.

»Bitte«, sagte ich. »Ich weiß, dass ich kein Recht darauf haben, aber – ich wohne nebenan, ich kannte Maria, ich bin jeden Tag drüben bei Frau Silberhorn. Und ich bin ja auch zu Ihnen gekommen und habe Ihnen etwas erzählt …«

Dies war ein albernes Argument, ein Klein-Mädchen-Argument, und ich hatte es ohne große Hoffnung vorgebracht, doch es wirkte. Dabei war er eigentlich nicht der Typ Mann für so was. Er blickte noch strenger, suchte eine Akte aus dem Stapel auf seinem Schreibtisch und schlug sie auf.

»In ihrem Zimmer wurde nichts gefunden – aber auch ganz und gar nichts – von irgendwelchen Männern. Keine Fingerspuren, Haare, Hautpartikel, Spermaspuren oder sonst etwas. Ein paar frische Fingerabdrücke von ihr und ihrer Mutter und übermäßig viele Rückstände von Allzweckreinigern, Haushaltsdesinfektionsmitteln, Spirituslösung. Alles, was die Reinigungsmittelindustrie zu bieten hat. Frau Silberhorn hat anscheinend viel geputzt.«

Er blätterte um.

»Im Schrank versteckt zwei Päckchen Kondome. Ein bisschen Reizwäsche und Spermizidzäpfchen. Das sind spermatötende Vaginaltabletten. Und in ihrem Kalender hier und da abendliche Termineintragungen. Nur die Zeiten. Keine Namen. Nicht mal Anfangsbuchstaben.«

Er blätterte weiter und machte die Akte zu.

»Das ist alles. Diese letzten Punkte könnten eventuell für

Ihre Angaben sprechen – aber dass eine Fünfzehnjährige so was in ihrer Schublade hat, muss ja keinesfalls heißen, dass sie sich als Hobbynutte betätigt. Und die Termine? Das können Treffen mit Freunden sein, Fernsehsendungen, Filme, die sie aufnehmen wollte – was immer. So kurzfristig notiert, dass sie nicht hinzuschreiben brauchte, was es war. In dem Alter hat man ein gutes Gedächtnis.«

Er betrachtete seine Hände, die auf dem grünlichen Aktendeckel lagen, als hätte er sie noch nie gesehen. Seitlich der Fingernägel war die Haut gerötet und eingerissen, wahrscheinlich, weil er daran herumzupfte, wenn er nervös war, so wie ich.

»Und dann: Warum hat keiner was davon gemerkt? Gut, in das Fenster hat man nur Einblick, wenn man sich aus Ihrem Badezimmerfenster geradezu halsbrecherisch hinauslehnt. Wer macht so was schon? Aber diese Männer hätten durchs Treppenhaus gehen müssen. Das hätte doch mal jemand gehört. Oder mal einen davon gesehen.«

Es hatte keinen Sinn, aber ich sagte es trotzdem: »Im Erdgeschoss sind Läden, im ersten Stock Büros. Da ist abends keiner. Frau Schäfer im zweiten Stock ist selten da, glaube ich, ich habe sie jedenfalls noch nie getroffen. Frau Cohn sieht abends immer fern, und das furchtbar laut, weil sie nicht mehr gut hört. Und in meiner Wohnung wohnte vorher ein Student, der hatte selber viel Besuch, hat mir Frau Cohn erzählt.«

»Aha«, sagte er. »Begreiflich ist nur eines, nämlich, warum ihre Mutter nichts davon mitbekommen hätte, wenn es denn so gewesen wäre. Sie ist Epileptikerin und muss starke Medikamente nehmen, die sie müde machen. Zwischen neun und zehn Uhr abends schaltet sie ab und ist weg vom Fenster, total, bis zum nächsten Morgen.«

»Ja«, sagte ich. »So gegen zehn schläft sie immer ein, jeden Abend. Ich habe mich schon darüber gewundert.«

»Also«, er legte die Akte wieder auf den Stapel, »was immer Sie da beobachtet haben wollen – es gibt keinerlei Bestätigung dafür.«

»Das verstehe ich nicht. Ich habe es doch gesehen. Ich bin mir ganz sicher.«

Er sah mich an, forschend und auf einmal freundlich: »Sie haben Ihren Mann verloren, nicht? Vor zwei Jahren.«

»Vor zweieinhalb«, sagte ich. Und?, dachte ich. Was hat das damit zu tun?

Er stand auf und reichte mir die Hand: »Also dann, Frau Wolf. Alles Gute. Und wenn Sie noch mal Fragen haben, rufen Sie an. Das ist doch viel einfacher für Sie.«

Und was soll dies nun bedeuten, diese neue große Freundlichkeit?, dachte ich und ging, und erst, als ich die Tür hinter mir zugezogen hatte, begriff ich, was es bedeutete.

Ich öffnete sie wieder. »Herr Gobineau?«

Er sah auf.

»Ich weiß, was Sie denken. Aber ich bin nicht einsam und verlassen und leicht verwirrt, weil mein Mann tot ist. Ich habe mir das nicht eingebildet.«

Er errötete so schlagartig, wie es nur bei sehr hellhäutigen Menschen möglich ist: »Nein, natürlich nicht.«

Wenn ich jetzt sagte: und ich habe einen Mann, klug, schön, stark, der mich mindestens dreimal die Woche fickt, und das verdammt gut – ob das helfen würde?

Sein Gesicht war mittlerweile kirschrot und sehr verlegen. Ich machte die Tür wieder zu.

Während ich die steinerne Treppe hinunter stieg, rief ich bei Andreas an und ließ es unendlich lange läuten, als ob ich ihn so zwingen könnte, ans Telefon zu gehen. Dann versuchte ich es in der Kanzlei, und diesmal meldete sich endlich seine Sekretärin.

Er müsse jeden Moment kommen, er habe heute Nachmittag keine Termine, er sei verspätet aus dem Urlaub zurück und fange erst morgen an, sagte sie, verwundert, dass ich das nicht wusste.

Ich nahm ein Taxi. Ich wollte keine Zeit mehr verlieren.

Er saß hinter seinem Schreibtisch, in Jeans und einem grünen Pullover, den ich nicht kannte und in dem er sehr schön aussah. Seine Haare waren heller und seine Haut dunkler als sonst. Er war wohl in der Sonne gewesen.

»Hallo, Anna«, sagte er.

»Hallo, Andreas. Ich bin so froh, dass du wieder da bist. Wo warst du bloß die ganze Zeit?«

»Ich habe Urlaub gemacht.«

»Aber das wolltest du doch nicht.«

»Ich habe es mir anders überlegt.«

Er machte es mir nicht leicht. Egal, er war wieder da.

»Wann können wir uns sehen und miteinander reden?«, fragte ich.

»Jetzt«, sagte er. »Ich habe Zeit. Willst du Tee?«

Ich schüttelte den Kopf und setzte mich auf das Chippendale-Sofa. Er hatte die Kanzlei von seinem Vater übernommen, und alles hier war vollgestellt mit Chippendale, blassbraun und dackelbeinig.

Er kam hinter dem Schreibtisch hervor, setzte sich in den Sessel mir gegenüber und sah mich abwartend an, auf seine ruhige Art.

»Es tut mir Leid«, sagte ich. »Ich habe mich beschissen benommen. Entschuldige.«

»Ist schon gut.«

»Ich wollte dich eigentlich Silvester anrufen«, sagte ich. »Um auf das Fest zu gehen. Aber es kam so viel dazwischen.«

»Bei dir kommt immer was dazwischen. Besonders zwischen dich und mich.«

»Diesmal war es nicht meine Schuld«, sagte ich. »Wirklich. Das Mädchen von nebenan ist umgebracht worden, zu Hause, in ihrem Zimmer. Einen Tag vor Silvester. Ihre Mutter ist fast durchgedreht, ständig war die Polizei da, und dann die Beerdigung – sonst hätte ich angerufen.«

Er sah mich schweigend an, eine ganze Weile, wahrscheinlich musste er erst begreifen, was Maria zugestoßen war, aber dann schien es, als hätte er gar nicht verstanden, was mit ihr geschehen war, denn er sagte nur: »Schade, dass du es nicht getan hast. Ich habe so darauf gewartet.«

Es klingelte, im Flur entstand Bewegung, Stimmen waren zu hören.

»Aber nun bin ich ja da«, sagte ich.

Jemand klopfte an die Tür und öffnete sie auch gleich, und eine Frau kam herein, gefolgt von seiner Sekretärin, die sagte: »Es tut mir Leid, Dr. Moratt, aber die Dame ...«

»Ich störe dich doch bestimmt nicht, Andreas«, sagte die Frau und lachte. »Das kann ich mir gar nicht vorstellen.«

Sie war klein und zierlich und hatte ein schmales Gesicht und dunkle Locken und sah ihm irgendwie ähnlich, und einen Moment lang dachte ich, sie sei seine Schwester, aber dafür war sie zu jung.

Er war aufgestanden.

»Du störst nicht«, sagte er, »nicht wirklich, jedenfalls«, und, zu seiner Sekretärin gewandt: »Ist schon gut, Frau Olmütz«, und dann zu mir: »Anna, das ist Susanne. Das ist Anna.«

Es war ein Wunder zwischenmenschlicher Kommunikation: Er hatte es geschafft, in einem Atemzug mit drei Frauen gleichzeitig zu sprechen.

Sie sagte »hallo« und lächelte mich an, und ich sagte auch »hallo« und lächelte auch, und dann küsste sie ihn auf die Wange: »Ich wollte dich überraschen. Ich liebe Überraschungen. Ich hoffe, du auch.«

Ich nicht, dachte ich. Ich hasse Überraschungen. Und die, die sie bringen.

»Ich habe es einfach nicht mehr ohne dich ausgehalten«, sagte sie, »denk mal, wir sind schon seit fünf Stunden getrennt.« Sie lachte wieder, ein klingendes melodisches Lachen, wie das von Frauen in alten Filmen.

Ich bin schon seit drei Wochen von ihm getrennt, dachte ich, und habe es auch ertragen. Sag, was du von ihm willst, und dann mach, dass du wieder rauskommst.

»Aber ich glaube, ich störe dich doch«, sie sah von ihm zu mir und wieder zu ihm, »du hast ernste Dinge zu tun. Du siehst auch so ernst aus. Ich warte draußen auf dich.« Sie lächelte mich um Verzeihung heischend an, öffnete die Tür, winkte und lächelte noch einmal in seine Richtung und verschwand.

All dieses Lächeln und Winken und melodische Lachen und schelmische Plaudern hätten bei mir albern gewirkt. Lächerlich und dumm. Bei ihr nicht, zu ihr passte es. Es war charmant und bezaubernd. Vielleicht musste man für so was klein und zierlich sein und so schöne Locken haben.

»Wer ist das?«, fragte ich.

»Susanne«, sagte er.

»Ja, ich weiß«, sagte ich. »Aber wer ist Susanne?«

»Wir waren zusammen in Urlaub.«

Ich hatte es immer noch nicht begriffen. »Aber das ist doch kein Grund, hier so rein zu platzen.«

»Wir sind zusammen, Susanne und ich«, sagte er. »Wir haben uns Silvester kennen gelernt und sind in Urlaub gefahren, und nun sind wir zusammen.«

»Du bist mit ihr zusammen? Aber du bist doch mit mir zusammen.«

»Nicht mehr. Jetzt bin ich mit ihr zusammen.«

»Einfach so? Eben noch ich, und jetzt sie?«

»Nicht einfach so«, sagte er, »ich habe lange auf dich gewartet. Wieder mal. Und dann habe ich es aufgegeben. Ich will nicht den Rest meines Lebens darauf warten, dass du kommst oder anrufst oder vor meiner Tür sitzt. Silvester habe ich Susanne kennen gelernt. Wir waren in Urlaub und nun sind wir zusammen«, wiederholte er. »Und auf die muss ich nicht warten.«

»Aber das geht nicht! Das kannst du nicht machen!«

Er sah mich an, gleichmütig, unbewegt, und hob die Schultern und ließ sie fallen, als wolle er sagen: Zu spät, ist alles schon gelaufen.

»Du hast noch Sachen bei mir«, sagte ich, als wäre das ein ernsthaftes Hindernis.

»Die hole ich mir irgendwann mal.«

»Und ich habe noch Sachen bei dir!«

»Die kannst du dir jederzeit holen«, sagte er. »Ruf nur vorher an, damit ich auch da bin. Und Zeit habe.«

Damit du uns nicht störst, hieß das. Der Gedanke daran, wobei ich sie stören könnte, schnitt wie ein Messer in mein Herz, buchstäblich, ich spürte einen scharfen Schmerz im Brustkorb, der mir die Luft nahm und Wasser hinter die Augen trieb.

Ich wusste nicht mehr, was ich sagen oder tun sollte, ich wusste nur, dass ich gleich weinen würde. Ich würde mich in Tränen auflösen und laut schluchzen, und er würde mir dabei zusehen. Gleichmütig. Unbewegt.

Bloß das nicht.

»Gut«, sagte ich und strengte mich an, so ruhig zu sein wie er. »Oder auch nicht, wie Jochen immer sagte.«

Ein Schimmer von Erstaunen zeigte sich in seinem Gesicht und das kleine Zucken unter dem Auge, das immer erschien, wenn ich von Jochen sprach.

»Dann gehe ich mal«, sagte ich und küsste ihn so zart auf die Wange, wie sie es vorhin getan hatte. »Mach es gut, Andreas.«

Er sah noch erstaunter aus, aber ich konnte den Anblick nicht genießen. Ich öffnete die Tür, ging durch die Diele, machte die Flurtüre auf, lief durch die Eingangshalle, riss die Haustür auf und rannte die Straße hinunter. Erst an der nächsten Ecke kamen die Tränen.

4

Jochens Grabstein war aus Granit, mit abgeflachten Kanten, die ein wenig schräg nach oben liefen und eine fein geschwungene Hohlkehle bildeten, bevor sie sich zu einem stumpfen Bogen trafen. Meine Augen hielten sich an ihm fest, mein Blick folgte seinen Formen und den Grautönen des Granit und blieb schließlich am Anthrazit der Buchstaben hängen, die Jochens Namen bildeten.

Ich hatte lange nicht mehr mit ihm gesprochen, ich hatte damit aufgehört, weil ich fand, ich sollte es mir nicht zur Gewohnheit werden lassen, auf den Friedhof zu gehen und mit jemandem zu reden, der unter der Erde lag, aber nun musste ich wieder damit anfangen.

Diese Scheiß-Tucke, sagte ich, mit ihren Locken und ihrem Liebreiz und ihrer süßen Stimme, nimmt ihn mir einfach weg. Und er lässt sich wegnehmen! Einfach so. Als gäbe es mich gar nicht. Trifft sie beim Silvesterfest und macht Urlaub mit ihr. Einfach so. Scheißkerl.

Und was wir miteinander getan haben, tut er nun mit ihr, küsst sie, wie er mich geküsst hat, streichelt sie, fickt sie, liebt sie. Aber das darf er nicht mit einer anderen tun. Es gehört uns. Und er gehört mir, sein Mund, seine Hände, seine Haut, alles an ihm gehört mir!

Ich schluchzte laut und zog die Nase hoch, und ein Mann in der nächsten Reihe sah herüber, nahm seine Pelzmütze ab und neigte grüßend den Kopf. Es war eine liebenswürdige altmodische Geste, fast ein bisschen komisch, wie er da zwischen den Gräbern stand, in der winterlichen Dämmerung, von dicken Schneeflocken umtanzt.

Ich nickte auch, putzte mir die Nase, warf dem Stein eine

Kusshand zu und ging hinüber zur Werkstatt des Steinmetzen, wo Frau Silberhorn schon auf mich wartete.

Sie stand, schmal, schwarz, zwischen Grabsteinen, Säulen und Steinquadern. Über ihrem blassen Gesicht leuchteten die blondierten Haare und eine hässliche lilafarbene Strickmütze. Neben ihr, auf einem Podest, ragte die Marmorfigur eines Engels empor, mit weichem Gesicht, wallendem Gewand und riesenhaften Flügeln, die so detailbesessen ausgearbeitet waren, dass man jedes Federchen erkennen konnte.

»Der Engel!«, sagte sie. »Genau das Richtige für Marias Grab! Er müsste nur größer sein. Und eine Rose in seinen Händen halten. Glauben Sie, das geht?«

Der Engel war so schon sehr groß und auch sonst nicht nach meinem Geschmack, er würde den Friedhof nicht gerade verschönern, aber ich sagte nichts, denn die Gestaltung von Marias Grab war ihr zur Besessenheit geworden, über der sie keine Ruhe mehr fand, und ich war froh, dass sie endlich etwas gefunden hatte, das ihr würdig und großartig genug erschien.

»Wir fragen den Steinmetz.«

Der Steinmetz schüttelte den Kopf: »Ausgeschlossen. Den da draußen können Sie haben, den gebe ich Ihnen billiger. So was führe ich sonst nicht. Aber anfertigen? Die Zeit habe ich gar nicht. Und das würde auch viel zu teuer. Mit dem Marmor, den Sie wollen, kommen Sie leicht auf zehntausend.«

»Das macht nichts«, sagte Frau Silberhorn. »Geld spielt keine Rolle.«

»Aber wovon wollen Sie das denn bezahlen?«, fragte ich.

»Ich habe doch mein Sparbuch.«

Sie sah den Steinmetz drängend an: »Bitte. Machen Sie es. Es ist ganz gleichgültig, was es kostet. Geld spielt keine Rolle!«

»Für mich auch nicht«, sagte er abweisend. »Ich habe genug. Aber Zeit ist wichtig. Und für so was ist sie mir zu schade.«

»Es ist doch für Maria«, sagte sie, als müsse er wissen, was das für sie bedeutete.

Er zuckte mit der Achsel.

»Er ist wirklich wichtig für Frau Silberhorn«, sagte ich.

Er zuckte wieder mit der Achsel.

»Sie braucht Schutz, meine Kleine«, sagte Frau Silberhorn, in dem singenden Ton, in den sie manchmal verfiel, wenn ihr Verstand der Realität von Marias Tod nicht mehr gewachsen war und nachgab: »Ihre Seele ist bei Gott, aber ihr Körper ist da unten in der Dunkelheit. Der Engel soll ihn beschützen und eine Rose in seinen Händen halten, denn sie war eine Rose, sie sah aus wie eine Rose und fühlte sich an wie eine Rose, seidenweich! Sie duftete sogar wie eine Rose!«

Der Steinmetz sah ihr zu bei ihrer Rede, mit zusammengekniffenen Augen und einem Gesichtsausdruck, als sei er Zeuge eines Naturereignisses, eines Wirbelsturms oder einer Flutwelle. Dann blickte er zu mir und erwartete offenbar eine Erklärung für diese sonderbare Erscheinung.

»Ihre Tochter ist ermordet worden. Sie war erst fünfzehn«, sagte ich mit Souffleusenstimme. »Damit wird sie nicht fertig. Natürlich nicht. Aber man kann es ihr ein bisschen leichter machen.«

Er sah durch das Fenster auf den Marmorengel, der im Licht der Hoflampe auf seinem Piedestal stand und mit seinen riesigen Flügeln wirklich etwas Beschützendes hatte, und ich konnte zusehen, wie es in seinem Kopf arbeitete, wie er Information zu Information fügte und zu einem Ergebnis kam.

»Ach, so ist das«, sagte er. »Ich verstehe. Na gut. Was bleibt mir übrig? Aber teuer wird es, meine Dame, das kann ich Ihnen nicht ersparen. Und es dauert. Vor Frühsommer ist gar nicht dran zu denken.«

»Oh, das macht nichts«, sagte Frau Silberhorn, wieder mit fester, erwachsener Stimme. »Geld spielt keine Rolle. Und Zeit auch nicht.«

Er zuckte einmal mehr mit der Achsel, drehte uns den Rücken zu, schaltete seine Schleifmaschine ein und hüllte sich in Steinstaub und Lärm.

Wir verließen die Werkstatt und gingen über den gepflasterten Weg zurück zur Straße. Es war ein langes, schmales Grundstück zwischen der Friedhofsmauer und den Feldern und Gewächshäusern der Friedhofsgärtnerei. Im Sommer war es fast verwunschen schön, aber jetzt lag es grau und trostlos im Halbdunkel zwischen der Hoflampe hinter uns und der Straßenbeleuchtung vor uns.

»Im Sommer ist es hier schön«, sagte ich versuchsweise, um sie abzulenken und vielleicht ein Gespräch in Gang zu bringen, das nicht von Marias Grab und seiner würdigen Ausgestaltung handelte: »Lauter Büsche und Bäume, an der Mauer wächst Efeu, und da drüben liegen die Blumenfelder der Gärtnerei.«

Sie antwortete nicht, und ich wusste, sie hatte mich gar nicht gehört. Sie hatte sich bei mir eingehakt, sie umklammerte meinen Arm so fest, dass es wehtat, und ging blicklos neben mir her, versunken in ihrer Welt, in der nichts anderes Platz hatte als Marias Tod.

Wir überquerten das Gleisfeld auf der Fußgängerbrücke. Auf der freien Fläche wehte ein kräftiger Wind, der die Brücke an ihrem höchsten Punkt leicht schwanken ließ. Es fühlte sich an, als ob mir der Teppich unter den Füßen weggezogen würde, und ich war froh, dass Frau Silberhorn meinen Arm so fest im Griff hatte.

Sie schien gar keine Angst zu haben, sie blieb stehen und lachte sogar. »Das hat Maria so gemocht, als sie klein war«, rief sie laut, gegen den Wind an, »das ist fast wie Fliegen, Mama, hat sie immer gesagt, wie Freisein. Als ob ich ein Vogel wäre.«

Sie überlegte einen Moment. »Das ist sie ja nun. Frei wie ein Vogel. Das hat sie sich immer gewünscht. Vielleicht ist sie darum von uns gegangen.«

So sprach sie immer vom Tod ihrer Tochter, in nichts sagenden blumigen Wendungen. Sie hat uns verlassen, sagte sie, oder: Sie ist für immer eingeschlafen. Es war, als hätte der Mord an Maria noch keinen Platz gefunden in ihrer inneren Welt.

Ich hatte ihren Arzt deswegen gefragt. »Das gibt es öfter«, hatte er gesagt, »dass Menschen unerträgliche Ereignisse einfach aus ihrem Bewusstsein ausklammern. Im Grunde ein sinnvoller Schutzmechanismus, vor allem, wenn es keine Möglichkeit gibt, das Geschehene konstruktiv zu verarbeiten. Und die hat sie nicht, so weit ich das sehe. Hoffen wir also, dass es so bleibt.«

»Vielleicht ist sie darum von uns gegangen«, wiederholte Frau Silberhorn. »Nicht wahr?«

Ich sagte ja und zog sie weiter, fort vom schwindelerregenden Schwanken der Brücke.

Ich rief Andreas an.

»Hallo«, sagte ich. »Hier ist Anna. Ich muss unbedingt mit dir reden.«

»Ich weiß nicht, worüber du noch reden willst, Anna.«

»Über uns natürlich«, sagte ich.

»Da gibt es nichts mehr zu reden.«

»O doch«, sagte ich. »Eine Menge.«

»Aber nicht mit mir. Zwischen uns ist alles klar. Wenn ich etwas zum Kotzen finde, dann ist es überflüssiges Beziehungsgequatsche.«

Ich hatte nicht gewusst, dass er so hart sein konnte. So erbarmungslos. Ich sagte ihm kühl auf Wiedersehen, legte den Kopf auf den Schreibtisch und weinte.

Mal wieder. Schon wieder. Erst hatte ich endlos um Jochen geweint, und nun fing ich wieder damit an. Würde ich den Rest meines Lebens damit zubringen, wegen der Männer in meinem Leben in Tränen zu baden?

Als ich fertig war damit und den Kopf hob, fiel mein Blick auf einen Kaffeebecher, einen Teller mit schokoladegefüllten Keksen und ein Päckchen bunter Papiertaschentücher. Hinter dieser aufgereihten Pracht stand Frau Beifuss und machte ein Gesicht wie eine Marktfrau hinter ihrem Stand.

Sie riss die Packung auf und schob sie mir hin. Die Tücher waren rot und mit goldenen Herzen bedruckt.

»Schön«, sagte ich.

»Gerade schön genug. Ich habe Ihnen frischen Kaffee gemacht. Ihrer war schon ganz kalt. Und Sie sollten mal was essen. Das wäre dem Herrn Doktor auch nicht recht, dass Sie so mager werden.«

Sie ging zur Tür: »Und sagen Sie ja Bescheid, wenn Sie was brauchen. Ich bin drüben!«

Ich trank den Kaffee und aß einen der Kekse. Ich war abstoßend heuchlerisch und verlogen. Weil ich sie in dem Glauben ließ, dass ich um Jochen trauerte, liebte sie mich. Wenn sie wüsste, dass ich wegen eines anderen weinte, würde sie mich hassen. Sie hatte mich eine ganze Zeit lang gehasst, am Anfang, als ich in Jochens Zimmer saß und sie fand, dass ich da nicht hingehörte. Sie konnte gut hassen.

Lieber nicht, dachte ich. Das ist zu viel, ohne Andreas' Liebe, aber mit Frau Beifuss' Hass, das hält kein Mensch aus. Warte mit der Wahrheit, bis du Andreas wiederhast. Fragt sich nur, ob du ihn wiederkriegst, in diesem Zustand.

Ich strich über meinen eingesunkenen Bauch und meine Brüste, von denen nur zwei schwache Erhebungen mit Nippeln übrig waren. Mein Hals war mager, mein Gesicht auch, und die Jochbeine traten hervor und machten es noch breiter, als es schon war.

Ich versuchte mich zu erinnern, wie Susanne ausgesehen hatte. Klein, zierlich, dunkle Locken, bräunliche Haut. Ein schmales Gesicht, ein kleiner Mund. Schlimm. Und die Figur? Sie hatte einen dunklen Pullover getragen. War der nicht ziemlich ausgefüllt gewesen für so eine kleine Frau? Wahrscheinlich war sie eine von den Frauen, die klein und zierlich sind und außerdem einen großen Busen haben. Mit anderen Worten: alles.

Ich zog den Teller zu mir heran und stopfte die widerlich süßen Kekse in mich hinein und überlegte, was ich anziehen würde, wenn ich zu Andreas ging, um meine Sachen zu holen. Er konnte schlecht nein sagen, wenn ich sagte, ich müsste unbedingt meine Sachen holen.

Etwas Helles, dachte ich, Schwarz macht zu schlank. Und ungeschminkt, nur dunkelroten Lippenstift, das mag er, und das Haar ganz glatt und glänzend, das mag er auch.

Aber als ich zu ihm kam, schien es, als würde er mich gar nicht sehen. Als hätte er seine Augen auf einen Punkt ein paar Zentimeter vor mir eingestellt, sodass er nicht mehr erkennen konnte, was dahinter lag.

»Hallo«, sagte er vage in meine Richtung.

»Hallo.«

»Wie geht's denn so?«, fragte er.

Ich kann es nicht leiden, wenn jemand »Wie geht's denn so?« sagt. Das tat er sonst nicht.

»Gut«, sagte ich. »Und dir?«

»Auch gut.«

»Gut siehst du aus«, sagte ich. Er trug wieder Grün, Hemd und Jackett in einem Graugrün, das ihn sehr schön machte. »Du trägst neuerdings oft Grün, nicht?«

»Stimmt«, sagte er. »Susanne mag Grün.«

Das Messer schnitt in mein Herz.

Er wies durch die geöffnete Tür ins Wohnzimmer: »Komm doch rein. Da sind auch deine Sachen. Willst du was trinken?«

Der Ton, in dem er fragte, sagte: sag bitte nein.

»O ja, gerne«, sagte ich.

»Tee?«

»O ja, sehr gern«, sagte ich, als hätte ich seit Jahren keinen Tee mehr bekommen.

Ich setzte mich auf das Sofa neben die Papiertüten, in denen meine Sachen waren, und sah mich um. Bunte Seidenkissen auf den Sofas. Zwei Birkenfeigen. Das Plakat einer Ausstellung über Barockmalerei an der Wand. Eine gemusterte Kokosmatte vor der Tür zu dem winzigen Steinbalkon. Lauter Dinge, die es früher nicht gegeben hatte.

Dafür gab es die schöne korallenrote Bettwäsche nicht mehr. Die Doppeltür zum Schlafzimmer, die immer ganz geöffnet gewesen war, stand nur einen Spalt weit auf, aber ich konnte sehen, dass das Bett nun grün war, froschgrün und grasgrün und spinatgrün in starken Mustern. Scheußlich.

Er stellte das Tablett auf den Tisch, goss ein und schob mir eine Tasse hin.

»Du hast die rote Bettwäsche nicht mehr«, sagte ich.

Er zuckte mit der Achsel.

»Susanne mag Grün«, sagte ich.

In seine Augen trat der Schimmer eines Lächelns, er stellte seinen Blick auf mich ein und sah mich das erste Mal richtig an.

»Du siehst auch gut aus«, sagte er. »Sehr gut.«

Das will ich hoffen, dachte ich. Dafür habe ich hart gearbeitet. Bitte beachte besonders das Rot meiner Lippen und den Glanz meiner Haare und die frisch angefressene Rundung meiner Brüste. Alles nur für dich.

Seine Augen wanderten an mir herunter und wieder hinauf, unsere Blicke trafen sich und blieben aneinander hängen, und ich wagte nicht zu lächeln und kaum zu atmen, damit nichts ihn von mir ablenken konnte.

Er nahm seinen Blick fort, aber nur, um gleich wieder zu mir zurückzukehren, und mir fiel ein, wie er mich früher oft angesehen hatte, still und nachdenklich und als ob er mich bis ans Ende aller Tage ansehen wolle, und wie ich dann gefragt hatte: Was denkst du jetzt, und er geantwortet hatte:

Du überschätzt mich, ich denke nicht dauernd, ich sehe dich einfach nur gerne an.

Ich lächelte bei dem Gedanken, er lächelte auch, vielleicht dachte er auch daran, und so saßen wir da und sahen uns an und spürten die Verbindung zwischen uns, all die warmen pulsierenden Verbindungen, die zwischen uns gewachsen waren, wie die Ranken von Schlingpflanzen, die erst weich und zart sind und später so stark und fest.

Aus dem Flur waren Geräusche zu hören, sein Lächeln verschwand und sein Blick wurde fern und unverbindlich, es war das Öffnen und Schließen einer Tür, das zu hören war, und eine Stimme rief: »Hallo, ich bin es!«

Ich kann es nicht ausstehen, wenn Menschen »Hallo, ich bin es!« in die Welt hinausschreien. Was soll das heißen? Wer ist ich?

Sie tauchte im Türrahmen auf, lächelnd, Tüten tragend, kam mit raschen Schritten herein, ließ die Tüten zu Boden gleiten, setzte sich neben ihn, küsste ihn und wandte ihr Lächeln mir zu.

»Hallo, Anna. Das ist schön, dass Sie da sind. Und ihr trinkt Tee. Nein, danke, ich brauche keine Tasse. Ich trinke einen Schluck aus deiner.«

Es schnitt in mein Herz, wie sie neben ihm saß, ihn küsste, aus seiner Tasse trank. Dass sie einen Schlüssel hatte und einfach so hereinkam. Dass alles, was sie tat, sagte: Ich bin hier zu Hause, ich gehöre hierher. Und er gehört mir.

»Anna wollte ihre Sachen holen«, sagte er, als sei es einer Erklärung bedürftig, dass ich bei ihm in seiner Wohnung saß.

»Ja, ich muss dann auch weiter«, sagte ich, atemlos, denn mein Herz tat weh, und der Schmerz nahm mir die Luft.

»Das ist aber schade«, sagte sie und meinte es anscheinend ehrlich. »So lerne ich Sie ja nie kennen. Ich habe alles für eine Ratatouille mitgebracht. Die ist schnell fertig. Wollen Sie nicht mit uns essen?«

»Nein, wirklich nicht«, sagte ich, »danke, das ist nett, ein andermal«, sah die Erleichterung in seinem Gesicht, nahm die Tüten und ging hinaus in den Flur. Er folgte mir, half mir in die Jacke, sagte: »Mach es gut, Anna«, ich nickte, und dann war ich draußen und stieg die Treppe hinunter und ließ es zu, dass der Schmerz mich überflutete.

Ich holte tief Luft und dachte: Nächstes Mal kommst du zu mir, dafür werde ich sorgen. Da kann sie nicht plötzlich hereinplatzen.

Das nächste Mal war ein kalter nasser Februartag, einer dieser Tage, an denen man nicht mehr daran glaubt, dass es je wieder Frühling wird. Ich hatte die Wohnung aufgeräumt, mich schön gemacht, Tee gekocht und seine Sachen nicht bereitgestellt, damit er nicht einfach danach greifen und gleich wieder gehen konnte.

Er wirkte müde, seine braune Haut hatte einen fahlen Ton, das Haar fiel ihm strähnig ums Gesicht, und seine Jacke war nass. Er sah aus wie jemand, den man mit ins Bett nehmen und wärmen möchte.

»Komm ins Wohnzimmer«, sagte ich, »und trink einen Tee mit mir.«

»Aber nur kurz«, er hockte sich ganz vorne auf die Sofakante, »ich habe nicht viel Zeit.«

Wir tranken Tee und sprachen übers Wetter, er fragte, wie es im Büro ging, ich fragte, wie es in der Kanzlei lief, und dann saßen wir da und redeten, wie früher, wenn wir uns abends trafen.

Anders als er hatte ich die Tür zu meinem Schlafzimmer weit offen gelassen, und das Gelb leuchtete und das Gold des Spiegels über dem Bett, und irgendwann stand er auf und sagte: »Was hast du denn mit deinem Schlafzimmer gemacht?«, und ging hinüber.

»Schön«, sagte er und sah sich um, wir standen nahe beieinander, unsere Schultern berührten sich, unsere Hände auch, und wir spürten die Wärme des anderen und die Nähe und das lebendige Pulsieren zwischen uns, und mein Herz wurde leicht.

Er legte den Arm um meine Schulter und zog mich an sich, und ich drückte mein Gesicht an seinen Hals und sog seinen Geruch ein und spürte seinen Mund auf meiner Wange und dann endlich seine Lippen auf meinen, weich und warm.

Es klingelte, und sein Körper wurde steif.

»Ich gehe nicht hin«, sagte ich.

»Das ist Susanne.«

»Susanne?«

»Ja. Sie holt mich ab.«

»Sie holt dich ab? Warum?«

»Weil wir essen gehen wollen«, sagte er, ging hinaus in den Flur und zog seine Jacke an. »Wo hast du meine Sachen?«

»Aber du kannst doch jetzt nicht gehen!«

»Warum nicht?« Er hielt den Kopf gesenkt und kämpfte mit seinem Reißverschluss.

»Weil du mich gerade noch geküsst hast! Weil ich dich liebe. Und weil du mich auch liebst. Darum!«

Er sah hoch. Sein Gesicht war gerötet, aber seine Augen waren klar und kühl.

»Nein«, sagte er. »Ich liebe dich nicht mehr. Ich bin mit Susanne zusammen, und ich bleibe mit ihr zusammen, damit das klar ist, Anna. Mit uns ist es aus, für immer und ewig. Wir hatten unsere Chance. Du wolltest nicht. Du kommst ein bisschen spät mit deinen Erkenntnissen und deinen Liebeserklärungen.«

Er sah sich um: »Wo hast du meine Sachen? Ich will Susanne nicht warten lassen.«

Ich wies auf den Flurschrank. Er öffnete die Tür, nahm seine Reisetasche heraus, in die ich alles gepackt hatte, machte die Tür sorgsam wieder zu und klappte den Kragen seiner Jacke hoch.

Ich sah ihm dabei zu und hatte ein Gefühl, wie es zum Tode Verurteilte kurz vor der Hinrichtung haben müssen:

noch ein paar Minuten, und alles ist zu Ende, und ich kann nichts dagegen tun.

Ich hätte mich am liebsten an ihn gehängt, mit meinem ganzen Körper, damit er nicht gehen konnte, wie es die Frauen in den griechischen Tragödien tun, aber ich nahm mich zusammen. Frauen in griechischen Tragödien waren selbst dabei noch würdevoll. Ich würde mich nur lächerlich machen. Noch lächerlicher.

Er sagte: »Also, dann, mach's gut«, und sah mich an, und in seinen Augen lag Triumph. Er hatte es mir gezeigt. Er hatte sich revanchiert für die Demütigung, dass ich ihn nicht so sehr gewollt hatte wie er mich.

Seltsamerweise half mir das, doch so etwas wie Würde zu finden. Ich öffnete die Wohnungstür und hielt sie ihm auf. Er zögerte, wollte etwas sagen, besann sich anders, hob die Schultern und ging. Im Treppenhaus fing er an zu pfeifen.

Ich schloss die Tür und schob den Riegel vor. Mir fiel ein, wie Jochen im Treppenhaus gepfiffen hatte, als er das letzte Mal ging und nicht wiederkam. Anscheinend verschwanden die Männer, die ich liebte, immer pfeifend aus meinem Leben.

An meinen Fenstern rüttelte der Wind, der über das Gleisfeld fegte, und Regen trommelte an die Scheiben, die leise klirrten. Ich spürte kühlen Luftzug und hörte die Wohnungstür klappern, denn durch die undichten Fenster im Treppenhaus zog es noch viel stärker. Es war, als würde das Haus von allen Seiten angegriffen.

Nachdem ich aufgewacht war, hatte ich eine Weile an Andreas und Susanne gedacht, das tat ich immer nach dem Aufwachen. Waren sie auch wach? Wahrscheinlich nicht, denn das Haus, in dem er wohnte, lag geschützt zwischen Bäumen und anderen Häusern. Wahrscheinlich schliefen sie friedlich in seinem schönen großen Bett. Oder sie lagen eng aneinander geschmiegt und redeten miteinander und lauschten auf das Heulen des Windes.

Oder sie liebten sich. Ich stellte mir genau vor, wie sie sich liebten, in allen Einzelheiten, bis zum Ende, wenn sie gelöst nebeneinander lagen. Es war, als ob ich in einer Wunde bohrte und zusah, wie das Blut heraus floss, es war qualvoll und selbstzerstörerisch und abstoßend, aber ich konnte nicht anders.

Danach hatte ich mich eine Weile lang gehasst, weil ich so dumm gewesen war und nicht begriffen hatte, dass ich ihn liebte. Dann war ich dazu übergegangen, ihn zu hassen, weil er auch so dumm und außerdem rachsüchtig war und mir nicht verzieh und nicht begriff, dass er mich liebte. Nur mich. Für immer und ewig.

Wenn ich an diesem Punkt angelangt war, schlief ich sonst wieder ein, doch der Sturm hielt mich wach. Ich lag da und starrte auf das Muster aus Licht und Schatten, das die Lampen über dem Gleisfeld an die Decke zeichneten.

Ich dachte an morgen. Vormittags kam ein neuer Klient, das war wichtig, auf Empfehlung eines guten alten Kunden, und also war es doppelt wichtig. Und es war schwierig. Er hatte den Leiter seiner Entwicklungsabteilung in Verdacht, der Konkurrenz zu nahe zu stehen. »So was ist immer äußerst diffizil«, hatte Herr Fischler gesagt und sorgenvoll den Kopf gewiegt.

Ich würde den grauen Hosenanzug tragen, mit der weißen Bluse, dazu dezentes Make-up und die Perlenkette von Jochens Mutter. Und ein reifes, erfahrenes Gesicht machen, damit der neue Kunde nicht gleich wieder ging, weil die Inhaberin von »A & E – Auskünfte und Ermittlungen« blass und mager war und aussah wie ein verkleidetes Schulmädchen.

Und nachmittags kam Rolf Schüler, unser bester Observierer und Beweismittelbeschaffer, bei dem ich lernen sollte, was ich als Inhaberin von »A & E« nach Herrn Fischlers Meinung wissen musste.

»Sie brauchen nicht alles zu können, aber Sie sollten alles

mal gemacht und gesehen haben und wissen, worum es geht«, sagte er, wenn ich Einspruch erhob, »das hat Jochen auch immer gesagt«, und sah mich mit hochgezogenen Augenbrauen an, und ich fügte mich.

Rolf Schüler hatte Jochen seit Ewigkeiten gekannt, seit der Zeit, als Jochen noch Anwalt und Schüler noch Polizeibeamter gewesen war, und ihn sehr gemocht – wer hatte Jochen nicht sehr gemocht? –, aber mich mochte er nicht.

»Haben Sie nicht jemand anderen, der mir zeigen kann, was ich wissen muss? Herr Schüler ist scheußlich zu mir. Er behandelt mich wie ein Stück Dreck.«

»Das habe ich befürchtet«, sagte Herr Fischler und sah einmal mehr sehr besorgt aus. »Er trauert um Jochen, wissen Sie. Er hat Jochen sehr gemocht.«

»Aber deswegen muss er mich doch nicht hassen.«

»Doch«, sagte Herr Fischler, »er ist eifersüchtig. Er hat Jochen geliebt, wissen Sie.«

»Sie wollen doch wohl nicht sagen ...«

»Nein. Natürlich nicht. Überhaupt nicht. Ganz im Gegenteil. Aber Jochen war sehr wichtig für ihn. So wie ein großer Bruder, wissen Sie. Und nun muss er sich erst an Sie gewöhnen, das ist alles.«

»Ach?«, sagte ich. »Und wenn ich mich nicht an ihn gewöhne? Ich würde ihn am liebsten rausschmeißen!«

Herr Fischler hatte mit schicksalsergebener Miene den Kopf geschüttelt: »Das können Sie nicht. Er gehört zur Firma, viel mehr als Sie oder ich. Jochen würde das nie erlauben. Er würde auch wollen, dass Sie bei Rolf lernen, damit er sich an Sie gewöhnt.«

Ich hatte es aufgegeben.

Ich drehte mich zur Wand, fort vom Fenster und seinen Licht- und Schattenspielen, und machte die Augen zu, aber meine Ohren lauschten weiter auf das Lärmen und Toben des Windes, und meine Gedanken hörten nicht auf zu wandern.

Schließlich hielt ich es nicht mehr aus. Ich holte mir in der Küche ein Glas Wasser und ging durch die dunkle Wohnung und sah dem Sturm zu, wie er Rauch aus den Schornsteinen riss, an den Geschirrtüchern zerrte, die am Gestänge von Frau Schäfers Küchenbalkons hingen, über den Dächern des Hofes die Wolken durch den Himmel scheuchte.

Und dann leuchtete plötzlich das rote Licht draußen vor dem Badezimmerfenster auf, wie früher, und ich sah hinaus und erwartete in der Unwirklichkeit der Sturmnacht, Maria zu sehen und einen der Männer, bis mir einfiel, dass Maria tot war und in ihrem Grab lag, unter Frau Silberhorns üppigen Rosensträußen, und unmöglich dort drüben sein konnte.

Ich starrte hinüber, und mein Herz schlug so laut, dass es in meinen Ohren dröhnte. Eine schmale schwarze Gestalt tauchte auf, die umher ging und Kerzen aufstellte und sie anzündete. Als alle brannten, verteilte sie wieder etwas im Raum, auch das zündete sie an, und ich sah Rauch aufsteigen, es waren Räucherstäbchen, vielleicht auch Weihrauch.

Aber sie hatte mir erzählt, sie ginge nur in das Zimmer, um es sauber zu machen, weil sie das Gefühl hätte, es sei etwas Schweres, Dunkles darin. Und wieso war sie wach? Sie schlief doch immer die Nacht durch, wegen der Tabletten.

Sie stand zwischen den Lichtern und den sich schlängelnden Rauchfäden, wie eine erloschene schwarze Kerze, sie tat nichts, bewegte sich nicht, es war, als konzentriere sie sich, als warte sie auf etwas.

Die Zeit verging, ich fror, mein Rücken tat weh, aber ich konnte nicht einfach wieder ins Bett gehen und nicht wissen, was mit ihr war und was sie tun würde.

Schließlich verglühten drüben die ersten Kerzen, und ich hörte von fern eine Uhr, die Uhr der alten Volksschule, die um sechs zum ersten Mal schlug. Ich war so müde und fror so sehr, dass ich nicht mehr denken oder fühlen konnte, ich war ganz leer und wartete einfach mit ihr, ohne Ende, ohne Sinn.

Als es gerade anfing hell zu werden, verstand ich auf einmal, was sie wach gehalten hatte, und warum sie dort stand und versuchte, das Schwere, Dunkle aus dem Zimmer zu vertreiben: Der Mord an Maria war in ihre innere Welt eingedrungen. Sie wusste jetzt, warum ihre Tochter von uns gegangen war.

5

»Ach, bitte, Herr Fischler, reichen Sie mir doch noch mal die Pralinen rüber«, sagte Frau Monschau. »Die sind ja herrlich. Wo haben Sie die nur her?«

»Betriebsgeheimnis«, sagte Herr Fischler in neckischem Ton, »Top Secret. Wird nicht verraten.«

Ich zuckte immer noch zusammen, wenn ich ihn so reden hörte. Frau Monschau kicherte: »Da muss ich also öfter zu Ihnen kommen.«

»So ist es, liebe gnädige Frau«, sagte Herr Fischler, »und ich brauche Ihnen wohl nicht zu sagen, dass Sie uns immer herzlich willkommen sind.«

Ich bekam ein Gefühl, das dem der Seekrankheit ähnelte. Frau Monschau lächelte und aß noch zwei Pralinen, ein Eierlikörherz und ein Nusshäufchen.

Ich hatte ihn gefragt, warum er sich so sonderbar benahm, wenn sie da war. »Was tut man nicht alles für Volk und Vaterland«, hatte er gesagt, Gott sei Dank wieder in seinem eigenen trockenen Ton. »Das Überwachungssystem in der neuen Betriebsanlage von ›Monschau Electronics‹ ist der beste Auftrag, den es zur Zeit gibt, und ich finde, wir sollten ihn kriegen. Und sie hat zwar keine Ahnung, aber ihr gehört die Firma, und sie entscheidet.«

»Ich wiege nachher bestimmt ein Kilo mehr«, sagte Frau Monschau. »Und Sie, Frau Wolf, mit ihrer Figur, wie machen Sie das nur, bei diesen guten Dingen?«

Wenn du jede Nacht aufwachen und dir vorstellen würdest, wie dein Mann mit einer anderen Frau schläft, würde dir auch der Appetit vergehen, dachte ich.

Es bestand keine Aussicht, dass Frau Monschaus Mann je

so etwas tun würde. Er war Geschäftsführer ihrer Firma, aber das war es nicht allein, er war auch sehr zärtlich zu ihr, nannte sie »Engelchen« und schien sie wirklich zu lieben.

»Halten Sie Diät? Zählen Sie Kalorien?«

Sie erwartete allmählich eine Antwort, auch Herr Fischler wurde unruhig, ich musste etwas sagen, irgendetwas Neckisches, Fröhliches, aber mir fiel nichts ein.

Die Tür öffnete sich, Frau Beifuss steckte den Kopf herein und sprach in durchdringendem Bühnenflüsterton: »Frau Wolf! Entschuldigen Sie die Störung. Eine wichtige Angelegenheit!«

»Ich komme«, sagte ich erleichtert und folgte ihr hinaus.

»Eine Dame ist da«, sagte sie, »eine Frau Silberhorn. Sie sagt, sie muss Sie unbedingt sprechen. Sie scheint irgendwie so ... belastet – ich dachte, Sie sollten wenigstens kurz mit ihr reden. Ich habe sie in Harros Zimmer gesetzt.«

Sie saß, schmal und schwarz, im Sessel vor Herrn Fischlers Schreibtisch und hielt sich an ihrer Tasche fest. Sie saß ganz ruhig und geduldig da, aber sie wirkte, als trüge sie das Leid der ganzen Welt, und ich verstand, warum Frau Beifuss mich geholt hatte.

Ich rollte Herrn Fischlers Drehsessel hinter seinem Schreibtisch hervor und setzte mich neben sie.

»Jemand hat Maria getötet«, sagte sie. »Wussten Sie das?«

Ich nickte.

»Aber sie wissen nicht, wer. Dabei ist es jetzt schon vier Monate her.«

»So was dauert«, sagte ich. »Es gibt kaum Anhaltspunkte, eigentlich gar keine. Es ist ein sehr schwieriger Fall, und die Polizei gibt sich alle Mühe. Sie müssen Geduld haben.«

Sie presste die Lippen zusammen und bewegte langsam den Kopf, von einer Seite zur anderen.

»Der Beamte, der dafür zuständig ist, ist wirklich kompetent und sehr engagiert. Er tut, was er kann.«

Sie nickte widerwillig.

»Er findet bestimmt raus, wer Maria getötet hat, darauf können Sie sich verlassen. Sie müssen nur warten.«

»Die haben so viel anderes zu tun. Und es ist ein schwieriger Fall, das sagen Sie ja auch.« Sie bewegte wieder den Kopf, noch langsamer. »Ich kann nicht einfach dasitzen und abwarten. Das kann ich nicht. Etwas muss geschehen.«

Sie öffnete ihre Tasche, suchte darin herum, fand einen Briefumschlag, entnahm ihm eine Visitenkarte und reichte sie mir. Es war eine meiner Geschäftskarten.

»Wo haben Sie die denn her?«

»Ich habe sie bei Maria gefunden. In ihrer Schreibtischschublade.«

»Und? Was ist damit?«

Sie senkte den Blick wieder in die Tiefe ihrer Tasche: »Ich wollte Sie bitten, dass Sie das übernehmen. Das Ermitteln.«

Ich sah auf die Karte. Es war noch eine von meinen alten. Unter »Auskünfte und Ermittlungen« stand »Dr. Jochen Wolf & Anna Wolf«. Jetzt hatte ich mich endlich dazu durchgerungen, Jochens Namen wegzulassen.

»Aber nicht so was«, sagte ich. »Das ist Sache der Polizei, da darf ich mich nicht einmischen. Und ich kann das auch nicht. Ich lerne es gerade erst.«

Sie sah mir stumm ins Gesicht. Stumm und störrisch.

»Wirklich!«

»Maria würde das auch wollen. Sie hat Sie so gerne gehabt. Sie fand Sie toll. Sie sind cool, hat sie gesagt, echt cool.«

Ich errötete: »Wirklich?«

»Bestimmt. Ich lüge nicht.«

»Aber bei mir dauert es viel länger als bei der Polizei. Wenn ich überhaupt etwas finde.«

»Das ist mir egal. Wenn ich nur weiß, dass Sie es machen, dann habe ich meine Ruhe. Ihnen vertraue ich ja. Bitte! Für Maria. Dann hat sie auch ihre Ruhe.«

Maria. Vielleicht würde sie noch leben, wenn ich mich um

sie gekümmert hätte, mich nicht hätte abschrecken lassen, mich damit nicht zufrieden gegeben hätte, dass das rote Licht nicht mehr brannte!

»Gut«, sagte ich. »Aber es wird nichts dabei heraus kommen. Ich rede mit allen, die Maria gekannt haben, und schreibe einen Bericht. Sie dürfen nicht enttäuscht sein.«

Sie nickte heftig und schloss ihre Tasche mit einem triumphierenden Knips des Schnappverschlusses.

Bei Herrn Silberhorn und seiner zweiten Frau gab es Kaffee und Kuchen, an einem perfekt gedeckten Tisch, auf dem alles zusammen passte, in einem perfekt eingerichteten Wohnzimmer, in dem auch alles zusammen passte.

»Ich weiß gar nicht, was Eva sich da vorstellt«, sagte Herr Silberhorn und sah mich unglücklich an. »Ich meine, was ich Ihnen erzählen soll. Sollte man das nicht lieber der Polizei überlassen?«

»Das finde ich nicht«, sagte seine Frau, die schlank und dunkelhaarig war und ebenfalls perfekt in ihr Wohnzimmer passte. »Du weißt doch, wie das bei der Polizei läuft.«

Er räusperte sich und wirkte noch unglücklicher.

Er gehörte zu den Menschen, bei denen man erst auf den zweiten Blick erkennt, dass sie geradezu schön sind. Er war für einen Mann nicht groß, ein wenig kleiner als ich, aber alles an ihm war wohlgebildet. Seine Haut hatte einen klaren Elfenbeinton, sein Haar war lichtbraun und lockig wie das seiner Tochter, seine Augen hatten ein warmes Braun, und selbst seine Fingernägel waren schön geformt.

»Erzählen Sie einfach«, sagte ich. »Alles, was Sie von Maria wissen, erinnern, was Ihnen einfällt.«

Er brachte es fertig, noch unglücklicher auszusehen.

»Mach schon, Werner«, sagte seine Frau.

Nun strengte er sich an, aber was er erzählte, war eine farblose Folge von Fakten und blieb so fremd und fern, als habe er Maria kaum gekannt.

Es wurde erst besser, als seine Frau sagte: »Zeig ihr doch mal die Fotos, Werner.«

Er holte eifrig einen Stapel Fotoalben herbei. »Ich bin nämlich ein leidenschaftlicher Fotograf«, sagte er, als er sich neben mich setzte, und das stimmte: Er hatte alles in Marias Leben fotografiert, von ihrem ersten Schrei bis zu ihrem letzten Weihnachten. Selbst von ihrem frischen Grab gab es ein Foto, das riesige Rosenbukett vom Sarg lag darauf und war noch nass vom Regen während der Trauerfeier.

Sie war ein kräftiges Kind gewesen, mit einem Anstrich von Biederkeit, das gehorsam und ein bisschen gezwungen für ihn lächelte und posierte, im Sandkasten, vor dem Schultor, dem Weihnachtsbaum, dem Geburtstagstisch, dem Riesenrad, am Meeresstrand. In den ersten Jahren war ihre Mutter noch mit auf den Bildern, später zuweilen die zweite Frau ihres Vaters, doch meist stand sie allein da.

Dann blühte sie auf, früh und plötzlich. Mit zwölf hatte sie füllige Brüste und runde Hüften und wirkte neben dem kindlichen Geburtstagstisch im aufgeräumten Wohnzimmer ihres Vaters seltsam deplatziert. Und scheu und befangen.

Ein Jahr später hatte sich auch das geändert, eine fast aggressive Selbstsicherheit ging nun von ihr aus und der ganze große Zauber ihres schönen Körpers und des süßen unschuldigen Prinzessinnengesichtes.

»Erstaunlich, nicht wahr?«, sagte Herr Silberhorn.

Ja, wahrhaftig, dachte ich. Was ist da mit ihr passiert?

»Wie diese Fotos ihre Farbbrillanz behalten! Ich kaufe auch immer sehr teure Filme. Das lohnt sich eben.«

Die ganze Zeit, während wir in das gehorsam lächelnde Kindergesicht seiner toten Tochter geblickt hatten, hatte er von nichts anderem geredet als von Belichtung, Weitwinkel, Farbqualität, und ich wurde plötzlich schrecklich wütend und ungeduldig und war froh, dass er schnell durch den Rest des Albums blätterte.

Das letzte Foto zeigte sie in einem dunklen Kleid, mit hohen Schuhen und dem steinbesetzten Kreuz um den Hals, neben einem Tischweihnachtsbaum mit riesigen Schleifen in dem gleichen aufdringlichen Blau, in dem auch die Sofas, die Vorhänge und Frau Silberhorns Pullover gehalten waren.

»Das hat sie getragen, als wir sie gefunden haben«, sagte ich. »Das Kleid und das Kreuz.«

Er starrte stumm auf das Bild, und seine Frau sagte: »Na, das ist schön, dass sie das öfter getragen hat. Ich dachte, das hatte sie nur an, wenn sie hier war. Das hat mein Mann ihr nämlich geschenkt, zur Konfirmation. Es war ziemlich teuer, vierzehnkarätiges Gold mit Weißtopas, und das in der Größe. Aber wir dachten, es sollte was Ordentliches sein, zu dem Anlass. Möchten Sie noch Kaffee?«

Ich wollte keinen mehr, ich spürte seinen Geschmack säuerlich und übelkeitserregend im Mund und sagte, ich müsse gehen, und wand mich so schnell zwischen Sofa und Couchtisch hervor, dass ich den Tisch fast umgestoßen hätte, und war so schnell im Flur, dass sie kaum hinterher kamen, aber ich wollte nur noch raus.

Draußen war Frühling, weicher, warmer Frühling unter einem graublauen Himmel, von dem das Weiß der Häuser grell abstach und noch greller das Rosa der Zierobstbäume in den ordentlichen Gärten. Ich dachte daran, wie Maria das letzte Mal hier heraus gekommen war, in der Weihnachtsnacht. Vielleicht war sie auch froh gewesen, endlich draußen zu sein, und war auf ihren hohen Schuhen erleichtert durch den Schneematsch zum wartenden Taxi gestöckelt.

»Wir haben ihr immer ein Taxi spendiert«, hatte die Frau ihres Vaters gesagt, »das ging ja nicht, dass sie nachts alleine nach Hause fuhr, mit der S-Bahn. Aber wenn es dann natürlich in der eigenen Wohnung passiert ...«

Das Ende des Satzes hatte sie in der Luft hängen lassen und mich mit ihren dunklen Augen eindringlich angesehen.

Ich setzte mich ins Auto und wühlte in meiner Tasche nach meinem Notizbuch. Marias Großmutter, die alte Frau

Silberhorn, hatte auch solche Augen, dunkel und durchdringend. Sie hatte mich auch so angesehen.

»Ein Segen, dass mein Mann das nicht mehr erlebt hat«, hatte sie gesagt und den schwarzen Blick theatralisch auf mich gerichtet. »Sein einziges Enkelkind! Und kommt so zu Tode. Es hätte ihm das Herz gebrochen!«

Aber das war ja schon gebrochen, dachte ich und unterdrückte ein hysterisches Kichern. Herr Silberhorn senior war ein Jahr zuvor an einem Herzinfarkt gestorben.

»Aber es war nicht mehr zu brechen«, sagte sie. »Sehen Sie! Darum sollten wir nicht klagen über das, was geschieht. Wir wissen nicht, welche Gnade sich darin verbirgt.«

Mit der Handkante wischte sie nicht existierende Krümel von der gläsernen Platte auf dem runden Holztisch. Unter dem Glas war eine Spitzendecke eingeschlossen wie Schneewittchen in seinem Sarg.

Ich fragte, übervorsichtig, damit sie sich nicht wieder so erregte: »Können Sie sich vielleicht vorstellen, wer das ... wie das passiert ist?«

»Wie denn? Wie denn?«, fragte sie erregt zurück. »Das ist doch unvorstellbar! Wir haben immer gearbeitet, wir haben immer unsere Pflicht getan, wie konnte so etwas passieren? Dieses Haus hier«, sie breitete die Arme aus, »haben wir mit eigenen Händen gebaut, mein Mann und ich, alle die Häuser hier sind selbstgebaut, von unseren Freunden und Nachbarn, wir hatten ja nichts, nur das Stückchen Land! Man hat geschafft, gespart, einander geholfen ...«

Sie fuhr mit der Handfläche über den Tisch, als wolle sie die Spitzen unter dem Glas noch glatter streichen. »Und wir sind immer sauber geblieben, ehrlich, gerade, ordentlich. Wir haben uns nichts vorzuwerfen! Nein, nein, ich weiß nicht, wie das passiert ist. Hier wäre das nicht passiert!«

Sie atmete tief, wie um Kraft zu schöpfen.

»Und auch nicht in unserer Familie! Man soll nicht richten, Eva ist ein braves Mädchen, aber sie ist nicht stark, sie ist nicht hart genug, und ich habe meinem Sohn gleich gesagt: Heirate sie nicht, sie ist nicht zum Heiraten. Sie ist schwach! Weich! Schwach und weich.«

Ihre Mischung aus starrer Strenge und pathetischer Leidenschaftlichkeit machte mich immer nervöser. Ich sah von ihr weg in das Zimmer, das immer noch eingerichtet war mit den Möbeln der fünfziger Jahre und an dessen weißen Wänden nichts hing als ein Kreuz, ein altmodischer Regulator, der laut tickte, und ihr Hochzeitsfoto.

Sie war sehr jung gewesen und sehr hübsch, mit dunklen Augen und dunklen Locken und viel Entschlossenheit im Gesicht, Maria sehr ähnlich, nur ohne die schöne Klarheit, die Maria gehabt hatte. Aber sie hatte auch den Ausdruck von Hoffnung in den Augen getragen, den fast jeder, der so jung ist, noch in den Augen hat.

Es war mir plötzlich schrecklich sinnlos erschienen, die alte Frau mit Fragen nach dem Tod ihrer Enkelin zu quälen, und ich hatte mich bedankt und mir noch ihren geliebten Garten zeigen lassen, bevor ich gegangen war.

Ich blätterte in meinem Notizbuch nach den Namen von Werner Silberhorn und seiner zweiten Frau und strich die beiden. Ich hatte mit fast allen gesprochen, die mir etwas über Maria erzählen konnten, nur nicht mit Frau Silberhorns ehemaligem Lebensgefährten, dem Ingenieur. Er wohnte nicht mehr in der Stadt.

Auf dem Nachhauseweg fuhr ich durch Andreas' Straße, das tat ich oft, auch wenn ich nicht recht wusste, warum. Ich sah die beiden schon von weitem, sie räumten das Auto aus, Vorratspackungen Toilettenpapier und Flaschenträger und bunte Riesenplastiktüten mit dem Namenszug eines Großmarktes.

Ich fuhr vorbei, sie zeigte ihm eine Flasche und sprach und lachte, und im Rückspiegel sah ich, wie er seine Hand auf ihre Wange legte und sie umarmte, und das Letzte, was ich sah, war ihre Hand mit der Flasche, die sie hochhielt, und seinen Rücken, wie er sich über sie beugte.

Das Messer schnitt immer noch so scharf, der Schmerz war immer noch so heftig, ich hätte fast einen Wagen übersehen, der Vorfahrt hatte, und konnte gerade noch bremsen. Ich fuhr an den Straßenrand und legte den Kopf aufs Steuerrad.

Du weinst jetzt nicht, Anna, sagte ich zu mir. Nimm dich zusammen. Vergiss ihn. Such dir einen Mann, der dir hilft, ihn zu vergessen. Du fährst jetzt auch nicht nach Hause, um den Tag zu vertrauern mit Gedanken an die beiden. Du denkst überhaupt nicht mehr an sie. Tu was, lerne, arbeite, finde einen Mann.

Ich wusste nicht, wo ich gerade jetzt einen Mann hätte finden sollen, also blätterte ich in meinen Notizen nach etwas, was ich tun konnte. Ich ging alles durch, es war alles erledigt, ich würde ins Büro fahren müssen, um Arbeit zu finden, aber dann stieß ich doch noch auf etwas: neben dem Namen von Marias Freundin Lissy Merker stand »Café Zugluft«, unterstrichen, mit Ausrufungszeichen versehen.

Es war ein Café in der Nähe der Schule, in dem sich die Mädchen trafen, und Maria war früher oft da gewesen. Ich hatte es mir ansehen wollen, der Vollständigkeit halber und um das zu üben, was Rolf Schüler »Observation in kleinen geschlossenen Locations« nannte.

Das Café Zugluft lag an einem traurigen grauen Platz, der aus einer Ansammlung von Bus- und Straßenbahnhaltestellen bestand. Es war in den siebziger Jahren renoviert worden und seither nie wieder und wirkte mit seinen lila Plastiksitzen, den Kugellampen und der großgemusterten Tapete in verblassten Lilatönen wie ein Raumschiff aus einer anderen Galaxie.

Ich setzte mich an einen der winzigen Tische und bestellte bei der freundlichen großbusigen Bedienung einen Kaffee. Hinter der Theke stand eine weitere freundliche großbusige

Frau mit stark blondierten Haaren und übermäßig viel Gold behangen: Frau Zugluft. Lissy Merker hatte mir von ihrer Leidenschaft für Schmuck erzählt.

Um mich herum saßen lauter Mädchen, und die Luft war dick von Zigarettenrauch. Ich dachte daran, wie wir in der Eisdiele am Park gesessen und geraucht hatten, weil wir es zu Hause nicht durften. Das hatte sich anscheinend nicht geändert. In der Eisdiele hatte ich dann später Jochen kennen gelernt. Ach, Jochen.

Es waren kaum erwachsene Gäste da. Zwei ältere Damen an einem Tisch am Fenster. Ein Paar Anfang zwanzig, er hatte ein Bier vor sich stehen, sie eine Piccoloflasche Sekt. Hinten, in der Nähe der Mäntel, ein Mann hinter einer Zeitung. Er war groß, hatte große knochige Hände und große Füße in schweren schwarzen Schuhen unter einer hellbraunen Cordhose.

Ich trank den Kaffee und sah mich um und betrachtete auch jedes der Mädchen genau, bis ich das Gefühl hatte, genug getan zu haben. »Nicht unbedingt unauffällig observieren in kleinen geschlossenen Locations«, hatte Rolf Schüler gesagt. »Unter Umständen ist auffällig observieren unauffälliger.«

Ich zahlte und warf einen letzten Blick in die Runde. Der Mann neben den Mänteln war mit seiner Zeitung fertig, rührte Sahne und Zucker in seinen dritten Kaffee und sah hinüber zu den Mädchen.

Er kam mir bekannt vor, vielleicht, weil er Herrn Fischler ähnlich war, groß und dünn, mit einer großen Nase und kurzen dunklen Haaren. Er trug einen Rollkragenpullover.

Ich stand auf und wandte mich zum Ausgang, und da wusste ich plötzlich, woher ich den Mann kannte. Ich hatte ihn bei Maria gesehen, nackt, nachts im roten Fenster. Öfter. Sehr oft.

Ich setzte mich wieder hin.

Er hieß Karl-Heinz Kauffmann und war leitender Ingenieur in einer Maschinenfabrik. Er war neununddreißig, geschieden, hatte zwei Kinder, eine Tochter, acht, einen Sohn, sechs, und lebte allein in einer geräumigen Neubauwohnung in der Nähe des Nordparks, die sicher nicht billig war.

Er fuhr einen kompakten Stadtwagen, der auch nicht billig gewesen war, ging zweimal in der Woche zum Handballspielen und oft ins Kino und war am Wochenende ziemlich regelmäßig im Café Zugluft zu finden, nachmittags, wenn die lilagepolsterten Wandbänke vollbesetzt waren mit jungen Mädchen.

Mittwochs und freitags kam er nach der Arbeit gleich nach Hause, und so saß ich am Mittwochabend im Auto vor seinem Haus und wartete. Um fünf vor sieben sah ich ihn kommen und durch die gläserne Eingangstüre verschwinden und gab ihm und mir noch fünf Minuten, bevor ich bei ihm klingelte. Der Türöffner summte fast sofort.

Er stand im Türrahmen und sah mich fragend an.

»Guten Abend, Herr Kauffmann«, sagte ich. »Ich möchte mit Ihnen sprechen. Über Maria Silberhorn.«

Er machte eine Bewegung, als wolle er die Türe zuschlagen.

»Tun Sie es nicht«, sagte ich. »Sie müssen sie bloß wieder aufmachen.«

Er ließ die Hand sinken und starrte mich an.

»Wäre es nicht besser, Sie lassen mich rein?«, fragte ich.

Er nickte wie betäubt, und ich trat ein und schloss die Tür hinter mir. Mir fiel ein, was ich eines der Mädchen im Café Zugluft über einen Jungen hatte sagen hören: Er ist so cool, und ich bin so uncool!

Ich war auch so cool. Und er so uncool. Hoffentlich blieb es so.

Sein Wohnzimmer war groß, hatte große Fenster, war mit einer großen blauen Sitzlandschaft und einem Breitwandfernseher möbliert und wirkte unbewohnt. Ich setzte mich auf ein Eckchen des Riesenmöbels, während er hilflos stehen blieb.

»Setzen Sie sich doch«, sagte ich. »Sie wissen, dass Maria tot ist, und auch, wie sie gestorben ist, nicht wahr? Sie sind nachts oft bei ihr gewesen, Herr Kauffmann, und haben mit ihr Geschlechtsverkehr gehabt. Ziemlich gewaltsam. Das scheint Ihnen Spaß zu machen. Sie könnten sie auch getötet haben.«

Er saß auf der anderen Ecke der Sitzlandschaft, die großen Hände auf den Knien verkrampft. »Aber das habe ich nicht getan!«, sagte er mit rauer Stimme. »Und woher wissen Sie das überhaupt? Dass ich da war? Und das – das andere?«

»Dafür gibt es Zeugen«, sagte ich.

Er schüttelte ungläubig den Kopf. »Aber das kann nicht sein. Da war doch keiner.« Er dachte nach. »Hat sie etwa Aufnahmen gemacht?«

»Nein«, sagte ich. »Sie hat nichts damit zu tun, sie ist ganz unschuldig …« Ich hielt inne, denn das schien mir das falsche Wort für Maria zu sein, aber dann dachte ich, dass es gar nicht so falsch war. »Ja. Ganz und gar unschuldig.«

»Oh ja«, sagte er, mit veränderter Stimme, fast zärtlich, »das war sie wirklich. Unschuldig. Unberührt. Irgendwie unberührbar. Darum war ich ja auch so – so gewaltsam. Ich wollte sie berühren, sie öffnen. Sie hat mich fasziniert.«

Er beugte sich vor und blickte mich eindringlich an: »Ich bin sonst nicht so. Das ist überhaupt nicht meine Art, das müssen Sie mir glauben. Und ich hätte sie nie umgebracht, ich könnte niemanden umbringen, und sie schon gar nicht. Das müssen Sie mir einfach glauben.«

Er sprach in flehentlichem Ton und hatte auch die Hände zu einer flehenden Geste geöffnet, und ich konnte nicht widerstehen: »Aber ich glaube Ihnen ja.«

Das war uncool, und er reagierte sofort darauf. Er lehnte sich zurück und ging zum Angriff über: »Wer sind Sie überhaupt? Und wie kommen Sie eigentlich dazu, mich so zu überfallen? Ich sollte die Polizei rufen.«

Darauf war ich vorbereitet. Ich hatte es regelrecht geübt: »Tun Sie das. Ich bin private Ermittlerin und stehe mit der Polizei in Kontakt. Natürlich werde ich Ärger kriegen, weil ich ihnen einen wichtigen Zeugen vorenthalten habe, der als Täter in Betracht kommt. Aber das ist nichts im Vergleich mit dem Ärger, den Sie kriegen. Es ist mir überhaupt kein Problem, nachzuweisen, dass Sie bei Maria waren. Ich kann sämtliche Termine vorlegen und sehr detaillierte Beschreibungen davon, was Sie mit ihr gemacht haben.«

Ich hatte mühsam drei Abende rekonstruiert, an denen er bestimmt da gewesen war. Aber er würde wohl kaum so genau nachfragen. Hoffentlich.

»Ich kann aber auch nicht zur Polizei gehen – wenn Sie mir sagen, was ich wissen will.«

Er rieb sich mit den Händen das Gesicht und starrte mit leeren Augen auf die Wand hinter mir.

»Na gut«, sagte er nach einer Weile. »Aber jetzt brauche ich was zu trinken. Möchten Sie auch was? Bier oder Mineralwasser? Ich glaube, ich habe auch noch eine Flasche Sekt im Kühlschrank. Einen halbtrockenen Rieslingssekt. Frauen mögen den.«

Und Mädchen, du Schwein, dachte ich und sagte: »Mineralwasser«, obwohl ich den halbtrockenen Rieslingssekt gerne probiert hätte.

Er hatte Maria vor einem Jahr im Café Zugluft gesehen und angesprochen, nicht dort, sondern auf der Straße. Ich glaubte ihm nicht, dass es erst ein Jahr her war, das sagte er vermutlich nur, weil sie da schon vierzehn gewesen war, aber es war jetzt nicht der Zeitpunkt, darüber zu streiten.

Sie war sofort bereit gewesen, sich mit ihm zu treffen, und war auch bald mit ihm ins Bett gegangen.

»Sie war noch Jungfrau«, sagte er, »aber sie war gar nicht

schüchtern oder unsicher.« Er schüttelte den Kopf, als würde es ihn immer noch erstaunen. »Sie war ganz ruhig.«

Ich dachte an ihr Gesicht im roten Fenster, unbeteiligt, abwesend, beinahe herablassend, und wusste, was er meinte.

Dabei ist es doch das, was dich scharf macht, dachte ich, ihre Scheu und ihre Scham, und wenn du sie gehabt hast, sie geöffnet, wie du das nennst, dann interessieren sie dich nicht mehr, dann lässt du sie fallen und suchst dir die Nächste. Nur mit Maria hat das nicht geklappt.

»Sie hat sich nicht von Ihnen berühren lassen«, sagte ich. »Und darum sind Sie hängen geblieben, nicht wahr?«

»Genau so war es«, sagte er und nickte, immer noch erstaunt.

»Und weiter?«

»Nichts weiter. Ich war öfters bei ihr. Aber das wissen Sie ja. Und dann habe ich in der Zeitung von ihrem Tod gelesen. Das war ein ganz schöner Schock. Erst wollte ich zur Beerdigung gehen, aber das habe ich dann lieber gelassen. Ich war kürzlich mal am Grab. Ich frage mich, warum sie noch keinen Grabstein hat. Wissen Sie, warum?«

Ich fand, das ging ihn nichts an. »Wo waren Sie, als Maria getötet wurde? Am dreißigsten Dezember, zwischen elf und ein Uhr nachts?«

Er brauchte nicht zu überlegen.

»Skiurlaub«, sagte er erleichtert. »Da war ich im Skiurlaub. Vom zweiten Feiertag bis zum fünften Januar. In Südtirol. Ich gebe Ihnen die Nummer vom Hotel, die können das bestätigen.«

Aber nicht, dass du nicht zwischendurch mal rüber gefahren bist, dachte ich.

»Wem haben Sie von ihr erzählt?«

»Niemandem natürlich.«

»Wirklich niemandem?«

Er schüttelte den Kopf. »Bestimmt nicht.«

»Wie kamen dann die anderen Männer zu ihr«, fragte ich,

»wenn nicht über Sie? Die kann sie doch nicht alle auf der Straße oder in Cafés getroffen haben.«

»Welche Männer?«

»Solche wie Sie«, sagte ich. »Ältere Männer, die scharf sind auf junge Mädchen. Einige waren noch wesentlich älter als Sie.« Und dicker und scheußlicher, fügte ich in Gedanken hinzu.

Er war starr vor Überraschung: »Ich habe keine Ahnung.«

»Sie war doch keine Nutte, sie hat sich bestimmt nicht an die Straße gestellt, um Typen aufzureißen.«

»Nein«, sagte er. »Sie war keine Nutte. Wirklich nicht. Sie wollte nichts dafür. Ich habe ihr immer mal was mitgebracht oder bin mit ihr einkaufen gegangen, Klamotten, Schmuck, so was, und darüber hat sie sich gefreut, sehr sogar, fast wie ein Kind – aber sie hat nie darum gebeten. Sie hat auch nie nach Geld gefragt. Sie war so. Es war ihr nicht wichtig. Aber was wollte sie dann mit den Typen? Ich verstehe das nicht.«

»Gibt es Lokale für so was? Wo man so junge Mädchen kennen lernen kann?«

Er schüttelte er den Kopf: »Eines gab es mal. Aber nicht lange.«

»Wieso?«

»Die Polizei ist ja nicht blöd. Besonders, wenn die Mädchen sehr jung sind.«

»Und sonst?«

»Sonst weiß ich wirklich nichts«, sagte er.

»Denken Sie nach«, sagte ich. »Je eher Ihnen etwas einfällt, desto eher sind Sie mich los. Es gab außer Ihnen noch vier Männer, die regelmäßig bei ihr waren. Irgendwo muss sie die ja kennen gelernt haben.«

Er vertiefte sich ins Nachdenken. Ich sah durchs Fenster in die Äste der Bäume vor dem Haus. Ihre Blätter waren noch ganz klein und hellgrün. Sie hatten etwas Fröhliches und Hoffnungsvolles, diese zarten Blätter, obwohl es ziemlich kalt war und angefangen hatte zu regnen.

Hier drinnen gab es keine Hoffnung. Auch keine Verzweiflung. Bloß Leere.

»Vielleicht ...«, sagte er schließlich. »Ein Mädchen hat mir mal was erzählt, von einem Kerl, der Mädchen vermittelte, in seiner Wohnung, glaube ich. Er war selber auch scharf auf sie, aber danach ... Ich könnte sie anrufen. Mal sehen ...«

Er ging hinaus und kam mit einem Adressbuch und seinem Handy zurück, blätterte in dem Buch, fand die Nummer und tippte sie ein.

Er lauschte in den Hörer. »Abgestellt. Vielleicht ist sie gerade im Kino. Vielleicht ist das auch längst nicht mehr ihre Nummer.«

»Sehen Sie doch mal im Telefonbuch nach«, sagte ich.

»Ich weiß ihren Nachnamen nicht.»

Wozu auch, dachte ich. Wenn man sie nur schnell haben will, solange sie noch ganz frisch sind.

»Dann versuchen Sie es wieder. Ich bleibe so lange hier, bis sie drangeht, und wenn es ewig dauert.«

Er sah mich erschrocken an. Ich fand die Vorstellung auch schrecklich.

Wir hatten Glück. Nach einer dreiviertel Stunde meldete sie sich.

»Hallo, Simone. Karl-Heinz hier. Welcher Karl-Heinz? Na, hör mal ...« Er stand auf und ging nach nebenan.

Er kam mit einem Zettel zurück, den er vor mich hinlegte. »Winfried Schwörer« stand darauf und eine Telefonnummer.

»Sie müssen sich auf Simone beziehen, wenn Sie ihn anrufen, sonst legt er wieder auf.«

Ich stand auf. »Ich behalte unser Gespräch für mich. Es wäre gut, wenn Sie das auch täten.«

»Aber natürlich«, sagte er, brachte mich zur Tür und sah

mich treuherzig an: »Ich habe wirklich nichts damit zu tun. Mit dem Tod von Maria. Das ist Ihnen doch klar, oder? Ich könnte so was nicht. Ich kann mir das gar nicht vorstellen.«

Was heißt das schon?, dachte ich. Man kann sich so vieles nicht vorstellen. Ich hätte mir auch nicht vorstellen können, dass Entjungfern dein Hobby ist, das Entjungfern, Benutzen, Verletzen von jungen Mädchen. Von halben Kindern. Wie weit ist es von da zum Töten?

»Klar ist gar nichts«, sagte ich. »Das muss sich erst noch herausstellen. Aber wie auch immer: Sie sind ein armseliger Arsch. Ein Mistkerl.«

Das Letzte, was ich von ihm sah, war sein gekränktes Gesicht.

6

In den Ritzen der Steinplatten auf dem Weg zur Werkstatt wuchs Gras und an den schattigen Stellen Moos. Büsche trugen weiße und rosa Blüten, es gab eine große Kiefer, zwei kleine Eichen und einen Walnussbaum mit schweren ledrigen Blättern. Und überall standen und lagen Steine, noch roh oder schon geformt, zu Brunnen, Skulpturen, Grabmälern.

Stille herrschte, die Türen zum Büro und zu den Räumen der Werkstatt standen offen, und ich sah in jeden hinein und fand ihn schließlich im letzten, wo er im Halbdunkel auf einer Kiste saß und aus einem Kaffeebecher trank. Über ihm an der Wand hing der Gräberplan des Friedhofs und eine Tafel mit verschiedenen Schrifttypen.

»Ja?«

»Ich bin Anna Wolf. Ich wollte fragen, wie weit Sie sind mit dem Marmorengel für Frau Silberhorn.«

»Warum kommt sie nicht selber?«, fragte er ärgerlich.

»Sie traut sich nicht. Sie haben gesagt, sie soll sich zum Teufel scheren und Ihnen nie wieder unter die Augen kommen. Jetzt hat sie Angst vor Ihnen.«

»Und Sie?, fragte er finster. »Haben Sie auch Angst vor mir?«

»Nein«, sagte ich, »aber vielleicht kriege ich ja noch welche, wenn Sie sich Mühe geben.«

Im halben Licht war zu erkennen, dass er lächelte.

»Ich hätte sie nicht anbrüllen sollen«, sagte er und stand auf. »Hat mir auch gleich Leid getan. Aber dieser verdammte Engel macht mich richtig fertig. Ich habe so was lange nicht mehr gemacht. Wollen Sie ihn sehen?«

Ich nickte und folgte ihm durch den Hof zu einer Tür auf der anderen Seite des Büros. Er schloss sie auf, und in dem Raum dahinter gab es nichts als einen Hocker mit Werkzeug und, auf einem Podest vor dem großen Fenster, die Figur des Engels.

Er war noch nicht ausgearbeitet, aber es war schon deutlich zu erkennen, dass er nicht aussah, wie Engel auszusehen haben. Er war kräftig gebaut mit großen Händen und Füßen und kurzen glatten Haaren und einem breiten, ernsten Gesicht, ohne jede Lieblichkeit. Er hatte auch keine Flügel.

»Ist nichts, oder?«, fragte der Steinmetz.

»Oh, doch«, sagte ich. »Das ist der erste richtige Engel, den ich je gesehen habe. Ein wirklicher richtiger Engel, der einen behütet und beschützt.«

Er sah mich von der Seite an. »Ist das Ihr Ernst?«

»Natürlich.«

»Aber er hat keine Flügel.«

»Eben«, sagte ich. »Richtige Engel haben keine Flügel.«

Er blickte auf den Engel und schwieg, murmelte »mhm«, und schwieg wieder. Schließlich wandte er sich mir zu und sah mich an, auf eine offene forschende Art, wie es sonst nur Kinder tun. Seine Haut war von der Sonne rotgebrannt, sodass seine grünlichen Augen hell wirkten und das hellblonde Haar und die Stoppeln seines Dreitagebarts fast weiß.

Ich wurde rot und verlegen, weil er mich so ansah, und spürte eine warme Welle durch meinen Körper gehen und wusste nicht, was ich sagen sollte, also lächelte ich ihn an, und so standen wir da, bis er sagte: »Sie können der kleinen Dame sagen, dass es was wird mit ihrem Engel. Aber sie soll ja nicht hier auftauchen. Sie bringt mich immer dazu, sie anzubrüllen. Wenn Sie kommen wollen – jederzeit.«

Ich reichte ihm die Hand, und er wies seine Handflächen vor und sagte: »Dreckig«, doch als ich meine Hand nicht zurückzog, nahm er sie und umschloss sie ganz fest. Auf unsicheren Beinen ging ich den Plattenweg entlang, und als ich mich noch mal umdrehte, lehnte er in der Tür der Werkstatt und sah mir nach, und ich ging rasch weiter.

Ich schaffte es nicht mehr zu Jochens Grab, ich musste ein Taxi nehmen, um rechtzeitig im Büro zu sein, und während der Fahrer mir die Weltwirtschaftslage erklärte und die Probleme des Aktienmarktes, saß ich da und spürte das Strömen unter der Haut und das süße Schmelzen im Schoß, das ich lange nicht mehr gespürt hatte. Und nur, weil mich ein Steinmetz mit seinen grünlichen Augen angesehen hatte! War ich schon so ausgehungert, dass mich ein Mann bloß mal richtig anzusehen brauchte? Verrückt!

»Das kann man wohl sagen«, sagte der Fahrer. »Die sind alle verrückt, diese Banker und Broker! Die werden uns noch in den Untergang treiben, das sage ich Ihnen.«

Auf meinem Schreibtisch lag ein Zettel mit einer Telefonnummer und dem Vermerk »bitte zurückrufen«. Ich ging hinüber zu Frau Beifuss und hielt ihn ihr hin.

»Keine Ahnung«, sagte sie mit pikierter Unschuld. »Der Mann hat nach Anna gefragt und nur seine Telefonnummer hinterlassen. Seinen Namen wollte er nicht sagen.«

Ich ging zurück in mein Zimmer und widerstand der Versuchung, die Türen hinter mir zuzuschmettern. Sie wusste genau, dass sie nicht an mein Telefon gehen sollte, wenn ich nicht zu ihr hinübergestellt hatte. Aber wenn ich ihr das jetzt zum hundertsten Mal sagte, würde sie noch unschuldiger schauen und zum hundertsten Mal antworten: »Oh, tut mir Leid, das habe ich vergessen. Der Herr Doktor wollte das immer so.«

Ich wählte die Nummer und wartete mit Herzklopfen darauf, dass er sich meldete: »Schwörer?«

»Hier ist Anna. Sie haben gesagt, ich soll zurückrufen.«

»Was ist das: Büro Wolf?«

»Das Büro von meiner Tante«, sagte ich. »Da bin ich meistens nach der Schule.«

»Was für ein Büro?«

»Ein Schreibbüro.«

»Hast du kein Handy?«

»Das ist kaputt«, sagte ich wahrheitsgemäß.

»Na gut«, sagte er. »Du kannst kommen. Das geht in Ordnung. Morgen zum Beispiel, um sieben. Kannst du da?«

Er diktierte mir die Adresse und schärfte mir ein, nicht vor dem Haus herumzustehen, sondern gleich zu klingeln, und nicht auf den Aufzug zu warten, sondern sofort die Treppe hinauf zu gehen in den ersten Stock, wo er wohnte, und ich brauchte kein großes Schauspieltalent, um aufgeregt und ängstlich immer nur ja zu sagen.

Als er endlich aufgelegt hatte, ging ich hinüber ins Bad und betrachtete mich im Spiegel. Ich hatte keine Falten und wirkte schrecklich jung, überhaupt nicht wie einunddreißig. Aber wie sechzehn? Oder fünfzehn oder vierzehn?

Ich fuhr nicht allein zu Winfried Schwörer, sondern mit Herrn Anadakadian. An einem kalten Winterabend vor zwei Jahren war ich das erste Mal zu ihm in sein Taxi gestiegen, ich hatte dringend Hilfe gebraucht an diesem Abend, und er hatte es gemerkt und mir geholfen.

Ich saß auf dem Beifahrersitz und versuchte so zu tun, als sei ich nicht nervös. Unter meinem Regenmantel trug ich eine knappe bauchfreie Hose, wie die meisten Mädchen im Café Zugluft. Der BH, den ich mir gekauft hatte, weil alle Mädchen dort einen getragen hatten, schnürte meine Rippen ein wie ein Stahlkorsett. Ich bekam nur mühsam Luft, und mein Herz dröhnte.

Herr Anadakadian sah immer wieder zu mir hinüber und fuhr so behutsam, als befürchte er, ich würde mich auflösen oder in meine Einzelteile zerfallen. »Sie müssen dort nicht unbedingt hin?«, fragte er schließlich. »Sie könnten zurück treten von dieser Verabredung, oder?«

»Schon«, sagte ich. »Aber dann würde ich mich nachher schrecklich ärgern.«

Er schnalzte mit der Zunge und hob die Schulter und sagte nichts mehr.

Wir waren in einem der ehemals dörflichen Vororte, die die Stadt geschluckt hatte und die nun gar nichts mehr waren, nicht Dorf, nicht Stadt, sondern nur noch eine hässliche Ansammlung von Hochhaussiedlung, Gartenvillen und Bauernhäusern, garniert mit Kirche, Supermarkt und Tankstelle.

Winfried Schwörer wohnte in der Hochhaussiedlung.

»Am Erlenanger«, sagte Herr Anadakadian, »Nummer fünf. Das ist es.«

Ich sah auf den Eingang und die Treppe aus Waschbeton und den gepflasterten Vorplatz, auf dem ein Baum und zwei Sträucher in Pflanztrögen standen.

»Soll ich nicht lieber hier warten?«, fragte Herr Anadakadian.

»Nein. Das fällt auf. Das will er nicht. Ich rufe Sie an, wenn ich fertig bin.«

Ich gab mir einen Ruck und stieg aus und lief über den Platz und die Treppe hinauf und klingelte. Der Türöffner summte, und ich ging hinauf in den ersten Stock und einen langen halbdunklen Gang entlang bis zu dem Lichtstreifen, der aus einer offen stehenden Wohnungstür fiel.

Er stand im Türrahmen, zog mich herein, machte die Tür hastig zu und zog mich weiter, durch den Flur in ein Wohnzimmer. Dort blieb er stehen und sah mich an.

»Also, du bist Anna«, sagte er. »Ich bin Winfried.«

»Hallo«, sagte ich mit schwacher Stimme.

»Gib mir deinen Mantel.«

Er trat ein wenig zurück und musterte mich gründlich von oben bis unten, dann hob er meinen Arm und drehte mich, sodass er mich auch von der Seite und von hinten betrachten konnte. Ich versuchte, mein Gesicht von ihm weg zu wenden, damit er nicht so genau sehen konnte, dass es nicht das Gesicht einer Fünfzehnjährigen war.

Schließlich nickte er, als wäre er zufrieden, und mir wurde leichter. Er wies auf ein mit altrosa Samt bezogenes Sofa. »Ich hole uns was zu trinken.«

Ich setzte mich. Das Zimmer hatte etwas seltsam Plüschiges: Stilmöbel, Kaufhaus-Perser, billige Stiche und ein großer schnörkeliger Kristallspiegel zwischen Wandlampen mit Kerzenbirnen und Glasanhängern. Die dunkelroten Samtvorhänge passten schlecht zu der modernen Fensterfront und dem Betonbalkon davor.

Er kam zurück, stellte eine Piccoloflasche Sekt auf den Tisch und holte Gläser aus einer Vitrine. Er war wohl Ende fünfzig und hatte ein braun gebranntes Gesicht und braun gebrannte Hände und dickes graumeliertes Haar und war sorgfältig angezogen, mit Krawatte und Einstecktuch. Typ älterer Gentleman. Überhaupt nicht mein Typ. Aber ich war ja nicht hierher gekommen, um einen Mann zu finden, der mein Typ war.

Er setzte sich neben mich, reichte mir ein Glas, wir stießen an und tranken.

»So«, sagte er, legte eine Hand auf mein Knie und fing wieder an, mich zu betrachten. Stumm. Seine Hand strich über meinen Schenkel.

»Simone«, sagte ich, meine Stimme war dünn und rau, und ich räusperte mich, »ich soll Sie von Simone grüßen.«

Er knöpfte meine Bluse auf, zog den BH herunter, strich über meine Brüste und rieb meine Brustwarzen zwischen den Fingern.

»Sie hat mir von Ihnen erzählt. Sie hat gesagt, ich soll Sie mal anrufen.«

Ich hatte mich noch nie von einem fremden Mann anfassen lassen, schon gar nicht von einem, den ich nicht leiden konnte, und ich hatte gedacht, es müsse schrecklich sein, einfach unerträglich. Aber es war bloß ein bisschen widerlich.

»Maria!«, sagte ich. »Maria hat mir auch von Ihnen erzählt.«

Er wanderte mit dem Mund über meine Brüste. Sein borstiges graues Haar kratzte an meinem Kinn, und Haarwassergeruch stieg in meine Nase.

»Maria«, wiederholte ich. »Sie kennen doch Maria!«

Er nahm eine meiner Brustwarzen zwischen die Lippen und lutschte an ihr, und ich spürte seine Zähne. Seine Hand öffnete meine Hose. Ich wich zurück.

»Maria«, sagte ich.

»Welche Maria?«, fragte er ungeduldig.

»Maria Silberhorn.«

Er zog erschrocken die Luft ein und hielt inne. Ich kam wieder näher und öffnete meine Beine.

»Die kennen Sie doch, nicht wahr?«

Er schob die Hand in meinen Slip, und ich spürte seine Finger zwischen den Schenkeln. Seine Fingernägel waren lang und scharf und schnitten in mein Fleisch.

»Ja, die kenne ich«, sagte er.

Das Gästezimmer meiner Mutter hatte etwas von einem Museum. Es enthielt ein Sammelsurium von Möbeln aus diversen Epochen des letzten Jahrhunderts, Babyschuhe, Kinderzeichnungen und Puppen von mir, zwei ziemlich missratene Ölbildkopien, die meine Urgroßeltern darstellten, und überall Fotos, an den Wänden, auf der Kommode, im Regal: alte bräunliche Familienbilder, schwarz-weiße aus ihren jungen Jahren, bunte seit meiner Geburt. Ihr Leben, mein Leben.

Nur einer fehlte, aber von dem gab es auch nur ein einziges Foto, und das hatte sie mir gegeben, an meinem achtzehnten Geburtstag. Ich hatte es immer bei mir.

Es war ein Schnappschuss von ihrer Hochzeitsfeier in einem Restaurant, meine Mutter war schwanger und schön und glücklich, und er hatte lange Haare und einen Schnurrbart und trug ein weites weißes Hemd, wie ein Pirat, und hatte den Arm um sie gelegt und sah sie an und lachte und schien auch glücklich zu sein.

Ein Jahr danach war er gegangen. Eines Tages war er einfach fort gewesen. Es täte ihm sehr Leid, und sie würde ihm hoffentlich verzeihen, schrieb er in einem Brief, den sie auf dem Küchentisch fand, aber er könne so nicht leben, er müsse frei sein, er würde irgendwo in Australien oder Neuseeland neu anfangen. Er hätte ein Sparbuch für mich angelegt, das mir bei meiner Volljährigkeit ausgezahlt werden sollte.

Sie sprach nie von ihm, und ich fragte nie, und wenn ich an ihn dachte, stellte ich ihn mir in den roten Ebenen Australiens vor oder auf den grünen Hügeln Neuseelands, in dem weißen Hemd, mit dem Bart und den langen Haaren, jung und hübsch und lachend, wie auf dem Foto.

Ich schob es zwischen die Bilder, die vorne auf der Kommode standen. Auf dem einem saß ich als Baby auf einer Bank, zwischen meiner Mutter und Rosemarie, die Mamas älteste Freundin und meine Patentante war, das andere zeigte die beiden bei ihrer Pensionierungsfeier, bevor sie in dieses Haus gezogen waren, und das dritte mich beim Anschneiden der Torte an meinem dreißigsten Geburtstag, fröhlich lachend, doch unter der dünnen Schicht von Fröhlichkeit war mein Gesicht starr vor Schmerz, denn Jochen war noch kein Jahr tot gewesen.

An der Lampe lehnte mein Teddybär und sah mich mit seinen glänzenden schwarzen Augen an. Ich nahm ihn hoch, strich über sein Fell und spürte seine beruhigende Gegenwart, wie früher, im Dunkeln oder nach einem bösen Traum.

Später hatte ich Jochen, dachte ich, und dann Andreas, die waren auch so ein guter Schutz gegen Furcht und Finsternis. Obwohl man das eigentlich nicht vergleichen kann, Männer sind schließlich keine Teddybären, aber in diesem einen Punkt haben sie die gleiche Funktion.

Ich dachte an Maria und die Bären in ihrem Zimmer und wie viel Schutz sie gebraucht und nicht bekommen hatte.

Und Winfried fiel mir ein. »Ich bin einmal bei ihr zu Hause gewesen«, hatte er gesagt. »Diese Stofftiere! Wir sind schließlich nicht im Kindergarten.«

Doch, hatte ich gedacht, in gewisser Weise schon. Sie sind auch noch Kinder. Das ist es ja, was dich scharf macht. Aber so deutlich willst du nicht daran erinnert werden, nicht wahr?

Als ich sicher gewesen war, dass er Maria gekannt hatte, hatte ich ihn von mir geschoben.

»Was ist denn nun schon wieder los?«

»Schluss mit dem Gefummel, Winfried. Ich bin nicht fünfzehn, ich werde zweiunddreißig. Viel zu alt für Sie.«

Er starrte mich an.

»Ich bin private Ermittlerin und untersuche den Tod von Maria Silberhorn«, sagte ich.

Er wackelte fassungslos mit dem Kopf.

»Sie haben Maria gekannt, und Maria hat über Sie andere Männer kennen gelernt. Die kommen alle als Täter in Frage. Sie natürlich auch. Wenn Sie mir erzählen, was Sie wissen, bleibt es unter uns. Wenn nicht, gehe ich zur Polizei und zeige Sie an.«

Sein Gesicht wurde fahl und verlor seine Konturen, und er sah nicht mehr aus wie ein Gentleman. Alles, was von ihm übrig blieb, war ein ältlicher, kunstgebräunter Mann, der geil war auf junge Mädchen.

Es wurde sehr schwierig, mit ihm zu reden, denn er blieb fassungslos. Er konnte nicht glauben, dass dies ihm passierte, von allen Menschen ausgerechnet ihm, er fürchtete um sein Ansehen und seinen guten Ruf, was immer er darunter verstand, und zwischen Aufbegehren, Verzweiflung und Panik wurde er widerspenstig und quengelig wie ein Kind: »Warum soll ich überhaupt mit Ihnen reden? Es ist doch sowieso schon egal. Das ist mein Ende! Eine Katastrophe! Warum gerade ich?«

Weil er sich wie ein Kind aufführte, fing ich an, wie eine

strenge Mutter mit ihm zu reden, und das half ein bisschen.

Er hatte Maria durch ein anderes Mädchen kennen gelernt, er hatte mit ihr geschlafen und sie nach einer Weile mit anderen Männern bekannt gemacht, und dann hatte er sie aus den Augen verloren. Das war alles, mehr gab es dazu nicht zu sagen.

»Oh, doch. Wie alt war sie beim ersten Mal?«

Er zögerte, zu lange, er war nicht so geistesgegenwärtig wie Karl-Heinz Kauffmann.

»Sagen Sie mir die Wahrheit, Winfried. Es ist doch sowieso schon egal.«

»Zwölf«, sagte er.

»War sie noch Jungfrau?«

»Ach, keine Rede. Die war vielleicht abgebrüht, die Kleine. Nichts Mädchenhaftes, nichts Unschuldiges, gar nichts.«

Ich hätte ihn am liebsten geschlagen. Im Vergleich zu ihm war Karl-Heinz Kauffmann nachgerade charmant. Aber er hatte natürlich gelogen. Maria war nicht vierzehn gewesen, als er sie angesprochen hatte. Er war ihr erster Mann gewesen, vor Winfried, vor allen anderen, also musste sie zwölf gewesen sein. Vielleicht auch jünger.

»Wie ist das vor sich gegangen mit den anderen Männern, Winfried?«

Er hatte sie in seiner Wohnung miteinander bekannt gemacht, und dann hatten sie sich mit ihr zurückgezogen, in den Schlaftrakt, wie er das nannte. Für die Vermittlung und das Zur-Verfügung-Stellen der Räumlichkeiten hatte er eine Provision verlangt. So drückte er sich aus.

»Und sie? Hat sie Geld genommen?«

Er zögerte. »Genommen schon. Wenn man es ihr gegeben hat. Aber sie war nicht scharf darauf. Sie hat nie danach gefragt. Jedenfalls bei mir nicht. Irgendwie – irgendwie war es eher so, dass man noch froh sein musste, wenn sie es nahm.«

»Wie eine Prinzessin, nicht wahr?«

»So ungefähr«, sagte er. »Die war vielleicht arrogant, die kleine Nutte.«

»Sie war keine Nutte.«

Er fuhr auf: »Was wissen Sie denn schon davon?«

»Mehr als Sie.«

»Wenn Sie sowieso alles wissen, brauchen Sie mich ja nicht zu fragen. Ich sage kein Wort mehr.«

»Oh, doch. Wie ist es weiter gegangen?«

Nach einer Weile kam sie nicht mehr, sondern empfing die Männer bei sich zu Hause, und er sah sie nie wieder. Oder nein, einmal noch, da hatte er sie zufällig auf der Straße getroffen, und sie hatte ihm ihr Zimmer gezeigt, diese schreckliche Kleinmädchenbude, und danach hatte er dann wirklich genug gehabt von ihr.

Das war alles. Mehr wusste er nicht. Ob ich nicht endlich aufhören könnte, ihn zu quälen?

»Nein. Wo sind Sie gewesen am dreißigsten Dezember, zwischen elf und ein Uhr nachts?«

Er hob Schultern und Augenbrauen und tat sehr überlegen: »Keine Ahnung.«

»Denken Sie nach. Sehen Sie in Ihren Kalender.«

Er blätterte im Kalender, aber da stand nichts, also dachte er nach. Er hatte ein kleines Geschäft für gehobene Herrenausstattung gehabt, doch seit dem Tod seiner Mutter, die ihm ihr Haus vermacht hatte, arbeitete er nicht mehr und lebte von der Miete, die das Haus einbrachte. Vermutlich war es schwer, sich zu erinnern, was man an einem bestimmten Abend getan hatte, wenn man die ganze Zeit nichts tat.

»Ich weiß es wirklich nicht«, sagte er schließlich gereizt. »Wozu auch? Ich war es nicht, natürlich nicht, ich würde so etwas nie tun. Und jetzt reicht es, ich sage kein einziges Wort mehr.«

»Doch. Winfried! Ich brauche die Namen und Adressen

und alles, was Sie über die Männer wissen, mit denen Sie Maria bekannt gemacht haben.«

Er wand sich, das ginge nicht, das sei Denunziation, Verrat, das ginge gegen Anstand und Ehre, das könne ich nicht verlangen. Ich musste ihm fest versprechen, dass ich bestimmt niemandem sagen würde, von wem ich sie wusste, und dann rückte er mit Namen heraus und Telefonnummern und was er sonst noch alles über die Männer wusste.

Anstand und Ehre, dachte ich. Ach ja. Was würdest wohl du tun, damit keiner erfährt, dass du so was gar nicht hast?

Er war redselig geworden, nun, da er anderen schaden konnte, und ich hatte die Flucht ergriffen und Herrn Anadakadian angerufen und war unbeschreiblich erleichtert gewesen, in der frühsommerlichen Abendluft zu stehen und sein Taxi zu sehen und dann ihn: ein guter Mann, Gott sei Dank, kein abscheulicher armseliger Arsch.

Gute Männer. Jochen. Andreas.

Ich hatte noch manchmal bei ihm angerufen, wenn er bestimmt nicht da war, um seine Stimme auf dem Anrufbeantworter zu hören. Und ich hatte mir ausgemalt, dass er sich vielleicht doch melden würde, und ich würde sagen: Hallo, hier ist Anna, und er würde antworten: Anna, wie schön, dass du anrufst, ich habe so darauf gewartet!

Aber eines Nachmittags war eine andere Stimme auf dem Anrufbeantworter zu hören gewesen, melodiös und charmant: »Hallo, lieber Anrufer, dies ist der Anschluss von Andreas Moratt und Susanne von Rakorny, wir können gerade nicht ans Telefon gehen, bitte hinterlassen Sie uns eine Nachricht, wir rufen gerne zurück. Adieu!«

Es hatte so scharf geschnitten, dieses »Wir«, dieses »Uns«. Erst hatte ich gar nicht verstanden, was es bedeutete. Aber dann hatte mich das Begreifen überrollt wie eine dunkle Flut: Sie war zu ihm gezogen. Es war endgültig vorbei.

Ich drückte meinen Teddybär an mich. Hinter mir öffnete sich die Tür, und ich hörte die Stimme meiner Mutter: »Der

Kaffee ist fertig. Komm schnell, Anna, Rosemarie ist noch beim Einkaufen.«

Ich beeilte mich.

»Erzähl mir was«, sagte sie, nachdem ich den ersten Schluck Kaffee getrunken hatte. »Am Telefon redet es sich so schlecht. Wie geht es dir? Was macht die Firma?«

Und was ist mit deinem Freund, das willst du doch eigentlich wissen, dachte ich ärgerlich, aber dann sah ich ihr Gesicht und schluckte den Ärger runter.

Sie war alt geworden, seit ich sie zuletzt gesehen hatte, mager und müde, sie hätte um diese Zeit längst braun sein müssen, sie wurde so leicht braun, aber ihr Gesicht war immer noch gelblich blass. Nur ihr Haar war dicht und lockig wie immer, fast noch mehr als sonst, und das ergab einen seltsamen Kontrast zu dem schmalen blassen Gesicht.

»Ach, Mama«, sagte ich, »mir geht es gut und der Firma auch. Frag doch gleich nach Andreas.«

Sie lachte erleichtert. »Andreas heißt er also. Ein schöner Name. Gefällt mir.«

»Vergiss es«, sagte ich. »Wir sind auseinander. Seit einem halben Jahr.«

»Oh, Anna. Warum hast du mir denn nichts davon gesagt?«

Komische Frage, dachte ich. Weil wir das nie tun. Wir haben unsere Probleme immer alleine gelöst, jede für sich, unser Leben lang.

»Du erzählst mir ja auch nichts«, sagte ich.

»Schon«, sagte sie. »Aber ich bin deine Mutter.«

»Das spielt doch jetzt keine Rolle mehr.«

Sie sah in ihre Kaffeetasse. »Stimmt«, sagte sie nach einer Weile. »Wollen wir das ändern? Uns ein bisschen mehr erzählen?«

Sie sah auf. Sie war sehr verlegen, aber sie sprach tapfer weiter: »Ich möchte so gerne manches anders machen, solange ich – solange ich noch nicht zu alt dazu bin, zu unbeweglich, weißt du?»

Ich war auch sehr verlegen, so hatten wir noch nie miteinander geredet, und war ausnahmsweise froh, als Rosemarie zurück kam und das Zimmer mit ihrer lauten Stimme und dem starken Rosa ihres Jogginganzuges füllte, sodass für nichts anderes mehr Platz blieb.

7

Seine Werkstatt war eine seltsame Ansammlung von Bauten: An eine Art Scheune mit einem großen Tor und einem Taubenhaus auf dem Giebel schlossen sicht rechts zwei Schuppen an und links, entlang der Friedhofsmauer, eine Reihe kleiner Häuser, zwei aus Holz, drei aus Stein. Sie waren zu verschiedenen Zeiten einfach aneinander gebaut worden und hatten zweiflügelige Fenster mit Läden und hohe Dächer, von denen die beiden ersten noch mit Schindeln, die anderen mit Ziegeln gedeckt waren.

Immer standen alle Türen offen, und manchmal lehnte er in einer von ihnen und wartete auf mich.

»Ich wusste, dass Sie kommen«, sagte er und lächelte mit seinen grünlichen Augen.

»Woher haben Sie das gewusst?«, fragte ich und wunderte mich, dass ich so fließend sprechen konnte, wo doch mein Kopf leer war und mein Herz hämmerte und es mir außerdem vorkam, als würde ich fliegen.

»Ich denke immer an Sie«, sagte er. »Da weiß man so was.«

Darauf standen wir nur da und sahen uns an.

»Der Engel ist fertig«, sagte er nach einer Weile. »Wollen Sie ihn sehen?«

Ich folgte ihm in den Scheunenbau, in dem Steine aufeinander gestapelt waren und ganz vorne der Engel stand.

Er hatte sich verändert, seit ich ihn zuletzt gesehen hatte, er war schlanker geworden, sein Haar länger, sein Gesicht weicher. Er hatte nun starke Augenbrauen, und sein Mund war ziemlich breit. Zwischen zwei Fingern der linken Hand hielt er die Blüte einer Heckenrose.

»Er sieht ja aus wie ich.«

»Stört Sie hoffentlich nicht.«

»Ich weiß nicht«, sagte ich. »Es ist seltsam. Er ist sehr schön. Ein richtiger Engel. Schöner als ich.«

»Finde ich gar nicht«, sagte er.

Ich sah ihn jetzt lieber nicht an, ich sah weiter auf den Engel, aber ich spürte, wie seine Hand meine berührte, und öffnete meine Hand und schob sie in seine, die fest, warm und trocken war, wie seine Steine.

Seine Finger liebkosten meine Handfläche, meine Finger antworteten, das Strömen unter meiner Haut wurde stärker, und mein Schoß pulsierte. Es war wie ein Liebesakt, nein, es war einer, und ehe ich es mich versah, stöhnte ich laut und kam.

Ich stand im Halbdunkel der Scheune, spürte seine festen Finger in meiner Handfläche, hörte ihn heftig atmen, starrte auf mein eigenes Gesicht in Marmor und wusste nicht, was ich tun oder sagen und ob ich mich schämen sollte.

Er zog mich nach draußen ins Helle und sagte: »Es wird Zeit, dass ich mit dem Auftrag fertig werde. Sag der kleinen Dame, sie soll kommen und den Engel anschauen. So schnell wie möglich.«

Ich sah ihn an. Seine Augen waren dunkel geworden und sein Gesicht sehr rot. Auf dem Rot wirkten die Stoppeln seines Dreitagebartes wie Silber.

»Ja«, sagte ich. »Morgen. Hoffentlich gefällt er ihr.«

Wir lösten langsam unsere Hände voneinander.

»Bis morgen«, sagte er. »Hoffentlich gefällt er ihr.«

Er gefiel ihr nicht. Er war überhaupt nicht so, wie sie ihn hatte haben wollen, er hatte keine Ähnlichkeit mit dem erhabenen Flügelwesen, das im Hof stand, und ich sah, wie verstört und hilflos sie war.

Wir waren alle drei hilflos, wir sahen in unbehaglichem Schweigen auf den Engel, bis er sich räusperte.

»Sie brauchen ihn nicht zu nehmen«, sagte er. »Ich behalte ihn, und Sie gehen zu einem Kollegen und der macht

Ihnen genau so einen, wie Sie ihn haben wollten. Für einen guten Preis. Oder Sie kriegen den da draußen. Geschenkt.«

»Aber das kann ich nicht annehmen«, sagte Frau Silberhorn. »Sie haben sich so viel Mühe gemacht.«

»Überlassen Sie das nur mir.«

»Ich weiß nicht, ob das recht ist.«

»Aber ich.«

»Sie können doch nicht den ganzen Verlust tragen ...«

Sein Gesicht wurde so finster, dass sie erschrocken schwieg, und dann standen wir wieder da und blickten auf den Engel.

Schließlich sagte Frau Silberhorn mit ganz kleiner, vorsichtiger Stimme: »Ich hätte gerne den im Hof, aber ...«

Mir reichte es.

»Nichts aber«, sagte ich, hakte sie unter und zog sie mit mir. »Sie kriegen den im Hof. Geschenkt. Und jetzt gehen wir zu Maria.«

Sie kaufte noch einen der riesenhaften Rosensträuße, die sie auf Marias Grab zu legen pflegte, und dann gingen wir über den Friedhof und betrachteten die Grabsteine anderer Leute und deren Inschriften und besprachen die Inschrift für Maria, doch bevor wir ihr Grab erreichten, kam Wind auf, der Staub hoch wirbelte und Papier aus den Abfallkörben riss. Der Himmel wurde dunkel, und ein Gewitter brach über uns herein.

»Schnell weg hier«, schrie ich, »der Blitz könnte uns treffen.«

»Das ist mir egal!«, rief sie fröhlich. »Dann komme ich ja zu Maria.«

Aber mir nicht, dachte ich. Noch nicht jedenfalls. Erst will ich noch zu ihm.

Ich nahm sie an der Hand und rannte mit ihr bis unter die Arkaden der alten Friedhofsmauer. Auf der Steinbank vor der Urnengräberwand saß schon jemand, eine kleine dicke Frau, die eine Schiebermütze trug und eine Sonnenbrille und viel billigen Schmuck an Fingern und Handgelenken.

Sie betrachtete uns interessiert durch ihre Sonnenbrille und fragte, wen wir besuchten, sie selber sei auf dem Weg zu ihrem Mann, den sie vor kurzem verloren habe, fügte sie hinzu, und Frau Silberhorn und sie vertieften sich in ein leidenschaftliches Gespräch über die geliebten Verblichenen.

Ich saß daneben, starrte missmutig auf die Wand des Wassers, das vom Himmel fiel, horchte auf den Donner und sah nach den Blitzen und hoffte, dass es bald vorbei sein würde. Dass ich hinüberlaufen könnte. Dass er noch da sein würde. Aber es nahm kein Ende.

Irgendwann unterbrach die kleine Frau ihr Gespräch mit Frau Silberhorn und fing an, laut zu beten: »Lieber Gott, bitte lass den Regen aufhören, damit ich heute noch an das Grab von meinem lieben Mann komme.«

Ich war beeindruckt von ihrer Kühnheit, ich hätte nie gewagt, Gott zu bitten, das Wetter zu beeinflussen, ganz gleich, aus welchem Grund, aber vielleicht hatte sie ja Erfahrung damit, und tatsächlich, kaum hatte sie geendet, donnerte es noch einmal kurz, und der Regen ließ nach.

»Sehen Sie«, sagte sie, »er hat mich gehört«, und wandte sich wieder Frau Silberhorn zu.

Doch wenn Gott sie gehört hatte, dann hatte er nicht die Absicht, ihre Bitte zu erfüllen, denn das Gewitter kehrte mit neuer Gewalt zurück.

Schließlich hielt ich es nicht mehr aus.

»Aber die Blitze!«, sagte Frau Silberhorn, und die kleine Frau schüttelte missbilligend den Kopf.

Die Werkstatt lag still, als ich keuchend im Hof stand, die Türen waren geschlossen, und auch der Engel mit den Flügeln war fort. Ich stellte mich unter das Vordach der Scheune und starrte auf das Firmenschild über der Bürotür: Marek Amberger, Steinmetz und Bildhauer.

Wenn ich die kleine dicke Frau wäre, dachte ich, würde

ich Gott jetzt bitten, dass er kommt. Aber ich habe nicht ihr Vertrauen. Und nicht ihre Kühnheit.

Die Bürotür öffnete sich, er trat auf die Schwelle und sah zum Himmel hinauf, dann blickte er in den Hof und sah mich und rannte durch den Regen herüber.

»Du! Du bist doch gekommen.«

Ich nickte.

»Du bist ja ganz nass. Und atemlos. Bist du durch das Gewitter gelaufen?«

Ich nickte wieder.

Er lächelte, und seine Augen leuchteten grün in seinem nassen geröteten Gesicht.

»Ich frage mich manchmal, wo das enden soll«, sagte Frau Beifuss und blickte mit großer Geste um sich, als frage sie die ganze Welt.

»Keine Ahnung«, sagte ich.

»Wo alles einmal endet«, sagte Herr Fischler dumpf. »Im Grab.« Er hörte auf, im Zeitschriftenfach zu kramen, und schlurfte aus dem Zimmer.

»Sehen Sie, das ist es, was ich meine – zum Beispiel«, sagte sie. »Er ist ein Häufchen Elend, es ist nicht zum Ansehen. Diese Frau hat ihn verlassen, Sie wissen schon, die, wegen der er montags immer so erschöpft war. Aber glauben Sie, es geht ihm besser? Es geht ihm schlechter. Er trauert ihr nach. Er isst nichts, er trinkt den ganzen Tag nur Kaffee. Schwarz. Er vergisst alles. Wenn ich ihn nicht ständig erinnern würde ...«

»Ich vergesse auch so viel in letzter Zeit«, sagte ich. »Ich bin wirklich froh, dass Sie da sind.«

»Eben. Wo würde das enden? Das ist es, was ich meine. Aber Ihnen geht es ja wenigstens gut dabei. Richtig hübsch sehen Sie aus. Rund sind Sie geworden. Und Sie haben so rote Backen.«

Sie brachte es fertig, dass ich mir vorkam wie »Heidi«. Aber sie meinte es gut. Hoffentlich.

Das Telefon klingelte.

»Auskünfte und Ermittlungen, Sandra Beifuss?« Sie lauschte und runzelte die Stirn und ließ die Sprechmuschel langsam und widerwillig an ihren Busen gleiten: »Für Sie, Frau Wolf. Dieser Herr Amberger.«

Ich ging in mein Zimmer und machte die Türe hinter mir zu.

»Hallo, Anna«, sagte Marek.

»Bitte, Marek«, sagte ich. »Ruf mich direkt an. Sie fängt wieder an mich zu hassen, wenn sie rauskriegt, dass du – dass ich …«

»Geht mich natürlich nichts an«, sagte er, »aber ist es nicht allmählich Zeit, dass sie erfährt, dass du nicht auch tot bist, wie dein Mann?«

»Schon«, sagte ich. »Aber nicht gerade jetzt. Sie ist furchtbar, wenn sie einen hasst.«

»Mich hasst sie schon«, sagte er. »Deshalb rede ich ja so gerne mit ihr. Ich mag Frauen mit starken Gefühlen. Wie mag es wohl sein, wenn sie einen liebt?«

Komisch, dachte ich. Ich weiß gar nicht, ob sie jemanden liebt. Außer ihrer Mutter.

»Ich habe Zeit heute Abend. Du auch?«

»Ich komme«, sagte ich. »Sobald ich hier fertig bin.«

Ich wandte mich wieder dem Computer zu. »Männer Maria (Aussage Winfried S. mit Ergänzungen)«, hatte ich zuletzt geschrieben: »*Dr. Dietrich, Joachim,* zweiundfünfzig, Rechtsanwalt, verheiratet, zwei Töchter, Haus am Park. Tätigkeitsschwerpunkte: Arbeitsrecht und Arzthaftungsrecht. *Dr. Kammheber, Klaus,* sechsundsechzig, pensionierter Schulleiter, verheiratet. *Littner, Anton,* einundsechzig, Bauunternehmer, wohlhabend, geschieden. Baut Häuser mit teuren Eigentumswohnungen wie ›Palais Röntgenplatz‹ oder ›Residenz am Schlossrondell‹, die er verkauft. *Nippes, Peter,* zweiundvierzig, Journalist, verheiratet, eine Tochter, ein Sohn, schreibt für liberale, auch linke

Zeitungen und Zeitschriften. Autor mehrerer Bücher. Lebt in Köln.«

Ich hatte mit Dr. Dietrich angefangen, in seiner Kanzlei angerufen und nach einem Termin gefragt, wegen einer missglückten kosmetischen Operation. Ich hatte mir genau überlegt, was für eine Operation das war und warum ich sie für missglückt hielt, aber das wollte seine Sekretärin gar nicht wissen.

»Dr. Dietrich macht Arzthaftungsrecht nicht mehr«, sagte sie. »Ich gebe Ihnen einen Termin bei Dr. Mailinger.«

»Aber ich muss unbedingt zu Dr. Dietrich.«

»Dr. Mailinger ist ausgewiesener Fachmann für solche Fälle«, sagte sie. »Fast noch mehr als Dr. Dietrich.«

»Ja, schon«, sagte ich, »aber ...«

Na komm, Anna, was aber? Lass dir was einfallen!

»Ich will nur zu Dr. Dietrich. Dr. Dietrich ist – ist mir so empfohlen worden, wissen Sie. Ich soll nur zu Dr. Dietrich gehen.«

»Ach, wirklich? Von wem denn?«

»Ja, also – wenn ich das wüsste ... Es war auf einem Fest, da empfahl mir jemand Dr. Dietrich. Er war auch Anwalt, und er sagte, gehen Sie nur zu Dr. Dietrich, das müssen Sie mir fest versprechen, dass Sie nur zu Dr. Dietrich gehen, Dr. Dietrich ist ein Könner im Arzthaftungsrecht. Einer der ganz wenigen wirklichen Könner!«

»Ach, wirklich?«, wiederholte sie erschüttert. »Ja, dann – lassen Sie mich schauen.« Sie seufzte. »Diese Woche ist alles voll. Außer – wenn Sie heute gleich könnten? Um halb eins?«

Dr. Dietrich gefiel mir, und das nicht erst jetzt. Er hatte mir schon gefallen, als ich ihn im roten Fenster gesehen hatte. Besser als die anderen jedenfalls. Er war immer sehr zärtlich zu ihr gewesen, hatte manchmal einfach nur dagesessen und sie auf dem Schoß gehalten und gestreichelt.

Er kam mir lächelnd entgegen, gab mir die Hand und

sagte: »Da hat mich aber jemand weit über den grünen Klee gelobt. Ich fürchte, dass ich Ihre Erwartungen enttäuschen muss. Aber ich will mein Bestes tun. Bitte setzen Sie sich. Wie kann ich Ihnen helfen?«

Er war groß und schlank und wirkte sehr jung – jung und schüchtern, und als habe er sich mit dem angegrauten Haar, dem Schnurrbart und dem gediegenen Anzug nur als Erwachsener verkleidet.

»Ich fürchte, ich muss Sie auch enttäuschen«, sagte ich. »Ich wollte unbedingt zu Ihnen, aber nicht als Klientin. Ich bin private Ermittlerin und untersuche den Tod von Maria Silberhorn. Sie haben sie gut gekannt, nicht wahr?«

Sein Lächeln erlosch, und seine Augen weiteten sich vor Schrecken, doch dann wurde sein Gesicht ganz ruhig.

»Ach so«, sagte er, »aha«, und lehnte sich mit einem Aufseufzen in seinem Sessel zurück, wie jemand, der erleichtert zur Kenntnis nimmt, dass etwas eingetreten ist, was er schon lange erwartet hat. Erleichtert, obwohl es nichts Gutes ist.

Ich sagte mein Sprüchlein auf: »Sie sind ein wichtiger Zeuge und kämen auch als Täter in Betracht, und eigentlich müsste ich zur Polizei gehen, aber wenn Sie meine Fragen beantworten, tue ich es nicht.«

»Aha«, sagte er wieder. »Und wer oder was ermächtigt Sie, erstens, als Ermittlerin zu agieren, und das, zweitens, in dieser Angelegenheit zu tun?«

Das war mal eine gute Frage.

»Ich habe das Ermittlungsbüro von meinem Mann geerbt, als er starb«, sagte ich, »vor fast drei Jahren. Marias Mutter hat mich gebeten, Marias Tod zu untersuchen. Weil es ihr bei der Polizei nicht schnell genug geht und sie es nicht erträgt, dass nichts geschieht.«

Er machte ein zweifelndes Gesicht. Ich fand es auch nicht sehr beeindruckend.

»Es gibt etwas anderes, das mich ermächtigt«, sagte ich

und erzählte ihm, was ich im roten Fenster gesehen hatte. Nicht nur von ihm, sondern auch von den anderen. Ziemlich ausführlich und ziemlich detailliert.

»Gut«, sagte er, als ich fertig war. »Ich frage nicht, woher Sie das wissen und warum Sie damit nicht wirklich zur Polizei gehen. Ich kann ja froh sein, wenn Sie es nicht tun.«

Er ließ Kaffee kommen und sagte seiner Sekretärin, er wolle bis zum nächsten Termin nicht gestört werden. Dann lehnte er sich zurück und sah mich erwartungsvoll an.

»Erzählen Sie einfach. Wann haben Sie Maria kennen gelernt, zum Beispiel? Wie alt war sie da?«

Es war kurz vor ihrem dreizehnten Geburtstag gewesen, bei Winfried. Er hatte sie bei einem Glas Sekt miteinander bekannt gemacht und sich dann zurückgezogen, und sie waren bald hinüber gegangen in Winfrieds Schlafzimmer.

Er hatte sich sofort heftig in sie verliebt.

»Sie war so reizend«, sagte er. »Das können Sie sich nicht vorstellen.«

»Doch«, sagte ich. »Wie die Prinzessin im Märchen, nicht?«

Er lächelte. »So ungefähr. Aber es war viel besser als im Märchen. Ich bekam die Prinzessin. Und das sofort.«

Klar, dachte ich. Wenn man die Prinzessin in einer Art Privatpuff kennen lernt. In einem für kleine Mädchen.

Dieser Gedanke war ihm wohl auch gekommen, denn sein Lächeln verzerrte sich, und er wurde rot.

Er war ihr dritter Mann, jedenfalls sagte sie ihm das, als er sie fragte – nach Karl-Heinz Kauffmann und Winfried, dachte ich –, und er wäre es gerne geblieben. Er wollte sie für sich, ihr irgendwann eine kleine Wohnung einrichten, ihr eine gute Ausbildung finanzieren.

Aber sie wollte nicht. Sie lernte noch mehr Männer kennen, schlief mit ihnen und machte ihn quälend eifersüchtig. Und weil sie Winfried nicht mochte, beschloss sie eines Tages, dass die Männer nun zu ihr kommen mussten, in die

Wohnung ihrer Mutter, in ihr Zimmer mit den Bären und den Rosen.

»Ich fand es ziemlich schrecklich. Nicht nur, weil ihre Mutter zwei Zimmer weiter schlief. Sie wohnte in einer eher unerfreulichen Gegend, in der Nähe des Bahnhofs, wissen Sie, in einem Haus, das reichlich renovierungsbedürftig war …« Er schüttelte sich. »Ich hätte sie so gerne da rausgeholt. Nur ihr Zimmer, das war ganz reizend. So wie sie.«

Die Gegend ist auch reizend, dachte ich. Aber das siehst du natürlich nicht, du mit deiner Villa am Park.

»Wollte sie Geld von Ihnen?«

»Nie! Ich habe ihr trotzdem was gegeben, regelmäßig, damit sie versorgt war, für Notfälle, oder sich auch mal was leisten konnte.«

»Wie viel?«

»Zweihundertfünfzig im Monat.«

»Wie lange?«

»Solange wir uns kannten«, sagte er. »Bis zu ihrem Tod. Zweieinhalb Jahre ungefähr.«

Ich rechnete nach. Das waren fast achttausend. Wo war das Geld geblieben? Sie hatte kein Sparbuch gehabt, in ihrem Zimmer war es nicht, sie hatte sich auch nichts dafür gekauft. Ich hatte alles gründlich durchgesehen, vor allem ihr Schmuckkästchen und ihren Kleiderschrank, und nichts gefunden, dessen Herkunft ihrer Mutter geheimnisvoll erschienen war. Oder das auffallend teuer gewesen wäre.

»Ach ja«, sagte er, »in den letzten Monaten wollte sie nicht mehr, dass ich zu ihr nach Hause kam.«

»Wissen Sie, warum?«

»Sie sagte, dass jemand sie angesprochen hätte, wegen dem, was in ihrem Zimmer vor sich ging, irgendwer, ich weiß nicht, wer es war.«

Ach so, dachte ich. Darum war ihr Fenster danach immer dunkel. Und darum hat die Polizei in ihrem Zimmer auch nichts von den Männern gefunden, nicht die geringste Spur.

Frau Silberhorn hat fast drei Monate Zeit gehabt zum Putzen.

»Ich habe uns dann was im Hotel gemietet – was Feines, mit Salon und Marmorbad. Das hat ihr großen Spaß gemacht.« Er lächelte bei der Erinnerung.

Er schwieg, ich auch, er dachte an sie, und ich sah ihm dabei zu, dann sagte er: »Ich habe Fotos von ihr. Wollen Sie sie sehen?«

Ich nickte.

Er nahm ein Bild von der Wand, hinter dem sich ein kleiner Tresor befand, öffnete ihn mit einem Schlüssel an seinem Schlüsselbund und kam mit einem Umschlag zurück.

»Sehen Sie«, sagte er und breitete die Bilder vor mir auf dem Tisch aus. Es waren vor allem Schnappschüsse, Momentaufnahmen einer fröhlichen und zuweilen überwältigend kindlichen Maria, an einem Tisch auf einer Restaurantterrasse, vor einem teuren schwarzen Sportwagen, am Ufer eines Badesees in einem rosenroten Bikini, mit einer Eistüte in der Hand vor den Fontänen eines Brunnens, auf einem Volksfest mit einem riesigen Plüschbären im Arm. Er saß am Fußende ihres Bettes.

Aber es gab auch eine Serie von Bildern, die er in der Hotelsuite gemacht hatte, Schwarz-Weiß-Fotos, die sie nackt auf einem Sofa zeigten, und auf denen sie kühl und erwachsen wirkte und sehr schön war.

»Schön«, sagte ich.

»Ja, nicht wahr?« Er sah auf, zum Fenster hin, und sein Blick verlor sich. Nach einer Weile atmete er tief, legte die Fotos langsam und sorgfältig aufeinander, schob sie in den Umschlag und reichte ihn mir: »Darf ich sie Ihnen geben? Mir tun sie nur weh, und es ist ohnehin ziemlich riskant, sie aufzubewahren. Jetzt erst recht.«

»Was glauben Sie«, fragte ich, »warum tat sie das, mit all diesen Männern schlafen?«

Er hob die Schultern: »Ich weiß es nicht. Ich habe sie gefragt …« Er lächelte schief. »Die typische Freierfrage, wenn sie auch keine Hure war: Das ist doch nichts für dich, warum machst du so was? Weil ich es will, hat sie gesagt. Mehr nicht, mehr sagte sie nicht dazu. Aber warum sie es wollte? Ich weiß es nicht.«

»Wer könnte sie getötet haben? Und warum?«

»Das frage ich mich auch. Ich habe nicht die geringste Ahnung. War sie schwanger?«

Ich schüttelte den Kopf und schob ihm ein Blatt Papier hin, mit einer genauen Beschreibung all der anderen Männer.

»Kennen Sie einen von denen? Oder haben Sie vielleicht mal einen gesehen?«

Er las sorgfältig und überlegte ernsthaft.

»Den habe ich, glaube ich, gesehen«, sagte er und tippte auf die Beschreibung von Peter Nippes. »Im Flur bei Herrn Schwörer oder unten vor dem Haus. Aber ich bin mir nicht sicher.«

»Kennen Sie noch andere Männer, mit denen Maria Kontakt hatte?«

Er schüttelte den Kopf. »Nein. Aber auch wenn – ich würde es Ihnen nicht sagen. So was mache ich nicht.«

Ich sah auf seine schmalen blassen Hände mit dem breiten Ehering an der einen und einem schönen alten Herrenring an der anderen, aus rötlichem Gold, mit einem großen Brillanten.

»Eine Zwölfjährige in einem Privatpuff ficken, das machen Sie schon.«

Er richtete sich auf und sah mich an: »Sie wollte es. Und mir schien, sie wusste, was sie wollte und was sie tat.«

»Würden Sie das auch bei Ihren Töchtern sagen?«

Seine Augen trübten sich, und sein Gesicht lief rot an, in einem ungesunden, bläulichen Rot.

»Was wissen Sie von meinen Töchtern?«

»Nichts«, sagte ich. »Nur dass Sie welche haben. Und dass sie ungefähr in Marias Alter sind.«

Ekel verzog seinen Mund, seine Augen wurden kalt, und er machte eine heftige Handbewegung, als wolle er mir verbieten, seine Töchter zu erwähnen, in diesem Zusammenhang, in einem Atemzug mit Maria.

Wenn Maria von ihnen gesprochen hätte, dachte ich, gefragt, wie sie aussehen, wie sie heißen, was sie machen, Interesse an seinem Zuhause und seiner Familie gezeigt hätte und womöglich die Sehnsucht, dazuzugehören? Hätte er da auch so reagiert: kalt, angeekelt, aggressiv?

»Wo waren Sie«, fragte ich, »am dreißigsten Dezember zwischen elf und ein Uhr nachts?«

»Im Winterurlaub, mit meiner Familie«, sagte er, und sein Gesicht war wieder glatt und freundlich. »In Vorarlberg ... Das heißt, ich habe in der Woche noch gearbeitet und bin erst später gefahren, am Freitag, gegen Abend. Freitag, das war ja wohl der dreißigste, oder?«

Ich hatte mir den Namen und die Telefonnummer seines Hotels notiert und war aufgestanden.

»Danke für Ihre Hilfe.«

»Nichts zu danken«, hatte er gesagt. »Ich danke Ihnen.«

Ich hatte nicht gefragt, wofür. Ich hatte es gar nicht wissen wollen.

Mareks Bett stand unter dem Fenster, und ich konnte direkt in den Himmel sehen. Er war weit und zartblau und so klar, als sei er frisch gewaschen.

Ich setzte mich auf und öffnete den angelehnten Fensterflügel. Es hatte in der Nacht geregnet, der Efeu an der Friedhofsmauer war nass, die Platten des Hofes auch, und Mareks Wäsche hing feucht und schwer an der Leine. Es war sehr früh, die Sonne war noch nicht zu sehen, nur die Schwalben schossen schon durch den Himmel, mit gedämpften Rufen, als nähmen sie Rücksicht auf die schlafende Welt.

Ich sah wieder hinunter in den Hof, auf die Bank, auf der

wir gestern Nacht gesessen und Rotwein getrunken hatten, auf die Töpfe und Kästen mit Geranien, Bohnenranken und Kräutern, und hatte plötzlich das Gefühl, dies sei ein Film, den ich schon mal gesehen hatte, und ein trauriger dazu.

Ich kroch zurück unter die Decke und lauschte nach draußen und hoffte, dass er bald zurück käme vom Laufen und mir die Angst nehmen würde und die Traurigkeit, und darüber schlief ich ein und wurde erst wieder wach, als ich seine Hand zwischen meinen Beinen fühlte und seinen Körper an meinem, feucht und kühl vom Duschen.

Ich war noch weich und wund von der Liebe der letzten Nacht, aber ich ließ mich von ihm auf den Bauch drehen und von seinen kräftigen Händen an den Hüften hochziehen. Er konnte mich immer haben, und ich mochte es, wenn er mich einfach nahm, ohne Wort, ohne Frage, und schämte mich deswegen, aber selbst die Scham war noch erregend.

Er kam mit einem leisen Seufzer, ließ sich auf den Rücken fallen, zog mich an sich, bettete meinen Kopf auf seiner Schulter, legte sein Bein über meine und seine Füße an meine Füße und war erst zufrieden, als wir fest ineinander ruhten und uns überall berührten. Als brauchte er nach den Unwägbarkeiten der Lust die warme Versicherung der Nähe.

»So ist es gut«, murmelte er. »Weck mich, wenn ich einschlafe.«

Ich murmelte auch etwas und wartete darauf, dass er einschlief, und dann lag ich da, eingehüllt in seine Wärme, das Geräusch seines Atems und den Geruch seiner Haut.

Irgendwann zuckte er: »Jetzt bin ich doch eingeschlafen. Du weckst mich nie.«

»Ich mag es, wenn du schläfst und mich hältst«, sagte ich. »Bleib liegen, ich mache Frühstück.«

»Nichts da außer Kaffee. Lass uns rübergehen zu Frau Seelig.«

»Ah, der Herr Marek und das Fräulein Anna«, sagte Frau Seelig und ließ ihre Kaffeemaschine zischen. »Guten Morgen. Das Große mit Kaffee für den Herrn Marek. Wie immer. Für Sie auch, Fräulein Anna?«

Ich unterdrückte ein Kichern und nickte.

»Lach nicht«, sagte Marek leise. »Du hast ihr gefallen, wenn sie dich mit Vornamen nennt. Sei lieber froh. Wenn sie wen nicht mag, wird es schwierig mit ihr. Dann müssten wir woanders frühstücken.«

»Kommt das häufiger vor? Dass sie wen nicht mag?«

»Wieso? Wen meinst du?«

»Ich weiß nicht – wen auch immer«, sagte ich vage.

»Ach so«, sagte er, »eher selten. Ich bin nicht so oft mit Frauen hier. Ich habe nicht so viele Frauen.«

Ich lächelte Frau Seelig zu, die geschäftig Brot, Butter, Marmelade und Orangensaft auf dem Tisch gruppierte, und griff nach einem Croissant.

»Ich weiß, was wir machen«, sagte Marek, als er mit dem Rührei fertig war und mit einer Brotkruste über den Teller wischte. »Wir fahren aufs Land.«

»Wohin?«

»Das wirst du schon sehen«, sagte er. »Eine Überraschung. Aber da draußen gibt es nichts zu essen. Ich frage Frau Seelig, ob sie uns belegte Brote einpackt. Und eine Thermoskanne mit Kaffee.«

Wir fuhren in seinem hellgrünen Lieferwagen mit der roten Firmenaufschrift hinaus, ein Stück die Autobahn entlang, über Landstraßen, durch Dörfer und winzige Weiler, vorbei an Feldern und Wegrandkapellen, bis er hielt.

»Da sind wir«, sagte er.

»Hier?« Wir waren auf einer weiten freien Fläche, wo es nichts gab als zuweilen ein paar Büsche und Bäume, so weit das Auge reichte. »Aber hier ist doch nichts.«

»Eben«, sagte er. Er griff nach der Tüte mit den belegten Broten. »Komm mit.«

Er nahm meine Hand, und wir gingen die Straße entlang, bis zu einer größeren Gruppe von Büschen und Bäumen.

Von der Straße zweigten Wege ab, aus Kies oder Asphalt, die zu Quadraten oder Rechtecken führten, die aussahen wie Hausgrundrisse. Sie waren umgeben von Rasenstücken und Erdflächen, die vielleicht einmal Beete gewesen waren.

»Was ist das?«, fragte ich.

»Das war mal ein Dorf«, sagte er. Er machte eine weit ausholende Bewegung. »Es gab noch eins. Und ein paar Bauernhöfe.«

»Aber wo ist das alles geblieben?«

»Hier bauen sie den neuen Flughafen. Die Leute sind entschädigt worden und haben jetzt woanders neue Häuser. Bessere wahrscheinlich, modernere. Aber das hier war ihre Heimat.«

»Das ist ja schrecklich!«

»Ja«, sagte er. »Aber irgendwie ist es auch schön.« Er breitete die Arme aus. »Sieh doch nur ... Es ist so weit und frei.«

Am Dorfplatz, um den sich die Hausgrundrisse kreisförmig gruppierten, standen mächtige alte Kastanien.

»Als Nächstes schlagen sie die Bäume. Und dann wird alles zubetoniert. Vorher wollte ich noch mal hierher.«

Am Ausgang des Dorfes gab es an einem Weiher eine Wiese, umwuchert von Holunderbüschen und Brennnesseln. Wir setzten uns ins hohe Gras, aßen die Brote und tranken den Kaffee, hörten auf die trägen mittäglichen Vogelstimmen und das Summen der Insekten, und plötzlich war es schön. Als ob jemand die Welt berührt und angehalten hatte. Als ob es nichts mehr gab, das uns vom Wirklichen ablenken konnte. Und was immer das Wirkliche war, hier schien es, als wären wir ihm ganz nahe.

8

Anton Littner hatte sein Büro in seinem Haus. Sein Haus lag in einem Prominentenort an einem Prominentensee und war eine riesige rustikale Scheußlichkeit mit Sicherheitstor und vier Garagen und einem Fahnenmast auf dem Dach, an dem die deutsche Fahne hing. Es lag auf einem parkartigen Seegrundstück, das wunderschön gewesen wäre, wenn sich jemand mit ein paar Sprengsätzen des Hauses angenommen hätte.

Herr Anadakadian fuhr langsam daran vorbei. Er sagte nichts, aber er hatte eine anschauliche Art auszudrücken, was er dachte. Er drückte das Kinn herunter, runzelte die Stirn, presste die Lippen unter dem schwarzen Schnurrbart zusammen und sah aus wie jemand, der denkt: hassenswert.

Er wendete, fuhr zurück und hielt vor dem Tor.

»Ich warte hier«, sagte er. »Haben Sie meine Nummer?«

»Gespeichert«, sagte ich. »Aber es kann dauern.«

Er machte das Steingesicht, das er immer machte, wenn er etwas keiner Reaktion für würdig befand.

Ich drückte auf den bronzenen Klingelknopf, nannte der Lautsprecherstimme meinen Namen und musste mich mit meinem ganzen Körper gegen das Gittertor lehnen, damit es sich öffnete.

Das Büro befand sich in einem weitläufigen Anbau, es gab eine weitläufige Empfangshalle und eine Empfangsdame, die mich in einen weitläufigen Raum geleitete: »Einen Moment noch, Herr Littner ist gleich für Sie da, Frau Wolf. Darf ich Ihnen einen Kaffee bringen?«

Ich trank den Kaffee und betrachtete die Titelbilder der Hochglanzzeitschriften auf dem Glastisch und das Meublement, das aus einem Einrichtungshaus für reiche Leute stammte, die für ihr gutes Geld was sehen wollten: teure Stoffe, schwere Teppiche, Kristallglas, Blattvergoldung und ein paar schöne alte Möbel und Bilder, die in dem fetten Luxus leblos und verloren wirkten.

Die Frau kam wieder, sagte: »Bitte, Frau Wolf. Herr Littner lässt bitten«, und führte mich in eine Art Saal, der noch reicher möbliert war und eine überwältigende Aussicht auf den See hatte. Hinter einem großen Schreibtisch stand Anton Littner auf.

Er war der Mann, den ich zuerst bei Maria im roten Fenster gesehen hatte und noch oft danach: mittelgroß und dicklich, mit runden Schultern und einem dunklen Haarkranz unter einer großen Glatze.

Ich sah seinen fetten Rücken wieder vor mir, den bleichen Hintern, die kleinen dunklen Hände – sie waren stark behaart, darum waren sie mir so dunkel erschienen –, die grob nach ihrem Körper griffen. Ich hatte ihn besonders widerlich gefunden, beinahe übelkeitserregend, und nun stand er hier, in einem teuren Anzug, der seinen Bauch verbarg, und lächelte mich liebenswürdig an.

Er bot mir einen Platz auf einem der Sofas vor der Fensterfront an, ließ Kaffee und Gebäck kommen und blickte auf den Zettel, der neben seine Kaffeetasse lag: »Sie wollten mich sprechen, weil Sie etwas Besonderes suchen. Eine Exklusivimmobilie. Die Gräfin Tauentzien hat uns empfohlen, aha ...« Er überlegte, wer sie war, er kam nicht drauf, natürlich nicht, denn es gab sie nicht. »Sehr schön. Das freut mich. An was hatten Sie gedacht?«

»An Informationen«, sagte ich. »Ich bin private Ermittlerin und untersuche den Tod von Maria Silberhorn. Sie haben sie gut gekannt. Vielleicht haben Sie ihr etwas getan, vielleicht sind Sie nur Zeuge. Wenn Sie mir sagen, was ich wissen will, gehe ich nicht zur Polizei.«

Er zeigte keinen Schrecken und keine Fassungslosigkeit,

wie die anderen, sondern schüttelte den Kopf, lachte, halb verblüfft, halb amüsiert, und wies auf den Zettel: »Und das stimmt alles nicht?«

»Nein.«

Er musterte mein Gesicht, meinen Körper, meine Kleidung: »Und du bist nicht zufällig eine kleine Nutte, die von einer anderen kleinen Nutte dies und das gehört hat und sich nun was abholen will bei mir? Damit du nicht zur Polizei gehst?«

Diesmal war die Fassungslosigkeit mein Teil. So etwas war mir noch nie passiert. Nie hatte jemand so mit mir gesprochen. Ich starrte in seine fragenden Augen und wusste nicht weiter.

Er wartete eine Weile, dann räusperte er sich, zog die Augenbrauen hoch und sah mich auffordernd an.

Na los, Anna, du bist dran. Sag was. Tu was. Tu wenigstens so, als ob.

Ich holte eine Geschäftskarte aus der Tasche und schob sie ihm hin: »Das ist mein Ermittlungsbüro.«

»Ihres? Dafür sehen Sie mir ein bisschen jung aus.«

»Ich bin zweiunddreißig. Ich habe es von meinem verstorbenen Mann geerbt.«

»Mein Beileid.«

»Ich stehe in engem Kontakt mit der Polizei. Vor allem mit Herbert Gobineau, der die Ermittlungen im Fall Maria Silberhorn leitet.«

Das klang geschwollen und war stark übertrieben, aber ich fand es beeindruckend.

Er nicht. Er holte aus einem alten Schrank eine Flasche und zwei Cognacgläser, schenkte ein, schob mir eines hin und nahm einen Schluck aus seinem.

»Und was wissen Sie nun?«

Ich erzählte ihm, was ich gesehen hatte, wenn er bei Maria gewesen war.

»Sie wissen was«, sagte er, als ich fertig war. »Gut. Gehen

Sie zur Polizei damit, das stört mich nicht. Ich habe keine Frau, die mir Szenen macht, und was die Leute von mir denken, ist mir egal. Ich ficke gerne kleine Mädchen, das ist so. Keine Kinder, wohlgemerkt!« Er hob den Zeigefinger. »Das wollen wir festhalten. Sie sollten schon ein bisschen was dran haben. Wie Maria. So habe ich es gerne. Und jeder wird mir glauben, dass ich sie für sechzehn gehalten habe. Mindestens. Und dass ich sie nicht umgebracht habe. Warum sollte ich? Ich nehme mir einen guten Anwalt.«

Ich wusste wieder nicht, was ich tun sollte. Es gab wohl nichts mehr zu tun. Ich konnte nur noch gehen.

Ich griff nach meiner Karte, doch bevor ich aufstehen konnte, sagte er: »Nun laufen Sie doch nicht weg. Ich erzähle Ihnen ja, was Sie wissen wollen. Glauben Sie, mir ist egal, was der Kleinen passiert ist? Sie war eine Süße, mit einer tollen Figur, und hat immer einen guten Job gemacht. Trinken Sie mal einen Schluck von dem Cognac, der ist gut – nein, ich habe was anderes, das mögen Sie bestimmt.«

Er brachte mir ein Glas mit etwas Grünem darin, das süß und würzig und wunderbar schmeckte. Es war unmöglich, bei einer Zeugenvernehmung Alkohol zu trinken, aber dies war auch eine unmögliche Zeugenvernehmung, also war es schon egal.

Er erzählte mir nichts Neues, im Gegenteil, es erinnerte mich sehr an das, was ich schon gehört hatte. Sie war gerade dreizehn geworden, als er sie bei Winfried kennen gelernt hatte, sie hatte keine Umstände gemacht, »nie zickig und immer zu allem bereit«, sie hatte nie nach Geld gefragt, er hatte ihr aber welches gegeben, »wer einen guten Job macht, soll auch dafür bezahlt werden, und zwar anständig«, er hatte sie immer wieder besucht und war nicht von ihr losgekommen, sie war irgendwie etwas Besonderes gewesen. Im Gegensatz zu den anderen war er gerne in ihrem Zimmer gewesen, denn es hatte ihn angemacht, sie »zwischen dem ganzen Kinderkram so richtig ranzunehmen«.

Was bist du doch für ein bezaubernder Mann, dachte ich.

»Was glauben Sie?«, fragte ich. »Warum hat sie mit all diesen Männern geschlafen?«

»Warum tun Frauen das? Geld, Dummheit, Geilheit? Obwohl – geil oder dumm war sie nicht, und Geld wollte sie nicht. Ich glaube, es machte sie an, dass wir geil waren auf sie – es tat ihr irgendwie gut ... So was in der Art – schwer zu sagen.«

»Wer könnte sie getötet haben, und warum?«

»Keine Ahnung«, sagte er, »wohl kaum einer von ihren Kunden, warum auch? Hatte sie einen Freund? Ist der dahinter gekommen und ausgerastet? Das könnte ich mir noch am ehesten denken.«

Ich legte ihm die Beschreibungen der anderen Männer vor, und er las sie gründlich, aber er kannte keinen von ihnen, hatte nie einen von ihnen gesehen und wusste auch sonst von niemandem, der Maria noch besucht hatte.

»Wo waren Sie am dreißigsten Dezember, zwischen elf und ein Uhr nachts?«

Er lachte: »Wenn ich das so genau wüsste! Ich war eine Woche in Kitzbühel und habe ziemlich einen drauf gemacht.«

Ich ließ mir den Namen und die Telefonnummer seines Hotels geben, klappte das Notizbuch zu und schob meine Karte zwischen die Seiten.

»Danke für Ihre Hilfe«, sagte ich und stand auf.

»Keine Ursache«, sagte er und brachte mich zur Tür. »Und sagen Sie Bescheid, wenn Sie wissen, wer es war.«

Mal sehen, dachte ich. Wohl kaum. Eher nicht.

Ich taumelte, als ich ins heiße helle Sonnenlicht trat. Das Gittertor stand offen, eine der Garagen auch, und ein junger Mann in einem dunkelblauen Anzug polierte die Windschutzscheibe eines silberfarbenen Mercedes. Auf der anderen Straßenseite, im Schatten unter einem Baum, lehnte Herr Anadakadian an seinem Taxi und rauchte. Er warf die Zigarette weg und kam herüber.

»Was ist mit Ihnen?«, fragte er und musterte mich kritisch. »Hat er Sie betrunken gemacht?«

»Nein«, sagte ich, »es war nur ein Glas.«

»Von was?«

»Ein grünes Getränk. Schnaps oder so. Ich weiß nicht. Ich trinke nie so was.«

Er schnalzte auf sehr ablehnende Weise mit der Zunge, fasste mich vorsichtig um die Schultern und führte mich zum Wagen: »Was tun Sie in solchen Häusern? Bei solchen Menschen?«

Herr Fischler leuchtete. Er schwebte. Er war ein einziges leuchtendes Schweben, liebenswürdig und glückselig und jeden Tag mit einer anderen wunderschönen Fliege geschmückt. Die er heute trug, schien aus gesponnenem Gold zu sein.

»Die Frau«, sagte Frau Beifuss, nachdem er mit einem Becher Kaffee hinausgeschwebt war. »Sie wissen schon, die ihn verlassen hatte. Sie ist zu ihm zurück gekommen. Gott sei Dank. Das war ja kein Leben mehr.«

»Er ist auch nicht mehr so mager, oder?«

»Oh, nein! Er isst wieder und tut Sahne und Zucker in den Kaffee.«

Ich war dankbar für Herrn Fischlers Leuchten, denn es erhellte das Büro und die trüben Tage. Es war August, aber der Himmel war grau und schwer, als hätte jemand einen Deckel über die Welt gestülpt, und es regnete und war so kalt, dass man die Heizung anmachen musste.

Ich drückte mich tief in Jochens Schreibtischsessel, zog die Füße unter die Oberschenkel, legte meine Hände um den Becher und trank den heißen Kaffee in kleinen Schlucken. Auf dem Bildschirm flimmerte »no signal«, und Jochens Zimmer mit den dunkelgelben Vorhängen, den abgenutzten Büromöbeln und dem braunen Teppichboden wirkte bei diesem Wetter wie eine Grabkammer.

Auf dem Schreibtisch stand sein Bild, in dem silbernen Rahmen, in dem eine Fotografie von mir gesteckt hatte, als er noch gelebt und hier gesessen hatte. Er hockte auf einem Steinmäuerchen inmitten grüner Wiesen, in einer gelben Öljacke und einem dicken Pullover, das Haar zerzaust, mit einem versonnenen Lächeln im Gesicht. Er hatte die Unterarme auf die Schenkel gestützt, und seine Hände hingen zwischen den Knien herab. Seine schönen Hände mit den langen kräftigen Fingern. Ach, Jochen.

Ich stellte das Bild wieder an seinen Platz.

Daneben lag eine Postkarte von der Nordsee: Dünen, Strandhafer und Schaumkronen auf blauem Meer.

Den Text auf der Rückseite der Karte wusste ich auswendig: »Es ist kühl & die Sonne scheint & der Wind weht & das Meer rauscht. Wir haben es gut. Marek & David.« Das »David« hatte ein Fünfjähriger geschrieben, mit Buchstaben sehr unterschiedlicher Größe und einem seitenverkehrten D am Schluss. Daneben hatte er eine Sonne gemalt. Schön.

Mareks Sohn David. Er hatte kein Kind gewollt, hatte er mir erzählt, und die Beziehung zu Davids Mutter war darüber in die Brüche gegangen. Aber nun konnte er sich sein Leben ohne David nicht mehr vorstellen. Und er machte ganz lange Ferien mit ihm, nur mit ihm, und schrieb solche Postkarten mit Meer und Himmel, die einen sehnsüchtig werden ließen.

Ich nahm das Bild und die Karte und schob sie in die Schreibtischschublade, tippte auf die Maus, sodass der Computer mit einem leisen Seufzer ins Leben zurückkehrte, und las den gelben Zettel, der an der nächsten Klarsichtmappe klebte. »Partnerobservation Hr. Kleinhans ./. Fr. Kleinhans, Zusammenfassung und Bewertung von Verlauf u. Ergebnis (negativ), Begleitbrief, Rechnung«, hatte Herr Fischler notiert.

O Gott, ich hasste Partnerobservationen. Ich konnte einfach nicht verstehen, warum einer mit uns redete und nicht mit seiner Frau, wenn er glaubte, dass sie ihn betrog.

Dabei betrog Frau Kleinhans ihren Mann gar nicht. Die häufigen Abwesenheiten, wenn er vom Büro aus zu Hause anrief, und ihre beunruhigende Wesensveränderung – sie war schlanker und hübscher und auffallend lebensfroh – hatten ihren Grund darin, dass Frau Kleinhans eine Weight-Watchers-Gruppe und einen Fitnessclub besuchte und schon acht Pfund abgenommen hatte.

Ach je, ach je, dachte ich. Liebe Frau Kleinhans, warum hast du deinem Mann denn nichts davon gesagt? Nun muss er unsere fette Rechnung zahlen. Aber anscheinend redet ihr überhaupt wenig miteinander. Das solltet ihr ändern, ihr Lieben. Ob ich das wohl vorsichtig andeuten kann in der Ergebnisbewertung? Oder im Begleitbrief?

Es klopfte, die Tür öffnete sich, und Herr Fischler erschien, groß und leuchtend: »Haben Sie einen Moment Zeit, Frau Wolf?»

»Ja, sicher. Klar doch. Kommen Sie rein.«

»Könnten Sie rüberkommen, in mein Zimmer?«

Ich folgte ihm verblüfft und traf im Flur auf Frau Beifuss, die auch verblüfft aussah.

Auf seinem leergeräumten Schreibtisch standen Kerzenleuchter, ein Kühler mit einer Flasche Champagner, Gläser, Schälchen mit Chips und Salzstangen und ein ebensolcher silberner Rahmen wie drüben bei mir, mit einem Foto darin.

»Nur ein ganz kleiner Umtrunk«, sagte Herr Fischler, goss mit bebender Hand Champagner in die Gläser und reichte sie uns. »Bitte stoßen Sie mit mir an, Frau Wolf, Sandra: auf meine Verlobung!«

»Harro!«, rief Frau Beifuss, und ich sagte: »Herr Fischler!«, und er strahlte und ließ sich gratulieren und wies den goldenen Ring an seiner linken Hand vor. Wieso war uns der nicht längst aufgefallen?, fragten wir. Er hatte ihn eben erst angesteckt! Es sollte wirklich eine Überraschung sein! Auch den Champagner hatte er in einer Kühltasche hereingeschmuggelt!

Er bat uns, Platz zu nehmen, schenkte nach und bot das Salzgebäck an, aber wir wollten vor allem das Foto sehen, und er wollte uns vor allem das Foto zeigen. »Silke!«, sagte er stolz und sah uns erwartungsvoll beim Betrachten zu.

Silke war groß und schlank, trug ein elegantes dunkles Kostüm und hatte ein zartes Gesicht und vielleicht ein bisschen zu lange und zu blond gefärbte Haare. Sie war auffallend attraktiv, fanden wir. Wunderhübsch. Einfach bezaubernd. Und wie alt war sie? Was machte sie beruflich?

Sie war vierunddreißig und Pharmareferentin, intelligent, selbstständig und erfolgreich und, wie wir ja sehen konnten, eine hinreißende Frau, sie war sein Ideal, das hatte er sofort gewusst, es war Liebe auf den ersten Blick gewesen! Er hatte noch mehr Fotos. Wollten wir die auch sehen?

Natürlich wollten wir, und es gab auch noch mehr Champagner, einen guten und teuren, »ganz was Exklusives«, sagte Frau Beifuss, die über alles Bescheid wusste, sogar über Champagner, obwohl sie behauptete, sonst nie welchen zu trinken, und als ich in mein Zimmer zurückkehrte, war ich beschwipst, und draußen wurde es Abend.

Ich versuchte weiter zu arbeiten, aber es ging nicht mehr, ich war ganz wirr und schaffte es kaum, den Computer abzuschalten, und dann saß ich da und sah in den trüben Augustabend und das schwere nasse Grün der Bäume, mein Kopf dröhnte, mein Mund war trocken, und plötzlich hatte ich das Gefühl, ich wäre ganz alleine auf der Welt und würde es immer bleiben.

Ich sprang auf und lief hinaus, aber Frau Beifuss und Herr Fischler waren schon gegangen, nur der Duft und die Wärme der Kerzen hingen noch in seinem Zimmer.

Ich ging zurück und rief meine Mutter an.

»Anna!«, sagte sie. »Wie schön, dass du anrufst. Wir sind nur gerade im Aufbrechen, zu Freunden. Kann ich dich später noch erreichen?«

»Ja.«

»Ich rufe an. Jetzt muss ich Schluss machen, Rosemarie wartet schon im Wagen. Bis nachher, Anna.«

Ich wählte Mareks Nummer, aber es meldete sich nur die mechanische Frauenstimme, die mir sagte, was ich schon wusste, dass der Teilnehmer vorübergehend nicht zu erreichen war, und vorschlug, es später noch mal zu versuchen. Der Teilnehmer wollte in seinen Ferien mit David nicht gestört werden und war praktisch nie zu erreichen.

Ich blätterte in meinem Adressbuch. Schulfreundinnen und Kolleginnen aus meiner Zeit als Buchhändlerin, die ich manchmal traf. Jochens alte Freunde, die ich nicht mehr gesehen hatte, weil sie nach seinem Tod bestimmen wollten, was ich tun sollte. Keiner, den ich jetzt anrufen konnte.

Halt, Thorsten, auch ein alter Freund von Jochen, aber den konnte ich anrufen. Ich hatte ihn auch angerufen, als ich die Tabletten genommen hatte und wieder aufgewacht war.

Ich ließ es lange läuten, bis er sich endlich meldete.

»Hallo, Thorsten, hier ist Anna.«

»Anna! Wie geht es dir?«

»Geht so«, sagte ich. »Kannst du ... könnten wir uns vielleicht sehen?«

»Ich bin nicht da. Ich bin auf Fortbildung. In Karlsruhe.«

»Ach so.«

»Morgen ist Schluss hier. Ich fahre ein bisschen früher, dann bin ich um acht bei dir. Okay?«

»Okay«, sagte ich. »Danke. Bis morgen.«

»Anna?«

»Ja?«

»Ist es so schlimm, dass du – ich meine – du machst keinen Blödsinn? Keine Tabletten oder so?«

»Bestimmt nicht«, sagte ich. »So schlimm ist es nicht.«

Das Gleisfeld trug trübes Grau und nassglänzendes Grün, dazu Regenschleier und das Schwarz von Amseln und Krähen. Ein Intercity, über dessen blinde Fenster die Tropfen rannen, schob sich langsam hindurch.

Ich hatte Marias Akte vor mir liegen und betrachtete die Liste ihrer Männer – Kunden, Benutzer, Missbraucher? –: Karl-Heinz Kauffmann, Winfried, Joachim Dietrich, Anton Littner, Klaus Kammheber, Peter Nippes.

Klaus Kammheber hatte ich erzählt, dass ich vor fünfzehn Jahren seine Schülerin gewesen war, in England lebte und nach langer Zeit einmal wieder da wäre und einige der Menschen wiedersehen wollte, die in meiner Jugend wichtig für mich gewesen wären.

Er hatte sofort ja gesagt und mich zu sich nach Hause eingeladen. Das hatte ich schlecht ablehnen können. »Ich möchte aber Ihre Frau auf keinen Fall stören.«

»Das tun Sie nicht. Sie ist für ein paar Tage verreist. Ich habe sozusagen sturmfreie Bude.«

Er war ein schlanker Mann mit schütterem, grau meliertem Haar, gut gekleidet – Wolljacke zur Leinenhose, Seidentuch im Hemdausschnitt –, und mit gutbürgerlichen Manieren. Angezogen sah er wesentlich besser aus als nackt. Nackt war er nur ein alter Mann mit hängenden Schultern und hängendem Fleisch, und der Kontrast zwischen ihm und Maria war fast obszön gewesen.

»Anna Heger?«, sagte er, hielt meine Hand fest und sah mich forschend an. Ich hatte ihm meinen Mädchennamen genannt. »Aber ich müsste mich doch an Sie erinnern können!«

»Ich war nicht Ihre Schülerin, Herr Kammheber«, sagte ich. »Ich bin private Ermittlerin und untersuche den Tod von Maria Silberhorn. Sie haben sie gekannt. Sie könnten sie auch getötet haben. Wenn Sie meine Fragen beantworten, gehe ich nicht zur Polizei.«

»Dr. Kammheber, bitte«, sagte er und zog eine Augenbraue hoch. »Wovon sprechen Sie?«

Ich erzählte ihm, was ich im roten Fenster gesehen hatte, wenn er bei Maria gewesen war.

Er hörte mir ruhig und mit mildem Erstaunen zu und schüttelte den Kopf: »Interessante erotische Phantasien – aber warum erzählen Sie mir das? Ist Ihnen nicht wohl? Kann ich Ihnen irgendwie helfen?«

Seine Geistesgegenwart und sein schauspielerisches Talent überraschten mich.

»Das sind keine Phantasien, Dr. Kammheber, sondern Realität, und das wissen Sie genau.«

»Junge Mädchen bilden sich oft derartiges ein. Das ist nichts Ungewöhnliches. Außerdem ist dieses bedauernswerte Mädchen tot, wenn ich Sie richtig verstanden habe, und was immer sie Ihnen erzählt haben mag …«

Seine blasierte, verlogene Art machte mich zornig: »Junge Mädchen bilden sich nichts dergleichen ein. Und Maria hat mir auch nichts erzählt. Ich habe Sie mit ihr gesehen, durchs Fenster. Ich wohne nebenan.«

Er fiel so plötzlich in sich zusammen, dass ich erschrak. Sein Gesicht wurde schlaff, sein Mund öffnete sich, und seine Augen füllten sich mit Tränen, von denen eine langsam an seiner Nase herunter rann.

Er hustete. »Meine Frau«, sagte er mit erstickter Stimme, »meine Frau darf das nie erfahren, auf keinen Fall, sie würde mich verlassen, sie versteht das einfach nicht …«

»Von mir erfährt sie bestimmt nichts.«

Er wurde willfährig und fügsam und beantwortete meine Fragen mit eintöniger Stimme und sehr genau, wie ein braver Schüler, und ich wusste nicht, was ich ekelhafter fand, seine Überheblichkeit oder seine Willfährigkeit oder seine kalte graue Genauigkeit.

Sie war dreizehn gewesen, als er sie kennen gelernt hatte, und danach hatten sie sich regelmäßig getroffen, alle zwei Wochen, zweieinhalb Jahre lang, bis zum Spätsommer letzten Jahres, als sie ihm erzählt hatte, dass jemand sie auf die Vorgänge in ihrem Zimmer angesprochen hätte. Da hatte er den Kontakt beendet.

»Warum?«

»Es schien nicht mehr tunlich.«

So sprach er weiter, sachlich, exakt, als wäre das Ganze ein bürokratisches Vorkommnis, bis ich es nicht mehr aushielt: »Sagen Sie mal, war Ihnen denn nicht klar, dass es nicht richtig ist, mit einer Dreizehnjährigen zu schlafen, auch wenn sie es anscheinend will? Sie sind doch Lehrer – Pädagoge!«

»Aber es war eine pädagogische Beziehung!«, sagte er mit aufflammender Begeisterung. »Das Ideal einer pädagogischen Beziehung, denn es war eine ganzheitliche, die den Eros mit einschloss! Auch in diesem Bereich kann und will ja der junge Mensch vom reifen, weisen Älteren lernen!«

»Und Ihre Schülerinnen? Haben Sie zu denen auch solche Beziehungen gehabt?«

»Natürlich nicht. Das sieht die Schulordnung nicht vor. Es wäre im schulischen Rahmen auch gar nicht durchführbar. Und bei weitem nicht alle Schüler eignen sich für diese umfassende Art der Pädagogik.«

Einen Moment lang hatte ich das Gefühl gehabt, er wollte sich über mich lustig machen, aber so, wie er mich angesehen hatte, war es ihm ernst. Er hatte seine Lust auf kleine Mädchen mit einem irren Ideal verkleidet.

Während der Weihnachtsferien war er Skilanglaufen gewesen im Bayerischen Wald, ausnahmsweise ohne seine Frau, die zu ihrer kranken Schwester nach Augsburg gefahren war. Er hatte mir den Namen und die Telefonnummer des Hotels gegeben, in dem er gewohnt hatte.

Ein S-Bahn-Zug bewegte sich durch das Gleisfeld. Er war über und über mit Graffiti bedeckt, mit Blitzen, Sternen, explodierenden Sonnen. Auf dem letzten Wagen stand in großen klobigen Blockbuchstaben: Do it.

Einer fehlte noch: Peter Nippes. Dafür musste ich nach Köln fahren. Dann konnte ich auch gleich mit dem ehemaligen Lebensgefährten von Frau Silberhorn sprechen, der Georg Vanderbek hieß und in Aachen wohnte.

Ich blätterte durch die Akte. An einer Liste von Marias Männern haftete ein gelber Klebezettel: »Notizen? Geld?« Was hatte ich damit gemeint?

Ach ja. In ihrem Kalender hatte sie nur die Zeiten vermerkt, keine Namen, nicht mal Anfangsbuchstaben, und in ihrem Adressbuch hatte man auch nichts gefunden. Ich hatte sechs Männer ausfindig gemacht, mit denen sie regelmäßig Kontakt gehabt hatte. Deren Telefonnummern konnte sie nicht alle im Gedächtnis behalten haben. Warum auch? Irgendwo musste sie sie notiert haben.

Und wo war das Geld? Oder das Sparbuch? Die Kontokarte? Sie hatte von den meisten Geld bekommen, zusammen eine ganze Menge, und anscheinend nichts davon ausgegeben. Es musste auch irgendwo sein.

Es klingelte, ich ging öffnen und hörte Thorsten die Treppe hinauf springen, immer zwei Stufen zugleich nehmend. Es klang, als sei er fünfzehn und nicht einundfünfzig. So alt wie Jochen. So alt, wie Jochen jetzt wäre.

»Hallo, Anna«, sagte er und küsste mich in seiner scheuen Art auf die Wange. »Wie geht es dir?«

»Gut.«

»Was war denn?«

»Ach, nichts. Herr Fischler hat sich verlobt, und ich habe zu viel Champagner getrunken, und danach war mir scheußlich zumute. Das war alles. Ich hätte dich gar nicht anrufen sollen.«

»Doch. Du musst mich immer anrufen, wenn so was ist. Versprich's mir.«

Ich versprach es.

Wir gingen in ein neueröffnetes spanisches Restaurant, das in der Zeitung sehr gelobt worden war, und das geschmorte Kaninchen und die Paella und der Wein waren auch wirklich gut, aber eigentlich war es mir egal. Wichtig war nur, dass ich mit Thorsten hier sitzen und reden konnte. Vor allem über Jochen. Niemand kannte Jochen besser als er.

»Wie er Schlittschuhlaufen gelernt hat«, sagte Thorsten. »Das war typisch für ihn. Er hat geheult vor Wut, weil er es nicht gleich konnte, er fiel dauernd hin, aber er hat nicht aufgehört, bis er sich auf den Dingern halten konnte. Nachher hatte er überall Schürfwunden und Blutergüsse, und seine Mutter musste mit ihm zum Arzt.«

»Oh, ja«, sagte ich. »Was war das für ein Theater mit seinem ersten Computer. Aber da hat er nicht geweint. Er hat sich aufgeführt wie Rumpelstilzchen.«

Thorsten lachte. Hinter ihm öffnete sich die Restauranttür. Andreas kam herein und hielt die Tür auf für Susanne, die lächelnd Regentropfen aus ihren Locken schüttelte. Natürlich. Ich hätte es wissen können. Er las die Restaurantkritiken auch so gerne.

Ich legte langsam die Gabel auf den Teller.

»Ist was?«, fragte Thorsten. »Sollen wir lieber nicht von Jochen sprechen?«

»Doch, doch.«

Sie sahen sich nach einem freien Tisch um und wählten einen in unserer Nähe. Ich heftete meinen Blick fest auf Thorsten.

»Erzähl weiter«, bat ich. »Erzähl mir mehr von Jochen.«

Er erzählte, aber ich hörte ihn bald nicht mehr, ich sah nur seine Augen und seine Sommersprossen und seinen Mund, der sich bewegte. Dann murmelte er etwas von Händewaschen und stand auf, und nun hatte mein Blick nichts mehr, woran er sich festhalten konnte, und glitt hinüber.

Susanne war über den Teller gebeugt und entgrätete einen Fisch, und Andreas sah mich an. Unsere Blicke tauchten ineinander, und es schien gar keine Zeit vergangen zu sein, die lebendige Verbindung, die zwischen uns bestanden hatte, war immer noch da, und ich spürte den Impuls, aufzustehen und hinüber zu gehen. Mich neben ihn zu setzen und später mit ihm nach Hause zu gehen.

Susanne hob den Kopf und reichte ihm auf der Gabel ein Stück Fisch, und er wandte den Blick von mir ab und öffnete den Mund. Ich sah fort.

Ich sah nicht wieder hin. Wir gingen bald, und ich sorgte dafür, dass wir auf dem Weg zur Tür nicht an diesem Tisch vorbei kamen. Die Luft draußen war schwer von Feuchtigkeit, es war wärmer geworden, und aus den Bäumen tropfte es. Aber es regnete nicht mehr, und wir gingen zu Fuß zurück.

»Alles in Ordnung, Anna?«, fragte Thorsten, als wir vor meinem Haus angelangt waren.

»Oh, ja«, sagte ich, küsste ihn auf die Wange und drückte die Haustür auf. »Und danke. Vielen, vielen Dank.«

Ich stieg langsam die Treppe hinauf. Die alten Stufen knarrten verhalten, als nähmen sie Rücksicht auf meinem Kummer oder die späte Stunde oder beides.

Früher war es so einfach, dachte ich, ich hatte meinen Mann und alles war gut. Nun habe ich einen alten Geliebten mit einer neuen Frau und einen neuen Geliebten mit seinem Sohn an der Nordsee, und nichts ist gut. Dabei will ich bloß einen Mann zum Lieben. Warum ist das so verdammt schwer?

Blöde Frage, sagte ich zu mir, während ich in meiner Tasche nach dem Wohnungsschlüssel wühlte. Liebe ist schwer, das weiß jeder, nur du nicht, weil sie mit Jochen nur gut und einfach war. Du hast keine Ahnung. Zweiunddreißig und keine Ahnung von der Liebe.

Ich fand den Schlüssel nicht. Ich leerte die Tasche auf den Dielenboden, aber er war nicht da. Keinen Mann und nicht mal ein Bett zum Schlafen.

Frau Cohn hatte einen Schlüssel, aber es war halb zwölf, und sie schlief bestimmt schon und bestimmt nicht mit ihrem Hörgerät. Ich versuchte es trotzdem und lauschte lange dem Läuten nach. Dann setzte ich mich auf die Stufe vor ihrer Tür, zog meine Jacke fester um mich und lehnte den Kopf an den Türrahmen.

Jemand rüttelte an meiner Schulter und fragte, wer ich sei. Ich sagte: Niemand, und: Lass mich in Ruhe, aber das Rütteln hörte nicht auf. Ich öffnete die Augen.

Eine Frau mit braungebranntem Gesicht und kurzen braunen Haaren starrte mich an: »Wer sind Sie? Was machen Sie hier?«

»Und Sie? Was machen Sie hier?«

»Ich wohne hier«, sagte sie und wies auf die Tür, an der die Visitenkarte der Antiquitätenhändlerin hing. Britta Sowieso.

»Ich auch«, sagte ich.

»Warum schlafen Sie dann auf der Treppe und nicht in Ihrer Wohnung?«

»Weil ich meinen Schlüssel vergessen habe.«

Sie betrachtete mich. »Sie sind Frau Wolf, nicht?«

Ich nickte.

»Kommen Sie mit. Ich habe ein Sofa. Mehrere, um genau zu sein.«

9

Ich trat aus dem Bahnhof und erschrak, denn über mir ragten die Türme des Doms in den Himmel. Man erwartet keinen Dom, wenn man aus einem Bahnhof tritt.

Ein junger Mann kam auf mich zu, zierlich und dunkel, mit großen Augen in einem schmalen Gesicht, das aussah wie die Gesichter der Heiligen auf den Ikonen. Er passte gut zum Dom.

»Hallo«, sagte er. »Mein Onkel Aram hat mich geschickt. Ich bin Tigran Anadakadian.«

»Hallo. Ich bin Anna Wolf.«

Er nahm mir die Reisetasche aus der Hand, ging voran zu einem alten roten Ford und brachte mich ohne ein weiteres Wort zu dem Hotel, in dem ich ein Zimmer bestellt hatte. Er bremste bravourös vor der gestreiften Markise über dem Eingang und überreichte mir eine computergedruckte Karte, auf der sein Name stand und eine Handy-Nummer: »Wenn Sie irgendwas brauchen oder irgendwohin wollen, rufen Sie mich an.«

»Das kommt gar nicht in Frage«, sagte ich. »Ich dachte, Sie wären auch Taxifahrer wie Ihr Onkel. Ich miete mir ein Auto. Sie haben bestimmt was anderes zu tun.«

Er schüttelte den Kopf. »Ich bin Student und habe Semesterferien. Und ich kriege Stress mit Onkel Aram, wenn ich Sie alleine rumlaufen lasse. Also bitte, rufen Sie an.«

»Na gut«, sagte ich widerwillig und nahm ihm meine Reisetasche weg. Wenn ich schon ohne ihn nichts tun durfte, wollte ich meine Sachen wenigstens selber tragen. »Können Sie mich um zwei abholen?«

Pünktlich um zwei klingelte das Telefon. »Ein Herr Anadakadian für Sie, Frau Wolf«, sagte die Rezeptionistin. »Er wartet im Wagen, sagt er.«

Er hatte den Arm auf das geöffnete Fenster gelegt und trug eine Sonnenbrille, die ihn, wie die meisten dunkelhaarigen Männer, aussehen ließ wie einen Mafioso. Ich nannte ihm die Adresse, zu der ich wollte, und er musste erst im Stadtplan nachsehen, wo das war, aber er schaffte es, seine dunkle Würde dabei nicht zu verlieren.

Er hielt in einer ruhigen baumbestandenen Straße, nicht weit vom Rheinufer entfernt, vor einem Holzhaus mit Sonnenkollektoren auf dem Dach, das von schöner und vermutlich teurer Schlichtheit war und in einem sorgsam naturbelassenen Garten lag.

»Ich bin gleich wieder da«, sagte ich und stieg aus, um einen Blick auf das Namensschild zu werfen. Es war aus buntbemalter Keramik und trug die Aufschrift »Familie Nippes«, darunter die Figur eines Hundes und die Worte »cave canem«. Was immer das hieß. Es klang wie Latein, aber ich hatte in der Schule kein Latein gehabt.

»Also«, sagte ich, als ich mich wieder neben ihn setzte, »der Mann ist Journalist und arbeitet zu Hause. Ich will ihn alleine sprechen. Wir müssen feststellen, wann seine Frau und die Kinder weg sind, ganz bestimmt und mindestens zwei Stunden lang. Das heißt vor allem: warten.«

Dies tat er, unbewegt, wortlos, während ich in Peter Nippes' Büchern blätterte, die ich mir besorgt hatte, oder Notizen machte, wenn etwas passiert war.

Es passierte nicht viel. Frau Nippes fuhr mit den Kindern zum Einkaufen und Eisessen, und Peter Nippes führte zweimal den Hund aus, einen langhaarigen, schwarz-weißen Hund, der mir harmlos und freundlich erschien.

Gegen Abend fuhren wir zurück ins Hotel, und am anderen Morgen waren wir früh wieder da, ein Stück weiter weg unter einem der Bäume, sodass wir Eingang und Garagenausfahrt gut im Blick hatten, ohne selber aufzufallen.

Wir saßen drei Tage lang dort, in dem roten Auto, unter den Bäumen. Es waren Ahornbäume, deren Blätter von einer weißlich grauen Schicht überzogen waren, die aussah wie Schimmelpilz.

»Was ist das?«, fragte ich.

Tigran zuckte mit der Achsel. »Keine Ahnung.«

»Tut keiner was dagegen?«

»Sie fallen sowieso ab.« Achselzucken. »Und im Frühjahr sind sie wieder frisch und grün.«

Achselzucken. Reglos und stumm da sitzen, die schmalen braunen Hände – sie erinnerten mich an Andreas' Hände, und ich versuchte nicht hinzusehen – auf den jeansblauen Oberschenkeln. Unbewegt in Nippes' Büchern lesen, die ich zwischen die Vordersitze gelegt hatte. Mich nicht ansehen, nur zu mir herüberschielen, wenn er dachte, ich merkte es nicht. Nur reden, wenn ich etwas fragte, und dann die Worte so widerstrebend hergeben, als wären es Goldkörner.

Dabei konnte er auch anders. Wenn wir hinter Frau Nippes herfuhren, war er geschickt und gesprächig und viel besser in »Observation motorisiert« als ich, schon weil er besser Auto fuhr. Aber danach wieder Schweigen, Achselzucken, Einsilbigkeit.

Frau Nippes arbeitete halbtags in einer Naturwaren-Boutique. Sie führte morgens zuerst den Hund aus, dann brachte sie die Kinder fort, das Mädchen in die Schule, den Jungen in den Kindergarten, und danach wandte sie sich offenbar sich selber zu, denn wenn sie kurz vor zehn wieder erschien und davonfuhr, war sie sorgfältig zurecht gemacht. Ab jetzt war Peter Nippes allein, bis halb eins.

Ich drückte auf den Klingelknopf unter dem Schild. Es dauerte eine Weile, dann rauschte und knackte es in der Sprechanlage, und eine Stimme sagte: »Ja?«

»Ich – mein Name ist Anna Wolf«, sagte ich, und meine Aufregung war nicht gespielt. »Ich lese Ihre Bücher so gerne und wollte fragen, ob Sie mir Ihren Namen hineinschreiben – und vielleicht eine Widmung?«

Schweigen, nur das Rauschen war zu hören. »Na gut«, sagte er. »Ja, sicher. Kommen Sie rein.« Das Gartentor summte laut.

Er stand in der Haustür, in Jeans und einem Sweatshirt, auf dem »Pennsylvania Panthers« stand, und sah mir mit angestrengter Höflichkeit entgegen.

»Guten Morgen, Herr Nippes«, sagte ich, »vielen Dank, dass Sie –«

»Ach, keine Ursache«, sagte er kurz. »Geben Sie her.«

Aber ich hatte alle seine Bücher in einer Plastiktüte mitgebracht, und die konnte er nicht in der Haustür stehend signieren, er musste mich also hinein bitten, in die Diele und weiter in sein Arbeitszimmer, in dessen Mitte ein großer Holztisch stand. Auf einer freien Ecke des Tisches, neben Zeitschriftenstapeln und einer Vase mit Dahlien, breitete er die Bücher aus.

Er schrieb hastig seinen Namen hinein, und erst beim letzten fiel ihm das mit der Widmung wieder ein, und er hielt inne und fragte: »Wie war noch mal Ihr Name?«

»Gut, dass Sie ihn vergessen haben.«

Er sah auf. Er hatte blaue Augen, aschblondes Haar, einen kleinen Mund und einen ziemlich kümmerlichen Dreitagebart.

»Ich bin private Ermittlerin und untersuche den Tod von Maria Silberhorn. Ich brauche Informationen von Ihnen. Wenn Sie meine Fragen beantworten, gehe ich nicht zur Polizei.«

Seine Augenbrauen hoben sich: »Was? Wovon reden Sie?«

Ich sagte es ihm. Ich konnte mich gut an ihn erinnern, im roten Fenster, groß und dünn und sehr rosa in dem rötlichen Licht, weil er so hellhäutig war.

Er blickte wieder in das Buch und bewegte den Stift in der

Hand wie einer, der überlegt, was er schreiben soll, eine ganze Weile lang, und ich sah auf seine Hand und überlegte, was ich tun sollte. Ihn anstoßen und sagen: He, hier bin ich, sagen Sie doch auch mal was?

Ich räusperte mich vorsichtig.

Er legte den Stift auf die aufgeschlagene Buchseite und schloss die Finger zur Faust. Angst durchschoss mich wie eine Flamme, und ich griff nach meiner Tasche, in der die Pistole lag, die alte Wehrmachtspistole, die ich in Jochens Schreibtischschublade gefunden hatte und mit der mir Herr Fischler gezeigt hatte, wie man schießt.

Er sagte leise: »Du Drecksstück«, und seine Hand fuhr hoch und schlug mir ins Gesicht, so kräftig, dass es meinen Kopf herumriss und ich fiel. Ich hörte, wie ich hart aufschlug, doch ich spürte keinen Schmerz, nur das Kratzen des groben Teppichs an meiner Wange und meinem nackten Unterarm.

Er hockte sich auf mich und schlug mir ins Gesicht, rechts, links, rechts, links, und sagte: »Du Drecksstück«, wieder und wieder, mit schwerer hasserfüllter Stimme.

Dann griff er nach meinem Hals und drückte mir die Kehle zu. Ich ertrank in Panik, ich zappelte und trat, aber ich trat in die Luft, meine Arme waren von seinen Knien gefangen, und meine Hände umklammerten die Tasche mit der Pistole, die mir nicht mehr helfen konnte.

Ich rang nach Luft, und schwarze Angst schlug über mir zusammen. Ich starb, wenn nicht etwas passierte. Wenn ich nicht etwas tat. Wenn mir nicht etwas einfiel. Aber nur Jochen fiel mir ein, wie er in seinem Auto gesessen hatte und auf den Baum zuschleuderte und auch gewusst hatte, dass er sterben musste, wenn nicht noch irgendetwas passierte.

Mein Kopf schien zu platzen, in meinen Ohren rauschte es, aber durch das Rauschen hindurch hörte ich plötzlich Jochens Stimme. Ich tat, was sie sagte, und stieß Peter Nippes meine Tasche mit der Pistole darin zwischen die Schenkel.

Er fuhr mit einem Aufschrei zurück.

»Tritt ihm in die Eier, Mädchen, und renn«, hatte Jochen den Frauen in den Fernsehfilmen immer geraten, wenn ein Mann über sie herfiel.

»Warum soll sie rennen?«, hatte ich gefragt.

»Wenn er sie erwischt, nachdem sie ihm in die Eier getreten hat, bringt er sie um. Also denk dran, Anna, erst treten, dann rennen, so schnell du kannst.«

Rennen konnte ich nicht, aber ich rutschte von ihm weg und schaffte es, die Pistole aus der Tasche zu kramen, auf ihn zu richten und den Sicherungshebel herunter zu drücken.

Sein Gesicht war von Schmerz und Wut verzerrt, er keuchte: »Du verdammtes mieses Drecksstück«, kam hoch und kroch auf mich zu.

Die Pistole schien ihn nicht zu beeindrucken, es sah wohl zu erbärmlich aus, wie ich sie hielt, mit zitternden Händen und bestimmt nicht so, als ob ich damit schießen konnte. Ich hatte auch noch nicht oft damit geschossen, nur einen Nachmittag lang, aber ich hatte jedes Mal getroffen, und Herr Fischler hatte gesagt, ich sei eine wundersame intuitive Naturbegabung.

Ich schoss vor seine Hände, schrak zusammen, weil es so laut dröhnte in dem kleinen Raum, und sah erstaunt, wie die Kugeln Löcher in den Teppich schlugen. Er zögerte, aber er kroch weiter, ich schoss noch einmal und noch einmal, über die Wut in seinem Gesicht zog sich eine Schicht von Angst, und er machte endlich halt.

Gott sei Dank. Ich rutschte noch weiter weg, lehnte mich gegen den Schreibtisch, zog die Knie hoch und stützte meine Hände mit der Pistole darauf.

Das Schlafzimmer von Frau Anadakadian erinnerte mich an das meiner Großmutter: cremefarbener Schleiflack, rosa Stoffbespannung hinter gläsernen Schranktüren und ein Frisiertisch mit einem dreiteiligen Spiegel und einem zierlichen Hocker davor. Auf seiner Glasplatte standen die Fotos von Frau Anadakadians Kindern und ein Bild ihres Mannes Stepan, der vor fünf Jahren an Krebs gestorben war.

Ich lag auf ihrer Seite des Bettes, in geblümter, nach Weichspülerfrühling riechender Bettwäsche, neben mir das frisch bezogene Bett ihres toten Mannes. Es erinnerte mich an die Nächte in meinem halbleeren Bett, nach Jochens Tod, und ich hätte viel lieber auf dem Sofa geschlafen, aber das war gar nicht in Frage gekommen.

»Man hat Sie halbtot geschlagen, nicht mich! Oh, nein, ich schlafe auf dem Sofa, wenn ich überhaupt schlafe in dieser Nacht! Und gehen Sie jetzt hinüber und hinein ins Bett, und ich bringe Ihnen Suppe und Tee und Tropfen und Eis für Ihr Gesicht!«

Sie hatte die Hände zusammengelegt und die Augen zum Himmel erhoben, als sie mich gesehen hatte: »Gott im Himmel! Was hat man Ihnen getan! Sie sind Anna, nicht? Mein Schwager Aram hat mir berichtet von Ihnen. Wie ist das geschehen?«

Ihr Blick fiel auf Tigran: »Und du? Was hast du getan, als das geschehen ist? Wo warst du? Was hat dein Onkel Aram gesagt? Er hat gesagt, pass auf sie auf. Und? Was hast du getan? Was wird dein Onkel Aram sagen?«

»Nichts«, sagte ich, und meine Stimme kam tief und rau aus meinem geschwollenen Hals. »Wir werden es ihm nicht erzählen. Es geht ihn gar nichts an.«

Dazu hatte sie geschwiegen, doch ihr Gesicht hatte gesagt, dass ihr der Gedanke gefiel.

Ich drehte mich auf die Seite, aber es war die, auf die ich gefallen war, sie schmerzte und brannte. Ich versuchte es mit der anderen, und Frau Anadakadians Familie sah mich von der Frisierkommode aus an: kläräugige Brautpaare, junge Mütter und Väter mit frischgetauften Säuglingen, Erstklässler mit Schultüten, ein Junge und ein Mädchen mit Roller Blades, und Tigran, halb erwachsen und etwas unbeholfen in einem schwarzen Anzug mit festlicher heller Krawatte. In der Mitte, in einem großen silbernen Rahmen, stand ein Bild ihres Mannes, der genauso aussah wie Herr Anadakadian, nur schmaler und grauhaariger und ernster, und davor eine Rose in einer Silbervase und eine Kerze mit einem Kreuz darauf.

Ach ja. Glückliche Paare und süße Kinder. Und ein toter Mann. Ich drehte mich wieder auf den Rücken und sah zur Decke und dachte an Peter Nippes. Das machte mich wenigstens nicht traurig.

Er hatte auf dem Boden gehockt und erbittert auf die Kugellöcher im Teppich gestarrt: »Sie kommen einfach hier rein und machen alles kaputt. Mein Haus. Meine Familie. Was soll ich meiner Frau sagen? Meinen Kindern?«

Er befeuchtete seinen Zeigefinger und glättete die zerfetzten Fasern des Teppichs.

»Was geht Sie das an – mit wem das Mädchen geschlafen hat, oder wer sie getötet hat? Ich bestimmt nicht. Kümmern Sie sich um Ihre eigenen Angelegenheiten, verschwinden Sie, lassen Sie mich in Ruhe!«

Ich hustete. Mein Hals war eng und trocken, und ich hätte gern etwas getrunken.

Er sah auf. »Was wollen Sie noch von mir?«

Eigentlich nichts mehr, dachte ich. Mir reicht's. Ich würde wirklich gerne verschwinden.

»Wann haben Sie Maria kennen gelernt?«

Zu meinem Erstaunen antwortete er sofort, mit kühler Sachlichkeit, und wurde ganz ruhig dabei, als wäre er froh, sich auf dem sicheren Boden einfacher Fragen und Antworten zu befinden. Sein Gesicht entspannte sich, und er sah fast wieder aus wie der Peter Nippes auf den Umschlagfotos seiner Bücher, nett, offen, ungekämmt-jungenhaft, der kritische alternative Journalist, der Preise bekommen hatte für seine engagierte Berichterstattung über Umweltkriminalität.

Er hatte sie im Frühsommer kennen gelernt, vor zwei Jahren, bei Winfried. Warum so weit weg von zu Hause? Nun, weil er solche Mädchenbekanntschaften überhaupt nur weit weg von zu Hause hatte. Er hatte durch Winfried schon öfters Mädchen kennen gelernt, denn normalerweise wechselte er bald zur nächsten, wenn sie anfingen ihn zu langweilen, oder weil sie anhänglich wurden oder fordernd.

Bei Maria war das anders gewesen. Sie hatte alles getan, was er von ihr verlangt hatte, wie die billigste Hure, aber sie war dabei fern geblieben und ganz unabhängig, und er hatte immer das Gefühl gehabt, sie würde ihn sofort vor die Tür setzen, wenn ihr danach wäre. Das hatte ihn gefesselt – und ihre Schönheit und die sonderbare Unschuld, die ihr blieb, egal, was sie tat.

Am dreißigsten Dezember war er beruflich in Frankfurt gewesen und hatte im Hotel gewohnt.

Nein, er konnte sich nicht vorstellen, wer sie getötet haben könnte oder warum. Sie war sehr hübsch und außerdem nett und gescheit gewesen und zugleich völlig unkompliziert. Problemlos. Warum hätte jemand sie töten sollen?

Ich beeilte mich mit den Fragen, denn mein Körper wurde schwer und begann zu schmerzen. Ich würde bald nicht mehr beweglich sein. Ich würde bald nicht mal mehr vom Boden hochkommen.

Ich stand schnell auf, als wir am Ende waren, und packte die Bücher wieder in die Plastiktüte.

Er sah mir dabei zu. »Und? Was nun?«

»Das war's. Bleiben Sie da sitzen, bis ich weg bin«, sagte ich.

Aber er wiederholte nur: »Was nun?«, und strich mit den Händen über die Kugellöcher im Teppich, als versuche er auf magische Weise, sie zu schließen. Sie ungeschehen zu machen. Alles ungeschehen zu machen. Dass ich hier gewesen war. Dass Maria tot war. Dass er sie gekannt hatte. Dass es noch einen anderen Peter Nippes gab, der keine Preise bekam, sondern in anderen Städten kleine Mädchen fickte.

Auf dem Weg zum Gartentor kam mir der Hund entgegen. Der langhaarige, schwarz-weiße, mittelgroße Hund. Ich hatte ihn ganz vergessen.

»Haustiere! Behalten Sie immer die Haustiere im Auge, vor allem Hunde!«, hatte Rolf Schüler gesagt. »So ein verdammter Köter kann alles versauen.«

Der Hund sah mich mit seinen dunklen Augen fragend an. Ich hielt ihm die Hand hin und sagte: »Hallo, Hund«, und anscheinend gefiel ihm die Art der Ansprache, denn er schnüffelte an meinen Fingern, wedelte mit dem Schwanz und begleitete mich zum Tor. Wir waren einander wert, er als Wachhund und ich als Ermittlerin.

Tigran saß im Wagen, hinter Sonnenbrille und dunkler Würde verschanzt, und blickte unbewegt nach vorne.

»Fahren Sie«, sagte ich. »Wir sind hier fertig.«

Ich klappte die Sonnenblende herunter und betrachtete mein Gesicht im Spiegel. Es war rot und geschwollen, am Jochbein saß ein bläulich schillernder Fleck, mein Mund war schief, denn die Oberlippe war aufgeplatzt, und meine Augen waren dick. Um meinen Hals zog sich ein unregelmäßiges Muster rötlicher Abdrücke. Ich sah schrecklich aus: gedemütigt, geschunden, vernichtet.

Ich klappte die Blende wieder hinauf und sah auf den Fluss und versuchte, an etwas anderes zu denken, aber es war zu spät. Tränen schossen mir in die Augen, und Übelkeit stieg in mir auf.

»Halten Sie. Schnell. Sonst kotze ich Ihnen das Auto voll.«

Er fuhr rechts ran und bremste so scharf, dass ich nach vorne fiel und der Sicherheitsgurt tief in meinen Körper schnitt.

»Hey, wie sehen Sie aus? Was ist passiert?«

Er hatte es auch schon gemerkt.

Ich fingerte am Gurtschloss, riss die Tür auf und stolperte die Böschung hinunter. In meinem Magen war nur das Frühstück, aber ich würgte lange, als müsse ich alles ausspucken, was in mir war.

Er half mir hoch, als das Würgen endlich nachließ, legte den Arm um mich und wischte mir die Mischung aus Tränen, Rotz und Speichel aus dem Gesicht. Dann griff er in seinen Rucksack und reichte mir eine große Plastikflasche Cola: »Hier. Das tut Ihrem Magen gut, und Sie können den Mund damit ausspülen.«

Er sah mir dabei zu, und ich gab ihm die Flasche zurück und sagte: »Sehen Sie mich nicht an. Ich sehe furchtbar aus.«

»Stimmt«, sagte er.

Er legte seine Hand vorsichtig auf meine Wange. Nicht nur seine Hand war Andreas' Händen ähnlich, sondern auch seine Art, sie auf meine Wange zu legen.

Ich lehnte mich an ihn, und er legte auch den anderen Arm um mich und hielt mich fest. Über seine Schulter hinweg sah ich den Fluss, der breit und behäbig dalag, mit freundlichen Lastschiffen darauf. Obwohl die Sonne schien und es fast Mittag war, lag Dunst über dem Wasser, und es roch nach Wärme, Feuchtigkeit und dem Gras der Uferwiesen.

»Was ist Ihnen denn passiert?«, fragte Georg Vanderbek, als ich die Sonnenbrille abnahm.

Es war eine riesengroße Sonnenbrille aus den siebziger Jahren, die Frau Anadakadian aus einer ihrer Schubladen gekramt hatte und die das halbe Gesicht verdeckte, sodass ich mit ihr ziemlich normal aussah. Ohne sie konnte ich meinen Anblick selbst kaum ertragen.

»Ich hatte Ärger mit einem Zeugen.«

»Das muss aber ein sehr ärgerlicher Zeuge gewesen sein«, sagte er und lachte.

Mehr als das, dachte ich. Und es war überhaupt nicht witzig.

Er schien zu spüren, was ich dachte. »Setzen Sie sich. Machen Sie es sich bequem. Ich hole uns Kaffee.«

Ich setzte mich auf eines der starkfarbigen Sofas. Das Zimmer war liebevoll und mit einer Neigung zu Mustern, Messing und Seidenblumen eingerichtet, aber es schien, als sei die, die es eingerichtet hatte, nicht mehr da, denn es wirkte unbelebt und verlassen, auch wenn es sehr sauber war.

Georg Vanderbek stellte zwei Becher Kaffee, Süßstoff und eine Dose mit Kondensmilch auf den Tisch und setzte sich auf das andere Sofa. Er war ein breiter Mann mit einem breiten Gesicht und vielen kleinen dunkelblonden Locken auf einem ebenfalls breiten Schädel. Sein wohlgebauter Körper war wohl nicht nur der Natur, sondern auch dem Fitness-Studio zu verdanken, und seine Locken sahen nach Friseur aus.

»Wie geht's Eva?«, fragte er.

Darüber musste ich erst nachdenken. »Sie geht jeden Tag zum Friedhof. Und eigentlich ist sie ganz fröhlich. Irgendwie lebt sie jetzt mit der toten Maria statt mit der lebendigen. Verstehen Sie?«

»Ich müsste sie mal wieder anrufen«, sagte er. »Aber dann redet sie die ganze Zeit von Mia. Das halte ich nicht aus.«

»Mia?«

»So hat sie sich genannt, als sie klein war. Später wollte sie lieber Maria heißen, und alle mussten sie so nennen. Sogar ihre Mutter.« Er lächelte. »Bloß ich nicht. Ich durfte weiter Mia sagen.«

»Sie hat Sie geliebt, nicht wahr?«

»Doch, ja«, sagte er. »Und ich sie auch. Sie war fünf, als ich Eva kennen lernte, und wir waren fast wie Vater und Tochter. Was heißt fast? Ihr richtiger Vater war ja nicht mehr da. Den hat sie immer mal besucht, an den hohen Feiertagen, aber das war's auch schon.«

»Warum hat er die beiden eigentlich verlassen? Frau Silberhorn hat mir das nicht so recht erzählen wollen.«

»Sie redet nicht gern darüber. Zum einen war es die Frau, seine zweite, meine ich. Das ist eine, die kriegt, was sie will, und ihn wollte sie unbedingt. So wirkt er ja ziemlich schlafmützig, aber er kann auch sehr durchschlagend sein. In der Versicherung, wo er arbeitet, ist er wirklich gut. Sie war seine Kollegin. Heute ist er da wahrscheinlich ein ganz hohes Tier.«

Er nahm einen großen Schluck Kaffee. »Aber vor allem war es Evas Krankheit. Die Epilepsie. Die wurde damals diagnostiziert. War zwar gar nicht so schlimm, besonders am Anfang, aber ihn hat es furchtbar gestört. Kranksein, und dann noch so was? Gesund, normal, ordentlich, das war sein Ding. Stark. Tüchtig. Sauber. Perfekt. Er hat mir mal erzählt, dass er schreckliche Angst hat, Maria könnte das auch haben. Er hat darüber geredet, als wäre es die Pest.«

Er schüttelte sich. »So viel zu Werner Silberhorn. Sie wollten doch über Maria reden, oder?«

Ich nickte.

Nun redete er über sie, sprunghaft, ungeordnet, und zwischendurch war seine Stimme schwer von Liebe und Trauer, und er schluckte und schwieg eine Weile.

Phantasievoll war sie gewesen! Lange Geschichten hatte sie sich ausgedacht und mit Plüschtieren und Puppen und Plastikfiguren durchgespielt. Und verträumt war sie gewesen. In der Schule hatte sie erst lernen müssen, aufzupassen und sich zu konzentrieren.

Sie hatte unbedingt Ballerina werden wollen und ihre Mutter dazu gebracht, sie in der Ballettschule der Oper vorzustellen. Aber man hatte sie abgelehnt, und sie hatte wochenlang geweint und gewütet deswegen und war nicht zu trösten gewesen.

Sie war so gerne bei ihm gewesen! Wenn er handwerkerte oder las oder fernsah, hatte sie oft stundenlang bei ihm gesessen und gespielt und ihn nicht gestört oder doch nur ganz selten. »Georg«, hatte sie dann gesagt, »hörst du mich? Ich sag dir was.«

Ich ließ den Minirekorder in der Tasche und machte keine Notizen, sondern hörte nur zu und dachte an das Kind, das ich auf den Fotos von Werner Silberhorn gesehen hatte und das so bieder und fast ein bisschen beschränkt gewirkt hatte. Ganz anders als das, von dem Georg Vanderbek mir erzählte. Das Kind auf den Fotos hatte offenbar seinem Vater gefallen wollen.

Vanderbek redete und redete, wie getrieben, und ich kam mir in dem vollen Zimmer mit den schweren Gardinen, die den Blick nach draußen verschlossen, wie eingesperrt vor. Wie in einer Gruft, zusammen mit den Resten ehemals lebendiger Gefühle und Beziehungen.

Weil ich es nicht mehr aushielt, unterbrach ich ihn: »Warum sind Sie gegangen, wenn es so schön war?«

Er zuckte zusammen.

»Tut mir Leid. Ich wollte nicht –«

»Ist schon gut«, sagte er. »Die Frage ist berechtigt.« Er zögerte. »Hören Sie, Sie werden doch nicht weitersagen, was ich Ihnen hier erzähle? Und schon gar nicht Eva?«

»Bestimmt nicht. Darauf können Sie sich verlassen.«

Er räusperte sich. »Ich halte es nie lange mit einer Frau aus. Mit den beiden noch am längsten, immerhin vier Jahre. Viereinhalb sogar. Wegen Mia, aber auch wegen Eva. Ich bin nicht treu, wissen Sie, das liegt mir nicht, ich habe immer so meine Geschichten nebenher, hatte ich auch bei ihr, aber sie hat mich gelassen. Sie hat nie gefragt, wo ich gewesen war, sie hat sich einfach gefreut, dass ich wieder da war. Und sie war eine feine Frau, gut im Bett, wenn ich das mal so sagen darf, sie kochte gut, und dann war das eine so gemütliche Wohnung …«

Er sah sich um. »Noch viel gemütlicher als die hier.«

Noch voller, dachte ich. Noch mehr Kleinkram. Noch mehr abzustauben.

»Ich hätte bleiben sollen. Eigentlich habe ich es auch gewollt. Es war mal Zeit, dass ich wo blieb. Aber dann hat's mich doch gepackt, und ich bin abgehauen. Ich weiß, das war schlimm für die beiden. Wir waren wie eine Familie. Und für die Kleine war ich praktisch der Vater.«

Er starrte vor sich auf den Couchtisch, der aus Marmor war, aus weißem und schwarzem Marmor. Kerzenleuchter standen darauf, Seidenblumen in Kristallglas und eine Figur aus Messing, die eine Frau darstellte, mit einem weiten Rock.

Er sah sie an, als habe er sie noch nie gesehen, und nahm sie hoch, und es gab einen feinen süßen Klang, denn es war eine Glocke, deren Klöppel unter dem Rock hing.

Er schüttelte den Kopf und stellte sie wieder hin. »Und ich denke immer: Wäre ich doch da geblieben. Dann wäre das nicht passiert.«

So ist es, dachte ich. Du weißt gar nicht, wie recht du hast.

Ich hatte ihm eigentlich von Maria und den Männern erzählen und ihn fragen wollen, wie er darüber dachte. Er kannte sie gut, besser als alle anderen, vermutlich auch besser als ihre Mutter. Aber er sah so gepeinigt aus, dass ich es nicht übers Herz brachte. Es würde eine Pein ohne Ende werden, wenn er davon erfuhr.

Er murmelte etwas von Kaffeemachen und ging hinaus.

Ich betrachtete die Schrankwand, die ein paar Bücher, Zeitschriftenstapel, mehrere Reihen CDs und Videokassetten enthielt. Hinter Vitrinentüren gab es Gläser, Silberzeug und in einem der oberen Regale eine Reihe von Fotos in Standrahmen.

Ich ging hinüber und sah sie mir an: ein älteres Paar in Fotoatelierpositur, ein Gruppenbild von einer heiteren Familienfeier, Vanderbek mit einem Tennisschläger im einen und einem Pokal im anderen Arm. Das Foto einer hübschen zierlichen Frau in einem türkisfarbenen Abendkleid und, ein wenig nach hinten gerückt, ein Bild von Maria und ihrer Mutter.

Eva Silberhorn stand an einer Parkbank, in Jeans und

T-Shirt, das Haar noch ungefärbt, das Gesicht noch glatt und jung, und lachte, und an ihrer Hand, auf der Banklehne, balancierte Maria wie eine Ballett-Tänzerin, die Wangen kleinmädchenhaft rund, die langen Haare zu einem Knoten aufgesteckt. Ihr Gesicht war eine rührende Mischung aus Anspannung und Stolz.

»Da kannten wir uns ungefähr ein Jahr«, sagte Georg Vanderbek neben mir. »Mia war gerade in die Schule gekommen. Nettes Bild, nicht?«

Ich nickte.

Er reichte mir einen Kaffeebecher und wies mit dem anderen auf das Bild der Frau im Abendkleid. »Stefanie. Die erste Frau, die mich verlassen hat. Dabei wäre ich bei der gerne geblieben. Wegen ihr habe ich das Haus hier gekauft.« Er seufzte. »Eigenartig, nicht? Da will ich mal eine unbedingt, und dann ausgerechnet die, die mich nicht will.«

Eben darum, dachte ich. Findest du das wirklich so eigenartig?

Die Luft war so dick von hilflosem Kummer und Selbstmitleid, dass ich es nicht mehr aushielt. Ich gab ihm den Kaffeebecher zurück.

»Ich muss jetzt gehen«, sagte ich. »Vielen Dank.«

»Schon?«, sagte er. »Schade. Ich hätte Sie gerne zum Essen eingeladen. Um die Ecke gibt's einen guten Italiener.«

»Wirklich nicht. Danke.«

Er ging langsam und widerwillig voraus zur Tür. Im Flur fragte er: »Was haben eigentlich die anderen gesagt?«

»Welche anderen?«

»Evas andere Männer.«

»Welche anderen Männer?«

»Sie hatte doch noch andere Männer, außer Werner und mir«, sagte er. »Zwei vor mir und einen nach mir, glaube ich.«

»Davon hat sie mir nichts gesagt.«

»Ist aber so. Eva ist eine richtige Frau, wissen Sie, die

brauchte immer sofort wieder einen Mann, die konnte gar nicht ohne.«

Ach so, dachte ich. Nun weiß ich endlich, was eine richtige Frau ist.

»Wissen Sie was über diese anderen Männer?«, fragte ich.

»Aber ja«, sagte er zufrieden. »Wo möchten Sie darüber reden? Hier oder beim Italiener?«

10

»Silber, edles Porzellan, Kristallglas«, deklamierte Frau Beifuss. »Spiegel, Leuchter, Teppich, Kamelhaardecke. Eine Städtereise. Ein Kunstgegenstand. Etwas fürs Auto ...«

»Hören Sie auf!«

Sie sah stolz auf ihre Liste: »Ein Fitnessgerät. Etwas für Sport, Freizeit, Hobby ... eine Pistole zum Beispiel. Er schießt doch so gerne.«

»Eine Pistole? Zur Hochzeit?«

»Ach so. Ja, das geht nicht. Das wäre wie ein schlechtes Omen. Wie ein Fluch, der über ihrer Ehe liegt.«

Ich stellte mir vor, wie Herr Fischler und Silke in der neuen Wohnung, von der er uns ständig erzählte, von dem Fluch heimgesucht würden, mit Türenknarren, Käuzchenschrei und dumpfem Glockenschlag, und kicherte.

Frau Beifuss blieb ernst. »Also keine Pistole«, sagte sie und strich diesen Punkt auf ihrer Liste.

»Sollten wir ihn nicht einfach fragen?«

»Männer haben doch von so was keine Ahnung. Aber ich habe mit ihr telefoniert. Sie sagt, nichts für den Haushalt, sie haben schon alles. Und sie würden sich am liebsten überraschen lassen. Na, wir haben ja genug Auswahl.«

Und wir würden endlose Diskussionen haben. Sie fand sich nicht eigensinnig und rechthaberisch, und ich fand mich nicht eigensinnig und rechthaberisch. Aber zusammen waren wir es. Ich wünschte mir einen Moment lang, Herr Fischler würde nicht heiraten.

Das Telefon klingelte. Sie hob ab.

»Für Sie, Frau Wolf«. Sie reichte mir den Hörer. »Eine Frau Januszek.«

»Hallo, Rosemarie«, sagte ich erleichtert.

»Hallo, Anna«, sagte Rosemarie.

»Ist irgendwas? Deine Stimme klingt so komisch.«

»Ich –« Sie räusperte sich und holte tief Luft. »Ich tue jetzt etwas, was deine Mutter nicht will. Sie hat mir verboten, darüber zu sprechen. Sie hat gesagt, sie redet nie wieder ein Wort mit mir, wenn ich dir davon erzähle. Ich sage es dir trotzdem …«

»Aber was denn?«

»Deiner Mutter geht es nicht gut. Bitte komm. Ich glaube, dann würde es ihr besser gehen.«

»Aber was hat sie denn?«

Sie holte wieder tief Luft, und es klang, als wäre sie am Ertrinken: »Sie hat Krebs, ich meine, sie hatte Krebs, nicht so schlimm, nur eine Schwellung im Hals, und jetzt hat sie wahrscheinlich keinen mehr und eigentlich eine gute Prognose, sagt die Ärztin. Aber sie ist so furchtbar erschöpft von der Chemotherapie. So dünn, so schwach. Sie isst nicht. Sie schläft die ganze Zeit. Ich habe solche Angst. Wenn sie – oh, Gott, ich darf gar nicht daran denken. Dann wäre ich ganz allein. Bitte komm«, wiederholte sie beschwörend. »Ich glaube, dann würde es ihr besser gehen.«

Ich hatte noch nie erlebt, dass Rosemarie Angst hatte. Dass sie es zugab, kam einem Wunder gleich. Es erschreckte mich beinahe mehr als alles andere: dass meine Mutter Krebs hatte und dass sie mir nichts davon gesagt und dass ich nichts davon gemerkt hatte.

»Ich komme«, sagte ich. »Um vier bin ich da.«

»O ja«, sagte sie. »Ich warte auf dich. Bis um vier, Anna.«

Sie stand vor dem Gartentor, als ich in die Straße einbog, und sah aus, als hätte sie seit unserem Gespräch dort gestanden und gewartet. Ihr weißes Haar leuchtete wie immer, sie trug etwas Weites, Wallendes in starkem Rosa, wie immer, doch ihr Gesicht unter dem vollen Pony war klein und verschreckt.

Sie öffnete die Autotür, noch bevor ich den Motor ausgemacht hatte, zog mich heraus und drückte mich an sich.

»Oh, Gott sei Dank, Gott sei Dank, dass du da bist. Komm, sie liegt oben in meinem Zimmer. Nein, lass den Wagen und das Gepäck, das mache ich, geh du rauf!«

Meine Mutter schlief auf Rosemaries Chaiselongue, bedeckt von Rosemaries Kaschmirdecke, neben sich ein Tischchen mit Rosemaries schöner alter Biedermeieruhr, einer Topfpflanze und einem Obstteller. Dies alles, und mittendrin meine schlummernde Mutter, wirkte dramatisch und unwirklich und beinahe komisch, und mir wurde ein bisschen leichter.

Sie war wirklich sehr dünn, ihre Haut sonderbar glatt und gelblich und ihr Kopf von winzigen Löckchen bedeckt, als hätte man sie geschoren. Sie wirkte jung und verletzlich mit dem glatten Gesicht und den kurzen Haaren.

Ich setzte mich vorsichtig auf die Chaiselongue und sah sie an, und nach einer Weile öffnete sie die Augen, als hätte sie meinen Blick gespürt.

»Anna«, sagt sie und lächelte.

»Hallo, Mama.«

»Wie schön, dass du da bist.«

Ich nahm ihre Hand, und sie lag nur da und sah mich an und lächelte. Dann wanderten ihre Augen zur Tür und weiteten sich vor Erstaunen.

Dort stand Rosemarie, die Hände andächtig vor dem Mund gefaltet. Sie legte den Finger auf die Lippen, machte eine Art segnender Gebärde und verließ auf Zehenspitzen das Zimmer.

»Was ist mit ihr?«, fragte meine Mutter besorgt. »Geht es ihr nicht gut?«

»Sie hat eine Scheißangst, dass du stirbst und sie alleine lässt«, sagte ich.

»Rosemarie hat Angst?«

»Ja, stell dir vor.«

Sie lächelte, schüttelte den Kopf und schloss die Augen. Das Lächeln blieb in ihrem Gesicht hängen, während sie einschlief, es hatte etwas Zartes, Schwebendes, so hatte ich sie noch nie lächeln sehen, und plötzlich begriff ich, warum Rosemarie Angst hatte.

Ich saß ganz still und sah auf ihr Gesicht und das schreckliche Lächeln. Stirb nicht, Mama, flüsterte eine Stimme in mir, bitte stirb nicht. Dann bin ich ganz allein.

Sie schlief fast immer in den nächsten Tagen, und ich saß bei ihr und sah durch die geöffnete Balkontür in die Obstbäume auf der Wiese hinter dem Haus. Es war warm, ein kleiner Wind ging, silbergrün waren die Blätter der Apfelbäume, graugrün die der Pflaumenbäume, und nur das helle Grün der Kirschbäume hob sich stark und leuchtend vom Grau des Himmels ab.

Grün, dachte ich, Susanne mag Grün. Wer hat das gesagt? Andreas hat das gesagt, irgendwann im letzten Winter. Andreas. Marek. Tigran. Was für ein Durcheinander von Männern in meinem Leben.

Tigran. Sein magerer brauner Körper, beinahe noch jungenhaft, war ungewohnt leicht und schmal in meinen Armen gewesen, sein Mund hatte nach dem süßen gewürzten Tee geschmeckt, den es bei seiner Mutter gab, und seine Art, mich zu lieben, war wunderbar heftig.

»Dein Herz klopft so stark«, sagte er und schob seine Hand zwischen seinen Brustkorb und meinen. »Und ein bisschen unregelmäßig. Ist irgendwas nicht in Ordnung damit? Hast du Herzrhythmusstörungen?«

Er studierte Medizin im zweiten Semester.

»Nein«, sagte ich. »Aber so, wie du mit mir umspringst, ist es doch kein Wunder, wenn ich Herzklopfen kriege.«

Er schwieg, und ich konnte beinahe hören, wie es in ihm arbeitete. Nach einer Weile machte er Licht, zog seinen Arm unter meiner Schulter hervor und sah mich ernst an.

»Willst du …« Er räusperte sich. »Willst du damit sagen, es ist nicht gut für dich?«

»Nein«, sagte ich. »Ich will damit sagen, es ist gut. Sehr gut.«

Seine Augen leuchteten auf, und er legte seine Hand auf meine Wange und strich über meine Blutergüsse.

»Bitte! Sieh mich nicht an. Mach das Licht wieder aus. Ich will nicht, dass du mich als das Monster in Erinnerung behältst, mit dem du das Bett geteilt hast.«

Dies befand er keiner Antwort für würdig. »Meine Mutter hat mir eine Salbe für dich mitgegeben.«

Er sprang aus dem Bett, hockte sich vor seinen Rucksack und begann, darin herum zu wühlen. Ich sah ihm dabei zu und lauschte auf die Regungen meines Gewissens.

Seine Mutter hatte gesagt, er müsse sich um mich kümmern, sein Onkel, er solle auf mich aufpassen, aber sie hatten damit bestimmt nicht gemeint, dass er das in meinem Bett tun sollte. Ich hatte ihn nicht verführt, wahrhaftig nicht, aber ich war verantwortlich dafür, denn ich war die Ältere. So viel älter! Zwölf Jahre. Er war zwanzig.

Immerhin zwanzig, sagte ich zu meinem Gewissen, alt genug. Er darf wählen, Alkohol trinken, Auto fahren, und er kann es, auch Lastwagen und Motorräder, er war bei der Bundeswehr und hat mit riesigen Lastern Hilfsgüter in Katastrophengebiete gebracht! Da wird er wohl selber verantworten können, mit wem er ins Bett geht.

Aber er sah so jung und wehrlos aus, wie er nackt vor dem Rucksack kniete, dass ich die Augen zumachte und sie erst wieder öffnete, als ich seine Finger auf meinem Gesicht fühlte und die Salbe roch.

»Es ist schon viel besser«, sagte er. »Dein Bindegewebe ist äußerst stabil und regenerationsfähig. In ein paar Tagen wird man kaum noch was sehen.«

»Danke«, sagte ich, langte hinüber und machte die Lampe aus, sodass nur noch das Nachmittagslicht durch die

Vorhänge drang. Ich streichelte seine glatte Haut, küsste seine weichen Lippen und seinen Hals und seine Brust und hörte sein Seufzen und spürte an meinem Bauch, wie seine Erregung wuchs, bis er es nicht mehr aushielt. Er schob mich auf den Rücken und drang so schnell und stark in mich ein, dass ich laut stöhnte.

»Darf ich das so?«, fragte er erschrocken. »Springe ich zu sehr mit dir um?«

»Überhaupt nicht«, sagte ich, »mach weiter, bitte.«

Ich war länger geblieben, damit mein Gesicht Zeit hatte zu heilen, und hatte mir ein anderes Hotel gesucht, ein kleines zwischen Bahnhof und Dom, und wir waren in den Dom gegangen und in die Museen und hatten am Flussufer Picknick gemacht und viel Zeit in dem kleinen Hotel verbracht, bevor ich wieder fuhr.

»Ich könnte dich nach Hause bringen«, hatte er gesagt.

»Lass mich lieber mit dem Zug fahren«, hatte ich geantwortet. »Ich rufe dich an.«

Er hatte mich zum Bahnhof gebracht und meine Reisetasche ins Abteil getragen und kurz seine Hand auf meine Wange gelegt. Wieder draußen auf dem Bahnsteig, hatte er die Sonnenbrille aufgesetzt und unbewegt da gestanden, bis der Zug abfuhr.

Ich betastete mein Gesicht. Es war verheilt, nur über dem Jochbein lag noch ein grünlichgelber Schatten. Aber es fühlte sich immer noch wie wund an und tat weh, wenn ich drückte.

Die Zimmertür knarrte und öffnete sich, Rosemarie erschien im Türspalt, legte den Finger auf die Lippen und winkte mich heran.

Ich kannte sie mein Leben lang, und mein Leben lang war sie mir zu laut gewesen, zu rücksichtslos, zu eigensüchtig. Nun, da sie auf einmal leise und achtsam war, ging sie mir schrecklich auf die Nerven und machte mich auf unerklärliche Weise wütend.

»Was ist denn?«, zischte ich.

»Ihr Mittagessen«, flüsterte sie.

»Bring es doch her! Wir müssen sie sowieso wecken, damit sie es essen kann.«

Behutsam trug sie ein Tablett herein, und ich strich meiner Mutter über die Wange und sagte: »Aufwachen, Mama. Essen.« Sie öffnete die Augen, lächelte, setzte sich auf und ließ sich den Morgenmantel um die Schultern legen. Rosemarie schob das Tischchen mit dem Tablett heran. »Rindfleischbrühe. Hühnerbrust in Sahnesoße. Und Creme Caramel!«, deklamierte sie. Sie schlug eine Leinenserviette auf und breitete sie meiner Mutter über den Schoß. »Und du musst alles aufessen, bitte, Annette!«

Sie huschte hinaus. Ich verdrehte die Augen. Meine Mutter lächelte, das schreckliche schwebende Lächeln.

Von der Suppe nahm sie ein paar Löffel, vom Huhn zwei Bissen, kaute ewig und ließ schließlich die Gabel sinken.

»Bitte, Mama«, sagte ich.

Sie schüttelte weiter den Kopf.

»Iss wenigstens die Creme Caramel. Die magst du doch so gern.«

Nach drei winzigen Happen legte sie den Löffel hin und schob das Tischchen von sich.

»Bitte, bitte!«, sagte ich. »Rosemarie jammert mir die Ohren voll, wenn du nichts isst.«

»Iss du es. Dann merkt sie es nicht.«

Sie legte sich zurück, zog die Decke über sich und sah mir beim Essen zu, und als ich fertig war, schloss sie die Augen und schlief wieder ein, Zufriedenheit im Gesicht.

Ich saß vor dem abgegessenen Tablett, den säuerlichen Essensgeruch in der Nase. Der Wind war stärker geworden und hatte die Balkontüren zugedrückt. Die Luft im Zimmer war dumpf, und der graue Himmel draußen ließ das Licht trüb und glasig erschienen, als wären wir unter Wasser.

Ich sah auf das stille Gesicht meiner Mutter und hatte

plötzlich das Gefühl, sie wäre schon tot und ich ganz alleine auf einem kalten Planeten in einem leeren Weltall. Ich sprang auf und ging hinaus auf den Balkon.

Sie stirbt nicht, dachte ich und blickte auf die Nachbargärten, deren Beerenbüsche, Gemüsebeete und Wäscheleinen etwas Beruhigendes hatten. Sie ist erst achtundsechzig, und der Krebs ist weg, wahrscheinlich jedenfalls, und an der Chemotherapie stirbt man nicht, außer manchmal, sagt die Ärztin, wenn die Immunabwehr stark herabgesetzt ist. Oder die Lebenskraft gering. Oder der Lebenswille.

»Das scheint bei Ihrer Mutter der Fall zu sein«, hatte die Ärztin hinzugefügt, und wenn sie nicht bald wieder esse, müsse sie in die Klinik, zur künstlichen Ernährung. »Das bringt sie bestimmt um«, hatte ich geantwortet. »Sie will nicht an Schläuche und Maschinen, auf gar keinen Fall. Wir können sie doch nicht festbinden!«

Der Nachbar, ein großer, dünner, alter Mann, der seine Stangenbohnen erntete, nahm die Mütze ab, verbeugte sich in meine Richtung und winkte. Er verwechselte mich mit meiner Mutter. Ich winkte zurück.

»Bleibst du ein bisschen?«, hatte sie am ersten Nachmittag gefragt. »Natürlich bleibe ich«, hatte ich gesagt und hinzufügen wollen: bis nächste Woche, aber als ich die Freude in ihrem Gesicht gesehen hatte, hatte ich es hinunter geschluckt. Dafür musste sie erst Krebs kriegen, hatte ich gedacht, damit ich das mal sage. Hätte ich es doch früher gesagt. Verdammt.

»Na, meine kleine Anna?«, sagte mir jemand ins Ohr, und ich erschrak so sehr, das ich zusammenfuhr und einen kleinen Sprung tat.

»Rosemarie! Schleich dich doch nicht so an! Und flüstere mir nicht ins Ohr!«

»Entschuldige! Ich wollte Annette nicht wecken. Sie schläft sich gesund. Und hast du gesehen? Sie hat alles aufgegessen. Ach, ich bin so froh.«

Verdammt, dachte ich. Sie schläft sich nicht gesund, und sie hat auch nicht alles aufgegessen.

»Sieh mal«, sie winkte heftig, »da ist Herr Adler. Unglaublich rüstig, dieser Mann. Und so aufmerksam. Schippt uns den Schnee und mäht den Rasen. Er kann sich nur nicht recht für eine von uns entscheiden, der Arme. Dabei wollen wir ihn beide nicht.«

Das hast du mir schon dreimal erzählt«, dachte ich.

»Ich geh mal wieder runter«, sagte sie. »Ach, und ich habe dir Nudelauflauf gemacht. Den hast du doch als Kind so gemocht. Du bist viel zu dünn, genau wie deine Mutter.«

Ich hasse Nudelauflauf, dachte ich.

Ich stand noch eine Weile am Geländer und sah Herrn Adler zu, wie er die Bohnenranken heraus riss und das Beet harkte, bis es so adrett aussah, als hätte er es gesaugt. Dann winkte er, wies mit großer Geste auf einen Korb mit Bohnen und machte die Bewegung des Bringens.

Ich hasse Bohnen, dachte ich und ging hinein.

Meine Mutter lag immer noch da wie Dornröschen. Rosemarie hatte die abgeblühte Topfpflanze durch eine üppige Begonie ersetzt, eine Thermoskanne mit Tee daneben gestellt und eine weitere Decke über meine Mutter gebreitet.

Ich setzte mich auf den Rand der Chaiselongue und sah ihr beim Schlafen zu und dachte lange nach.

»Na gut, Mama«, sagte ich schließlich. »Ich bleibe. Solange du willst.«

Erst musste ich noch nach Hause und etwas erledigen.

»Oh, Frau Wolf, das tut mir schrecklich Leid mit Ihrer Mutter«, sagte Frau Beifuss. »Homöopathie! Sie behandeln sie doch sicher mit Homöopathie, nicht wahr? Mit klassischer Homöopathie!«

Ich nickte. Sie war die dritte, die mich das fragte, und ich wollte nicht noch einen Vortrag über die Heilkräfte der Homöopathie hören, ob klassisch oder nicht.

»Kommen Sie dann etwa nicht zu meiner Hochzeit?«, fragte Herr Fischler, der nur einen einzigen Gedanken im Kopf hatte, der ihm wirklich wichtig erschien.

»Natürlich komme ich«, sagte ich.

Er verließ zufrieden das Zimmer.

»Und was ist mit seinem Hochzeitsgeschenk?«, fragte Frau Beifuss.

»Kaufen Sie es alleine, das erspart uns viel. Wir würden uns bloß streiten, das wissen Sie doch.«

Sie lachte: »Ich sage Bescheid, wenn ich was habe. Es wird Ihnen bestimmt auch gefallen.«

Marek rief an. »Bist du endlich wieder da?«, fragte er.

»Du warst sechs Wochen auf Amrum«, sagte ich. »Fast sieben. Ewig lang!«

»Eben. Und kaum bin ich wieder da, verschwindest du. Sehen wir uns heute?«

»Ich weiß es noch nicht«, sagte ich. »Ich komme, sobald ich kann.«

Rosemarie rief an, um mir zu sagen, dass sie die Gardinen im Gästezimmer gewaschen und meine Lieblingsblumen hineingestellt hätte. Und dass meine Mutter heute Mittag nichts gegessen hätte. Und wann ich denn käme.

Ich war gerade erst gefahren. »Sobald ich hier fertig bin«, sagte ich ungeduldig.

»Wann ist das, Anna?«

»Morgen. Oder übermorgen. Ich weiß es einfach nicht.«

Ich wusste es nicht, weil ich noch nie einen Bericht für die Polizei geschrieben hatte. Er musste sehr gut werden, genau so, wie es das »Handbuch der Kriminalistik« vorschrieb, das in Jochens Regal stand und auf dem Schreibtisch von Herrn Fischler und bestimmt auch bei Herbert Gobineau.

Ich saß da und starrte auf den Inhalt des Ordners »Maria S.«, den ich ausgedruckt und auf dem Schreibtisch ausgebreitet hatte. Ihr ganzes Leben auf Papier. Dazu die Bilder, die Joachim Dietrich von ihr gemacht hatte.

Auf einem Foto trug sie einen rosenroten Bikini und stand bis zu den Knien im Wasser eines Sees. Auf einem anderen hielt sie einen Plüschbären im Arm, ein Lebkuchenherz hing an ihrem Hals, sie lächelte mit schräg geneigtem Kopf, und hinter ihr waren Jahrmarktbuden zu erkennen. Ich suchte ein Vergrößerungsglas aus der Schublade und entzifferte die Aufschrift auf dem Herz: »Mein lieber Schatz«.

Die Fotos ihres Vater fielen mir ein, sie waren ähnlich wie diese, nur dass sie dort angespannt posiert und bemüht gelächelt hatte. Hier wirkte sie gelöst und ausgelassen und viel mehr wie ein Kind, das von seinem Vater fotografiert wird. Als wäre Joachim Dietrich ihr Vater gewesen.

Nur dass man mit seinem Vater nicht schläft, dachte ich. Aber es gibt ja Beziehungen mit großem Altersunterschied, in denen viel steckt von Vater und Tochter, und warum nicht? Sie hatte keinen Vater, der war gegangen, und sicher hatte sie Sehnsucht nach einem.

Das könnte ihr Verhältnis zu Joachim Dietrich erklären. Aber zu den anderen? So viele Ersatzväter?

Sie hatte auch viele Väter gehabt. Vanderbek hatte mir erzählt, was er davon wusste. Frau Silberhorn hatte nicht darüber sprechen wollen: »Das ist doch so lange her. Ist das noch wichtig?«

»Vor mir gab's zwei«, hatte Vanderbek gesagt. »Der erste hieß Rudi Gerne, der andere Bernhard Schuster. Waren beide Finanzbeamte im Stadtsteueramt, da hat Eva damals noch gearbeitet. Und nach mir kam noch einer, der hieß Helmut, glaube ich.«

»Und wo sind die alle geblieben?«, hatte ich gefragt.

»Der Rudi ist wieder nach Berlin, wo er herkam. Der Bernhard – na ja, da bin ich gekommen. Und Helmut? Soweit ich weiß, ist der zurück zu seiner Frau.«

»So viele Väter. Und alle sind gegangen.«

»Ja, Scheiße, nicht? Wem sagen Sie das«, hatte er schuldbewusst geantwortet.

Ich sah auf ihr weiches vertrauensvolles Gesicht über dem großen Lebkuchenherz und dachte an die Bilder ihres Vaters, auf denen sie bemüht war, ihm alles recht zu machen, und an das Foto in Vanderbeks Regal, auf dem sie stolz und glücklich wirkte und so sicher, dass sie einen Vater gefunden hatte.

Aber dann ging auch Vanderbek. Alle gingen. Wie schrecklich muss das für sie gewesen sein, dachte ich. Bestimmt verstand sie nicht, warum, sie war ja noch ein Kind. Vielleicht dachte sie, sie wäre es nicht wert, dass mal einer blieb. Kinder denken so was. Und wie hilflos muss sie gewesen sein. Wie ohnmächtig. Sie konnte nichts dagegen tun. Sie konnte immer nur hoffen und sich anstrengen und es ihnen recht machen, damit sie vielleicht blieben. Aber das half auch nicht.

Auf den Schwarz-Weiß–Fotos, die Dietrich im Hotelzimmer von ihr gemacht hatte, nackt auf dem Sofa, sah sie ganz anders aus als auf den bunten Schnappschüssen: abwesend, unbeteiligt, beinahe herablassend, mit einem fernen Lächeln.

So hat sie auch immer im roten Fenster ausgesehen, dachte ich, wenn die Männer bei ihr waren. Sie wirkte nie leidenschaftlich oder lustvoll. Eher wie jemand, der etwas Notwendiges absolviert, aber nicht widerwillig, sondern zufrieden, geradezu heiter, mit ihrem ewig gleichen leichten Lächeln. Beinahe triumphierend.

Frau Beifuss kam herein und legte die Post auf den Tisch.

Ich deckte Marias nackten Körper ab, sodass nur der Kopf zu sehen war.

»Schauen Sie mal«, sagte ich. »Wie sieht das Mädchen aus?«

»Hübsch. Sehr hübsch.«

»Das auch. Und sonst?«

Sie sah genauer hin. »Selbstbewusst. Wie eine, die kriegt, was sie will. Die weiß, wo es lang geht.«

»Aha«, sagte ich. »Interessant.«

»Stimmt es?«

»Ich weiß es nicht. Aber wenn Sie es sagen ...«

»Sie nehmen mich auf den Arm!«

»Nein«, sagte ich. »Sie haben einen guten Blick für Menschen.«

Sie verließ zufrieden das Zimmer.

Ich nahm die Hand vom Foto. Ihr weißer Körper mit seinen vollen glatten Rundungen war sehr schön. Sie hatte die Nacktfotos eigentlich nicht machen wollen, hatte Dietrich mir erzählt. Sie hatte es nur getan, weil er es unbedingt gewollt hatte.

Aber warum sieht sie dann aus wie eine, die bekommt, was sie will?, dachte ich.

Und dann verstand ich es plötzlich. Weil sie es bekam. Weil sie endlich etwas hatte, weswegen die Männer blieben. Sie hatte sich Väter gesucht, die sie halten konnte, indem sie ihnen etwas gab, was sie unbedingt haben wollten: ihren Körper. Sie war nicht mehr ohnmächtig, sie hatte die Macht ergriffen.

Jedenfalls schien es so. Bis einer von ihnen sie niederschlug und mit ihrem Kopfkissen erstickte.

Diesmal saß ich nur kurz vor Herbert Gobineaus Tür, obwohl ich gerne gewartet hätte. Am liebsten für immer. Aber er holte mich bald herein und war in so beschwingter Stimmung, dass er eigentlich nur verliebt sein konnte. Oder frisch befördert. Er trug ein blaues Hemd in der Farbe seiner Augen und hatte sein schönes rotes Haar schneiden und sich einen kurzen Bart wachsen lassen, der seinen Mund umrahmte und ihn aussehen ließ wie einen französischen König.

»Hallo, Frau Wolf«, sagte er. »Wie geht's Ihnen? Was kann ich für Sie tun? Ein paar Auskünfte über den Fall Silberhorn gefällig?«

Ich sah ihn entgeistert an.

Er hob die Hände und lächelte breit: »Ein kleiner Scherz.«

Ich fand es gar nicht komisch.

Ich öffnete meine Aktenmappe, nahm den Bericht heraus und legte ihn vor ihn hin. »Das wollte ich Ihnen geben, Herr Gobineau.«

»Aha«, sagte er fröhlich, »was ist denn das?«

»Ein Bericht. Über die Männer, die ich bei Maria Silberhorn gesehen habe, durch mein Badezimmerfenster. Ich habe sie gefunden.«

Er starrte mich an, sein Kopf ruckte nach vorne, er senkte den Blick auf das Papier und begann zu lesen, stumm, unbewegt. Ich versuchte, lautlos zu atmen. Das einzige Geräusch im Zimmer kam vom Umblättern der Seiten.

Als er fertig war, hob er langsam den Kopf. Seine Augen traten stark hervor und waren dunkel vor Zorn.

»Und davon sagen Sie mir nichts? Seit Ende April? Wir haben September. Vier Monate! Und Sie sagen mir nichts! Pfuschen stattdessen selber herum! Das ist Behinderung der Polizeiarbeit, Unterschlagung von Beweismitteln, Amtsanmaßung! Freiheitsstrafe bis zu zwei Jahren in schweren Fällen, und dies ist einer!«

»Ja«, sagte ich.

»Was soll das heißen, ja?«

»Sie haben Recht«, sagte ich. »Es war falsch. Es tut mir sehr Leid.«

»Davon habe ich nichts. Und das getötete Mädchen auch nicht. Oder ihre Mutter. Warum haben Sie das getan? Nennen Sie mir einen guten Grund!«

Ja, warum?, dachte ich. Weil ich es selber machen wollte. Beweisen, dass ich es kann. Weil ich es dir zeigen wollte, weil du mir nicht geglaubt, sondern mich für leicht verwirrt gehalten hast. Und weil ich Schuldgefühle hatte wegen Maria. Aber das sind lauter schlechte Gründe.

»Es gibt keinen guten Grund«, sagte ich.

Er sah mich immer noch so an, mit wildem, zornigem Blick, und dachte nach.

»Sie können gehen«, sagte er nach einer Weile. »Fürs erste. Sie halten sich zur Verfügung.«

»Ich muss an den Bodensee.«

»Sie machen jetzt keinen Urlaub. Sie bleiben hier.«

»Meine Mutter lebt dort. Sie war sehr krank und erholt sich nur schwer und wartet auf mich. Aber ich komme jederzeit her, wenn Sie mich brauchen.«

Er überlegte, blickte voller Abscheu auf den Bericht und dann auf mich und machte mit den Händen eine wedelnde Bewegung Richtung Tür, in der Art, wie man Hühner scheucht. Oder die Dienerschaft entlässt.

Ärger stieg in mir hoch, und ich wollte aufbegehren, aber dann dachte ich, dass dies nicht der Tag des Aufbegehrens war, sondern der Tag von Sack und Asche, und ging.

11

Frau Silberhorn saß auf ihrem Sofa mit der tigergemusterten Plüschdecke, die Hände im Schoß verkrampft. Ihrem schwarzen Kleid sah man inzwischen an, dass es das einzige Kleidungsstück war, das sie trug, und ihr Haar war halb blond, halb dunkel, weil sie es nicht mehr färbte. Ihr Gesicht war bleich und gedunsen, die Augen gerötet. Sie hatte Anfälle, weil sie ihre Tabletten nicht regelmäßig nahm und nicht genug schlief, hatte Frau Cohn mir erzählt.

Auf dem Sideboard, zwischen Leuchtern, Keramikfiguren und einem hässlichen Teddybär aus Stroh, stand ein großes Foto von Maria. Es zeigte sie, wie wir sie gefunden hatten, in dem blauen Samtkleid, mit dem Goldkreuz um den Hals. Ihr Haar war in der Mitte gescheitelt und zu einem Pferdeschwanz zurückgebunden, und ihr Gesicht war zart und hübsch und sehr rührend, weil sie so ernsthaft und erwachsen auszusehen versuchte.

Ich zeigte auf das Bild: »Wie alt war sie da?«

»Dreizehn«, sagte sie, »dreizehn Jahre und drei Monate. Das war bei ihrer Konfirmation. Sie war ein bisschen früh dran, aber sie wollte unbedingt zusammen mit ihrer Freundin konfirmiert werden.«

Sie war auch sonst ein bisschen früh dran, dachte ich. In der Zeit davor hatte sie Dietrich und Littner kennen gelernt. Und mit ihnen geschlafen.

»Das ist mein Bericht«, sagte ich und legte den rosenroten Hefter, den ich extra besorgt hatte, vor Frau Silberhorn auf den Tisch.

Sie nahm ihn mit beiden Händen, legte ihn auf den Schoß, betrachtete ihn und strich über das opalisierende Plastikmaterial. »Schön«, sagte sie. »Die Farbe. Und dass es so schillert. Das hätte ihr gefallen.«

»Darum habe ich ihn ja auch gekauft.«

Sie lächelte, schief und müde.

Ich hatte gedacht, sie würde hineinschauen, nachfragen, wissen wollen, ob das alles war, ob ich nicht mehr heraus gefunden hatte. Aber sie saß einfach nur da und sah auf den Hefter.

»Die Polizei war hier«, sagte sie. »Sie haben ihr Zimmer noch mal durchsucht. Und die ganze Wohnung. Sie haben etwas gefunden, in ihrem alten Kinderversteck, unter einem losen Bodenbrett, da drüben in der Ecke. Da liegt jetzt der Teppichboden drüber. Und der Teppich. Ich hatte es ganz vergessen. Wissen Sie, was sie gefunden haben?«

Ich schüttelte den Kopf.

»Einen Zettel mit Namen und Telefonnummern. Lauter Leute, die ich nicht kenne. Lauter Männer. Und Zehntausend. Zehntausend! In großen Scheinen ist das gar nicht so viel. Es hat gut in ihr Versteck gepasst.«

Die Telefonnummern, dachte ich. Und das Geld. Ich hab's doch gewusst: Es musste irgendwo sein.

»Wie viele Namen waren es?«, fragte ich. »Wissen Sie das noch?«

Sie überlegte, ohne sich über meine Frage zu wundern. »Sechs«, glaube ich. Sie zählte in Gedanken nach. »Ja, sechs.«

Dann habe ich alle gefunden, die sie gekannt hat, dachte ich.

»Ich begreife das nicht«, sagte sie. »Ich verstehe es nicht. Wissen Sie, was das bedeutet?«

Ich sagte nein und wurde rot, weil es eine so fette Lüge war. Aber sie sah nicht auf, sie blickte weiter auf das schillernde Plastik.

»Ich habe die Beamten gefragt, aber die haben gesagt, sie wissen es auch nicht.«

»Sie werden es Ihnen bestimmt sofort sagen, wenn sie es wissen«, sagte ich, nur um etwas zu sagen.

»Ja, nicht wahr?« Sie hob endlich den Blick. »Es muss ja auch nichts Schlimmes sein, nicht?«

Ich zögerte. Ihre Augen baten: sag ja.

»Genau.« Ich lächelte sie an. »Es muss gar nichts Schlimmes sein.«

Ich stand auf. »Ich muss jetzt fahren. Denken Sie daran, Ihre Medikamente zu nehmen, Frau Silberhorn?« Sie nickte, aber ganz gedankenlos, wie ein Kind, das brav nickt, weil man ernst mit ihm spricht. »Und wenn etwas ist, rufen Sie mich an, bei meiner Mutter. Ich gebe Ihnen die Nummer.«

Im Flur kamen wir an Marias Zimmer vorbei, dessen Türe offen stand. »Die haben solche Unordnung gemacht, die Leute von der Polizei«, sagte sie, »und so viel Dreck. Aber jetzt ist alles wieder ganz sauber.«

Das Zimmer war penibel aufgeräumt und vollkommen staubfrei und roch nach Putzmitteln und Chemieblumen. Und feucht und dumpfig. Wie ein frisch desinfiziertes Mausoleum. Selbst die Plüschbären wirkten, als wären sie gewaschen und gebürstet.

»Die Bären sehen aus, als wären sie frisch gewaschen. Und gebürstet«, sagte ich.

»Das sind sie auch«, sagte sie.

»Wirklich?«

»Natürlich. Das mache ich immer. Sie stauben sonst so ein.«

Zorn stieg in mir auf und machte mir das Gesicht heiß. Verdammt, dachte ich, hättest du dich doch mal um sie gekümmert statt um ihr Zimmer.

Es war lange die Frage gewesen, wo Herrn Fischlers Hochzeitsfeier stattfinden sollte, denn es schien keinen Ort zu geben, der diesem Ereignis angemessen war: das Schlosshotel, das Sternerestaurant, der Kaisersaal im Stadtpalais?

Schließlich beschlossen sie, eine Hochzeitsreise in die Karibik zu machen und nur eine kleine Feier zu geben, im »Ratskeller« gegenüber dem Standesamt, wo alle anderen Hochzeit feierten und wo auch Jochen und ich Hochzeit gefeiert hatten.

»Karibik!«, sagte Frau Beifuss, ungewohnt schwärmerisch. »Sand, Meer, Palmen! Perlentaucher und Korallenbänke! Wir sind übrigens Ehrengäste, hat er Ihnen das schon gesagt?«

»Wirklich?«

»Wir gehören zu dem ganz kleinen Kreis, der bei der Trauung dabei ist und nachher am Tisch von Braut und Bräutigam sitzt. Ich habe sie schon angerufen und gefragt, was sie anzieht.«

»Warum?«

»Damit wir nicht schöner sind als die Braut. Oder auffallender. Sie trägt ein Complet in Apricot. Ich habe mir was in Grau gekauft. Graue Seide.«

»Na gut«, sagte ich. »Ich kaufe mir auch was Graues, dann sehen wir aus wie Zwillinge.« Sie kicherte. Sie war klein und hatte einen großen Busen und dicke dunkelrote Haare. »Oder wie ein Komikerduo.«

»Das schon eher«, sagte sie glucksend.

Ich kaufte mir einen grauseidenen Hosenanzug mit Stehkragen, in dem ich aussah wie eine traurige chinesische Nonne, ziemlich genau so, wie ich mich fühlte, und erst kurz bevor ich ging, malte ich mir wenigstens die Lippen an.

Ich saß zwischen Herrn Fischlers Vater und seinem Bruder. Sie waren groß, dünn und dunkelhaarig wie er und hatten die gleiche würdige Art, die er bei wichtigen Anlässen an den Tag legte, und ich aß mich mühsam durch das siebengängige Menü und bekam sogar Sehnsucht nach Frau Beifuss, die auf der anderen Seite des Brautpaares mit Silkes Vater redete und lachte.

Nach dem Essen kamen die Reden und die Walzer. Die

Fischlers waren bei aller Würde wunderbare Walzertänzer, leichtfüßig und sicher und mit Selbstverständlichkeit nach links wechselnd, und ich tanzte mit allen dreien und dachte an Jochen.

Er hatte gar nicht tanzen können. Aus seiner Tanzstundenzeit hatte er etwas herüber gerettet, das er »Slowfox« genannt hatte, eine simple Schrittfolge, die er mit schlurfenden Füßen zu langsamen Melodien vollzogen und es dabei mir überlassen hatte, meine Füße vor seinen in Sicherheit zu bringen. Und ich hatte es geliebt.

Meine Kehle wurde dick und mein Lächeln immer schwerer, und schließlich hielt ich es nicht mehr aus und flüchtete in die Toilette, wo heitere erhitzte Frauen vor den Spiegeln standen und ihr Make-up erneuerten. Ich floh weiter in eine der Kabinen und saß auf dem Toilettendeckel, bis jemand heftig an die Türe klopfte: »Sie sind schon so lange da drin. Ist Ihnen nicht gut?«

Es war eine dicke Frau in einem grünen Paillettenkleid mit Perlengehängen über dem Busen, die hin- und herschwankten, weil sie so heftig atmete. Ich bedankte mich für ihre Fürsorge und ging wieder hinaus.

Neben der Männertoilette, zwischen der Telefonkabine und dem Zigarettenautomaten, lehnte Rolf Schüler an der Wand und rauchte. Er trug einen Smoking, hatte seine störrischen dunklen Locken kurz scheren lassen und sah düster aus.

»Hallo, Frau Wolf«, sagte er.

»Hallo, Herr Schüler«, sagte ich. »Warum stehen Sie denn hier draußen?«

»Solche Feste sind nicht mein Ding. Und hier ist mir schon gar nicht nach feiern.«

»Mir auch nicht«, sagte ich. »Ich muss immer an meine Hochzeit denken.«

»Ich auch«, sagte er.

»Wegen Jochen?«

»Das war mal eine schöne Hochzeit. Jochen war so glücklich.«

»Ich auch«, sagte ich. »Tanzen Sie?«

»Eigentlich nicht. Nur so eine Art –«

»Slowfox?«

»Das wäre stark geschmeichelt. In etwa.«

»Würden Sie mit mir tanzen?«

»Gerne«, sagte er. »Aber sind Sie sicher, dass Sie wissen, was Sie tun?«

»Ganz sicher«, sagte ich.

Er tanzte wie Jochen, und nach einer Weile nahm er mich dabei auch so in die Arme, und ich legte meine Wange an seine glatte Smokingschulter, wie ich es bei Jochen getan hatte, und spürte den Geruch nach Zigarettenrauch, wie bei Jochen.

Um zwei endete das Fest, indem Silke ihren Brautstrauß aus apricotfarbenen Rosen hinter sich warf. Ich duckte mich und hoffte, dass Frau Beifuss ihn fangen würde, aber es war Silkes Schwester, die ihn erwischte.

Er fuhr mich in seinem scheußlichen Geländewagen nach Hause und brachte mich zur Haustür und stand neben mir, während ich mit unsicheren Händen aufschloss. Dann nahm er meine Hand und küsste sie und sagte: »Gute Nacht. Und vielen Dank.«

Ich sah ihm nach, wie er zu seinem Auto ging und auf die Fernbedienung drückte. Die Blinker leuchteten, aber er stieg nicht ein, sondern drückte immer wieder, und die Lichter gingen an und aus und an und aus.

Er kam langsam zurück und sah mich fragend an. Ich ließ mich in seine Arme fallen.

Es regnete jeden Tag. Der Regen verwandelte das Herbstlaub in eine schmierige Masse, nässte die Mauern der Häuser und legte metallische Schleier um die Welt, wie Gefängnisgitter.

Ich ging jeden Tag mit meiner Mutter spazieren. Das Gehen tat ihr gut, also kaufte ich Gummistiefel und einen besonders großen Schirm, und wir wanderten stundenlang durch die Siedlung. Sie stammte noch aus der Hitlerzeit, ihre Straßen waren eng und die Häuser grau und dumpf unter hohen Giebeln, und über jeder Haustür prangte ein schwerfälliges Steinrelief, auf dem das wunderbare Leben in der nationalsozialistischen Volksgemeinschaft zu sehen war.

Wenn wir wieder zu Hause waren, gab es Essen, Mastfutter mit Fleisch, Butter und Sahne, von Rosemarie mit Leidenschaft gekocht und gepriesen, danach legte meine Mutter sich hin, und dann gingen wir wieder spazieren.

Die Abende verbrachten die beiden vor dem Fernseher, mit Malzbier, Erdnüssen, Kartoffelchips und allem, was dick machte, und ich saß in meinem Zimmer und schrieb Berichte oder saß einfach nur da und fragte mich, was ich hier tat. Aber ich hatte mir vorgenommen, zu bleiben, bis meine Mutter wieder fünfzig Kilo wog, und also blieb ich.

Ein paar Mal fuhr ich den langen Weg nach Hause und übernachtete dort, bei Marek oder in meiner Wohnung, und einmal kam Tigran mich besuchen, aber ich fuhr immer schnell wieder zurück, denn meine Mutter wurde unruhig, wenn ich nicht da war.

Als Herbert Gobineau anrief und mich barsch anwies, in die Stadt zu kommen, war ich nahezu froh. Ich machte mich sogar ein bisschen schön, weil ich so froh war, und dann saß ich geduldig und sanftmütig auf der Bank vor seiner Tür, starrte auf den gelblichen Ölfarbenanstrich der Wände und sah den Vorübergehenden nach. Als mir vor lauter Sanftmut schon ganz elend war, öffnete er endlich die Tür: »Tut mir Leid, dass Sie warten mussten. Das war nicht meine Absicht. Setzen Sie sich.«

Er faltete die Hände auf der Schreibtischplatte und betrachtete sie, dann hob er den Kopf und sah mich prüfend an.

»Also«, sagte er, »über die in Ihrem Bericht dargestellten Fakten, Überlegungen, Schlussfolgerungen hinaus: Was können Sie mir noch mitteilen?«

Ich verstand ihn nicht.

»Ist Ihnen noch irgend jemand oder irgend etwas begegnet, der oder das von Bedeutung sein könnte und den oder das Sie vergessen haben oder für unwichtig gehalten oder was auch immer?«

Ich schüttelte den Kopf.

»Denken Sie nach«, sagte er. »Gründlich. Wir haben Zeit.«

Ich dachte gründlich nach.

»Tut mir Leid«, sagte ich. »Aber mir fällt wirklich nichts ein. Ich habe mir immer gleich Notizen gemacht. In meinem Bericht steht alles, was ich weiß.«

»Aha«, sagte er und betrachtete wieder seine gefalteten Hände, und ich betrachtete ihn, und so saßen wir eine Weile da, bis ich einen Vorstoß wagte.

»Ist es keiner von ihnen gewesen?«

Er schüttelte langsam den Kopf, während er weiter auf seine Hände blickte.

Wer war es dann?, dachte ich. Wen gibt es denn noch? Den reinen Fremdtäter aus dem »Handbuch für Kriminalistik«, der nur durch Zufall auf sein Opfer trifft? Aber der wird doch wohl kaum Freitagabend bei Silberhorns geklingelt haben und die Treppe hinaufgestapft sein, um zu sehen, welches Opfer ihm der Zufall beschert.

»Wir haben noch mal alle überprüft«, sagte er, während er seine Augen durch das Zimmer wandern ließ, als spräche er nicht mit mir, sondern mit dem Raum oder der Menschheit im Allgemeinen.

»Angefangen bei der Familie. Frau Silberhorn schlief, und ihr Arzt sagt, dass sie mit den Medikamenten, die sie nimmt, auch nichts anderes tun konnte. Herr Silberhorn war im Kino, wie seit Jahren jeden Freitag, in einem kleinen Kunstkino, und die Platzanweiserin kennt ihn gut und würde beeiden, dass er da war. Die zweite Frau Silberhorn hatte Besuch. Daniel, der Freund, war im Skiurlaub, viele andere auch, und so geht das weiter, jeder kann belegen, wo er war, jedenfalls nicht in ihrem Zimmer, und keiner hat es getan.«

Ich gab einen vorsichtigen Laut des Mitgefühls von mir.

»Was hat Frau Silberhorn gesagt?«, fragte ich. »Ich meine, wegen der Männer?«

»Sie leugnet die Tatsachen. Sie glaubt es einfach nicht.«

Gut, dachte ich. Oder?

»Und Marias Vater?«

»Das pure Entsetzen. Absolutes Nichtbegreifen.«

Wir schwiegen eine Weile. Man konnte gut mit ihm schweigen.

»Was ist mit Georg Vanderbek?«, fragte ich.

Er blätterte in der Akte, die vor ihm lag. »Er hatte einen Zusammenbruch. Er hat nur immer wiederholt, dass es seine Schuld ist, dass das alles nicht passiert wäre, wenn er da geblieben wäre.«

Er hob den Kopf und sah mit leerem Blick durch das Fenster in den Himmel: »Das entspricht ja wohl auch den Tatsachen.«

Trauer und Mitleid und das furchtbare Gefühl des Unwiederbringlichen stiegen in mir auf und drückten mir die Kehle zu. Ich konnte ihn nicht ansehen, ich sah auf den Kalender, der hinter ihm an der Wand hing. Er war das Werbegeschenk eines Drogeriemarktes, »Tierkinder« stand darauf, und das Abreißblatt zeigte zwei balgende Bärenjungen.

Ich dachte an die Pein im Gesicht von Georg Vanderbek, an die bleiche verquälte Frau Silberhorn und das stolze, frohe Kindergesicht von Maria auf dem Foto in Vanderbeks Regal.

Vorbei. Gewesen. Unwiederbringlich. Und bloß, weil er nicht geblieben ist.

Ich schluckte, damit ich nicht anfing zu weinen.

»Ist was?«, fragte er. »Ist Ihnen nicht gut?«

»Haben Sie das Foto gesehen? In seinem Regal?«

»Ich habe nicht mit ihm gesprochen. Das waren die Kollegen in Aachen.«

Ich stand auf. »Ich kann nichts mehr dazu sagen. Ich will auch nicht. Ich will gar nicht mehr daran denken.«

Er lehnte sich so heftig in seinem Drehsessel zurück, dass die Lehne gegen die Wand schlug. Sein Gesicht lief dunkelrot an und seine Augen traten hervor.

»Glauben Sie, ich will? Darum geht es nicht! Das ist ohne Belang! Sie haben sich unverantwortlich, fahrlässig und gesetzeswidrig in diese Angelegenheit eingemischt, aber Sie haben das gründlich getan, Ihr Bericht ist in manchen Punkten nicht gänzlich laienhaft, das muss man Ihnen zugestehen. Sie kennen den Sachverhalt gut, also denken Sie gefälligst darüber nach, und wenn Ihnen etwas einfällt, sagen Sie Bescheid. Umgehend. Sofort.«

In meiner Wohnung war es kalt und roch dumpf und staubig. Ich öffnete die Fenster, wischte Staub, wo ich ihn deutlich sehen konnte, saugte, machte die Gasöfen an und ging einkaufen.

Es regnete natürlich, und der Supermarkt war voller Menschen, tropfender Regenschirme und sperriger Einkaufswagen. Ich stieß mit meinem gegen Warenständer und Kühltruhen, bis ich ihn stehen ließ und nur schnell das Nötigste besorgte, Eier, Butter, Brot, Käse und eine Flasche Rotwein.

Draußen merkte ich, dass mein Schirm noch am Wagen hing, aber ich ging nicht mehr zurück, sondern rannte durch den Regen, überquerte die Straße zwischen Autos hindurch, sprang über eine Wasserlache an der Bordsteinkante und stolperte und fiel schwer auf die Knie.

Ich kniete in der Pfütze, schwach vom Schock des plötzlichen Falls, und kam nicht mehr hoch, bis eine alte Frau mir half. Ich stopfte die Tüte, aus der Rotwein und Ei tropften, in einen Papierkorb und ging weiter, langsam, denn meine Knie zitterten und fingen an schrecklich wehzutun.

Zu Hause suchte ich Fasern meiner zerrissenen Hose aus den Wunden, tupfte mit zusammengebissenen Zähnen Jod darauf und klebte Mull darüber. Ich machte mir eine Kanne Tee, stellte die halbe Flasche Rum, die Andreas dagelassen hatte, auf das Tablett und verkroch mich aufs Sofa.

Ich trank eine Tasse Tee mit viel Rum, zog Jochens schwere Kamelhaardecke über mich und versuchte zu schlafen, aber der Schmerz in den Knien und die Gedanken, die durch meinen Kopf ratterten wie Spielzeuglokomotiven, hielten mich wach.

Maria, ratterten die Gedanken. Maria, Maria, Maria. Du bist tot, und keiner hat dich getötet. Es gibt dich nicht mehr, aber keiner ist dafür verantwortlich. Du hast dein Leben verloren, und keiner hat es genommen.

Im Herbst wärest du mit der Schule fertig gewesen. Du wolltest Kostümbildnerin werden, das war dein Traumberuf, du hattest schon eine Lehrstelle, du hast dich darauf gefreut, und du wärest sicher gut gewesen.

Das wird nicht mehr sein. Und alles andere auch nicht, dass du dich richtig verliebst, zum Bespiel, und mit einem Mann schläfst, den du schön findest, statt dich von falschen Vätern benutzen zu lassen. Du wirst es nicht erleben, nichts wirst du mehr erleben, und es gibt nicht mal jemanden, den man deshalb anklagen und bestrafen kann.

Ich trank eine Tasse Tee mit viel Rum, machte die Augen zu und versuchte an nichts mehr zu denken.

Maria, Maria, lärmten die Gedanken. Es ist auch meine Schuld, dass du tot bist. Ich habe mich nicht um dich gekümmert. Nur einen kleinen mageren Versuch habe ich gemacht. Du hättest dir helfen lassen, du hast mich bewundert, mich für eine tolle Frau gehalten. Aber ich habe mich damit zufrieden gegeben, dass das rote Licht nicht mehr brannte.

Ich griff nach der Fernbedienung, wanderte durch die Fernsehprogramme und blieb immer dort, wo es bestimmt nichts zum Denken gab, und trank noch mehr Tee mit noch viel mehr Rum.

Als ich aufwachte, lag graues Licht im Zimmer, aus dem Fernseher kamen die eiligen bunten Bilder und quäkenden Stimmen eines Zeichentrickfilms, und die Luft war heiß und stickig von der Gasheizung. In meinem Kopf rotierten scharfe Messer, und mir war zum Sterben übel.

Erst begriff ich nicht, was mit mir los war, aber dann sah ich die leere Rumflasche. Ich hatte einmal einen Kater gehabt, mit siebzehn, weil ich süße Cocktails getrunken hatte. Dies war der zweite.

Ich schwankte in die Küche, machte Kaffee und schwankte weiter ins Bad, wo ich Wasser und Eiswürfel ins Waschbecken füllte und meinen Kopf hinein steckte, wie ich es Paul Newman in einem Film hatte tun sehen. Danach trank ich den Kaffee, wie Paul Newman, aber mein Magen rebellierte, und ich musste wieder ins Bad, wo ich alles ausspuckte, was in mir war.

Ich zog mich an und stopfte die feuchten Haare unter eine Mütze. Die dünne Schicht aus verkrustetem Blut auf meinen Knien war aufgesprungen, und die Wunden taten so weh, dass ich kaum die Treppe hinunter kam.

Vor den Briefkästen stand Britta Schäfer und sah ihre Briefe durch. Ich wollte hinter ihr vorbei schleichen, aber sie blickte hoch: »Ach, Sie sind es. Ich dachte, es wäre Frau Cohn. Sie gehen so langsam.«

Sie sah mich genauer an: »Was ist mit Ihnen? Sie sehen aus wie das Leiden Christi.«

Ich öffnete den Mund, aber es kam nichts heraus. Mein Verstand war gelähmt und meine Stimmbänder auch.

»Aha«, sagte sie. »Sie haben gebechert. Scharfe Sachen. Sie riechen wie ein Matrose. Das ist gefährlich, das sollten Sie wissen, Sie sind doch alt genug.«

Ich räusperte mich und versuchte ihr mitzuteilen, dass ich in meinem Leben erst einen Kater gehabt hatte, vor fünfzehn Jahren.

»Ach je. Wissen Sie, was Sie tun müssen?«

Ich schüttelte den Kopf.

Sie sah mich missbilligend an mit ihren ungewöhnlichen Augen, die sehr groß und olivgrün waren.

»Kommen Sie mit. Ich habe alles da, was man braucht. Ich bin zufällig zertifizierte Trinkerin. Und warum können Sie nicht richtig gehen?«

Ich murmelte etwas von hingefallen.

»Sie sind vielleicht ein Unglückswurm. Geht es Ihnen auch manchmal gut?«

Ihre Wohnung war vollgestopft mit Antiquitäten und ziemlich unordentlich. Sie nötigte mich auf ein mit gelb-weiß gestreiftem Seidenstoff bezogenes Biedermeiersofa, zwang mich, die Füße hoch zu legen, verschwand und kam nach einiger Zeit mit einer Wärmflasche unter dem Arm und einem vollgestellten Tablett zurück.

»Der Säufer friert und dürstet«, dozierte sie, »also: Wärme und Flüssigkeit. Aspirin. Schonkost. Keine Rollmöpse oder Kaffee oder so was. Daran glauben nur Laien. Lassen Sie mich mal Ihre Knie sehen.«

Sie zog vorsichtig den Mull ab und schüttelte den Kopf. »Sie machen Nägel mit Köpfen. Das wird dauern, bis das verheilt ist. Aber die Wunden sind sauber.«

Sie schnitt Leukoplaststreifen ab und klebte frischen Mull darüber. Sie hatte schöne große Hände mit schönen Fingernägeln, die hell abstachen von der braunen Haut. Dann nahm sie einen Becher mit Kaffee vom Tablett und setzte sich auf einen der gestreiften Sessel, die um den runden Tisch standen: »Und warum haben Sie sich so voll laufen lassen?«

Ich wollte so tun, als gäbe es keinen Grund, schließlich kannte ich sie kaum, obwohl ich schon mal auf einem ihrer

Sofas übernachtet hatte. Aber sie sah mich mit ihren seltsamen Augen so ernsthaft an, als wolle sie es wirklich wissen, und also erzählte ich es ihr. Alles über Maria, von Anfang an.

Sie hörte mir schweigend zu. Als ich fertig war, seufzte sie tief: »Armes kleines Mädchen. Was für eine schreckliche Scheiße.«

Draußen dämmerte es. Sie sah zum Fenster, dann auf die Uhr, sagte: »Zeit für einen Sundowner«, ging hinaus und kam mit einem großen breiten Glas zurück, in dem eine braune Flüssigkeit über Eiswürfel schwappte.

Sie nahm kleine Schlucke und schwenkte sacht das Glas, und die Eiswürfel klackerten.

»Der Eva waren die Männer zu wichtig«, sagte sie nach einer Weile. »Das ist leider wahr. Kaum war einer weg, hat sie sich schon den nächsten gesucht. Als ob man ohne nicht leben könnte. So war das aber für sie: Ohne Mann bin ich nur ein halber Mensch, hat sie mal gesagt. Und Maria lief so mit. Nicht, dass Eva sie nicht geliebt hat. Aber sie war nie das Wichtigste für sie. Das ist sie erst jetzt, wo sie tot ist. Vorher waren das immer die Männer. Und da hat die Kleine sich tapfer gehalten. Und hat sich sehr um Eva gekümmert, als das mit der Krankheit schlimmer wurde. Sie war ein starkes Mädchen. Ach, Mensch ...«

Sie trank und bewegte das Glas, und die Eiswürfel machten ihr Geräusch, leiser diesmal, vielleicht, weil sie schmolzen.

»Um sie hat sich niemand wirklich gekümmert. Außer Georg. Vanderbek. Der war richtig gut zu ihr. Aber der ist dann ja auch verschwunden. Wie Silberhorn und all die anderen. Und die Kleine ist dabei draufgegangen. Die hat es zum Schluss erwischt. Das ist es, was ich so unfair finde. Hätte es nicht einen von den anderen erwischen können? Alle haben Mist gebaut, und ausgerechnet sie zahlt die Rechnung.«

Sie leerte das Glas, knipste eine Lampe an und ging hinaus. Als sie zurückkam, brachte sie zwei Gläser mit, das große breite und ein kleines Schnapsglas. Ihr Katzengesicht mit den grünen Augen und dem spitzen Kinn wirkte plötzlich alt und müde.

»Sie hatten wirklich allen Grund, sich einen anzusaufen. Aber wir tun das jetzt nicht. Wir sind vernünftig. Es gibt nur noch einen, einen großen für mich und einen ganz kleinen für Sie. Whisky ist Medizin.«

Sie hob ihr Glas: »Auf Maria.«

12

»Da ruft dauernd ein Mann an«, sagte Frau Beifuss und stellte die Blumen für Jochen auf den Schreibtisch. »Ein Herr Schwörer. Winfried Schwörer. Er will Sie unbedingt sprechen. Er sagt, Sie haben ihn ruiniert und sein Leben zerstört, weil Sie Ihr Versprechen gebrochen haben und zur Polizei gegangen sind. Ist das nicht eigenartig?«

»Sehr eigenartig«, sagte ich. Gott sei Dank rufen sie deswegen nicht alle hier an, dachte ich.

Sie ordnete ausführlich die Blumen, in der Hoffnung, dass ich das Eigenartige erklären würde. Es waren lila Astern und gelbe Chrysanthemen in einer hässlichen Vase aus buntbemalter Keramik, und ich fragte mich plötzlich, ob sie wohl bis in alle Ewigkeit Blumen für Jochen auf meinen Schreibtisch stellen würde, nur weil sie das immer getan hatte, solange er lebte.

Herr Fischler trug ein Tablett herein und gruppierte Kaffeebecher, Zuckerdose, Sahnekännchen und einen Teller mit Plätzchen sorgsam auf dem Besprechungstisch. Es war ein Wunder, dass er dies tat. Silke wirkte Wunder.

»Wie geht es Ihrer Mutter?«, fragte er.

»Viel besser«, sagte ich.

»Dann bleiben Sie jetzt hier?«, fragte Frau Beifuss. Das Telefon läutete, und sie nahm blitzschnell ab.

»Dieser Herr Schwörer«, sie hielt mir den Hörer hin, »ich habe ihm gesagt, dass er Sie heute erreichen kann.«

Winfrieds anklagende Stimme drang an mein Ohr. Herr Fischler betrachtete sein Werk und lauschte, und Frau Beifuss lief in den Flur, weil es geklingelt hatte, und war schon wieder da und lauschte auch.

»Sie hatten mir hoch und heilig versprochen – mein Ruf, meine Ehre – es wird in den Zeitungen stehen, man wird sich von mir abwenden, ich werde vorbestraft sein –«

Im Türrahmen stand Rolf Schüler und sah mich an, und sein Gesicht war rot und verlegen. Wir hatten uns öfters bei mir getroffen seit Herrn Fischlers Hochzeitsnacht, aber noch nie im Büro. Ich spürte, wie auch ich rot wurde.

»Die Anwaltskosten – das ist mein Bankrott – wie hätte ich ahnen können, dass mir so etwas zustößt – ich wünschte bei Gott, ich hätte Sie nie gesehen ...«

»Winfried!«, sagte ich ins Telefon. »Seien Sie still! Halten Sie den Mund. Seien Sie dankbar, dass Sie ein Alibi haben, sonst wären Sie in ganz anderen Schwierigkeiten. Und jetzt will ich nie wieder etwas von Ihnen hören. Rufen Sie nicht noch mal an, sonst gibt es Ärger.«

Ich lauschte in den Hörer. Schweigen. Die drei starrten mich an. Ich legte auf und fühlte mich stark genug für ein weiteres Problem.

»Hallo, Rolf«, sagte ich, ging hinüber zu ihm und küsste ihn auf die Wange.

»Hallo, Anna«, sagte er erleichtert und gab mir auch einen Kuss, und nun waren es nur noch Frau Beifuss und Herr Fischler, die starrten, und Frau Beifuss errötete, in einem tiefen Rosa, das seltsam aussah zu ihrem roten Haar.

Unsere Besprechung dauerte den ganzen Nachmittag, und als ich endlich das Büro verließ, um zum Friedhof zu fahren, dämmerte es schon. Es war windstill und warm und ausnahmsweise trocken, das Laub leuchtete rot und gelb, der lila Schimmer der Erika lag über den Gräbern, Grablichter brannten, und der Friedhof hatte etwas Festliches und Gemütliches.

In der Gräberreihe gegenüber war der Mann beschäftigt, der im Winter immer eine Pelzmütze trug. Er sah herüber, richtete sich auf und grüßte mit einer leichten Verbeugung. Es war das Grab seiner Frau, das er pflegte, »Serafina Sasso, geliebte Ehefrau, Mutter und Großmutter«, stand auf dem Grabstein, und daneben war ihr Bild angebracht. Sie hatte ein klares rundes Gesicht und straff zurückgekämmte Haare gehabt und war erst siebenundvierzig gewesen, als sie starb. Ein Jahr jünger als Jochen.

Ich ging zu Fuß nach Hause, auf der Brücke über dem Gleisfeld wehte der Wind und trug herben Herbstgeruch herbei, und ich sah die erleuchteten Fenster von Frau Cohn, Frau Silberhorn und Britta Schäfer. Nur meine waren noch dunkel.

Als ich die Haustür aufschloss, hörte ich Schritte hinter mir und heftiges Atmen. Ich dachte an Winfried und Peter Nippes und all die anderen Männer, denen ich versprochen hatte, nicht zur Polizei zu gehen, drehte mich um und hob das Knie zum Stoß.

»Anna«, sagte der Mann.

»Andreas! Was machst du denn hier? Ich hätte dir fast in die Eier getreten.«

Er lachte leise: »Was für eine Begrüßung.«

»Was hast du erwartet? Was willst du?«

»Mit dir reden.«

»Worüber?«

Er zögerte.

»Ich bin müde und habe Hunger«, sagte ich. »Kannst du dich ein bisschen beeilen?«

Er atmete tief: »Ich wollte dir sagen, dass ich dich liebe, Anna.«

Ich wusste nicht, was ich darauf sagen sollte, und sah ihn nur an. Er war braun gebrannt, zu sehr, seine Haut wirkte faltig und wie mit einer grauen Schicht überzogen. Er hatte sich das Haar an den Seiten und im Nacken kurz schneiden lassen, nur oben war es noch lang und lockig. Seine Schläfen waren auch ein wenig grau. Das bräunlich Indianerhafte, klar und schön, war fort, er sah aus wie ein mittelmäßiger französischer Schauspieler, der ein bisschen zu viel trank.

»Du bist so braun«, sagte ich.

»Wir waren auf den Malediven.«

»Jetzt? Im November?«

»Susanne mag den Herbst nicht«, sagte er.

»Susanne«, sagte ich. »Wieso stehst du hier und sagst, du liebst mich, wenn du gerade mit Susanne auf den Malediven warst?«

»Das würde ich dir gerne erklären«, sagte er.

Ich dachte daran, wie er mir zuletzt etwas erklärt hatte.

»Ich liebe dich nicht mehr, hast du gesagt«, sagte ich. »Ich bin mit Susanne zusammen und bleibe mit ihr zusammen, hast du gesagt. Mit uns ist es aus, für immer und ewig, hast du gesagt.«

»Ich weiß. Ich habe mich geirrt.«

»Ach so. Und nun ist Susanne dran mit dem Abserviertwerden.«

»Wenn du mich willst, werde ich mich von ihr trennen. Vermutlich auch, wenn du mich nicht willst.«

Er wirkte so kalt und fern und sprach so sachlich über seinen nächsten Frauentausch, dass mir schlecht wurde. Mein Magen zog sich zusammen. Ich war froh, dass er leer war.

»Ich will dich nicht«, sagte ich und drückte die Haustür auf.

»Kann ich es dir erklären? Oben vielleicht?«

Ich schüttelte den Kopf.

»Hast du einen Mann?«

Ich ließ die Tür hinter mir zufallen.

Der Weihnachtsbaum war riesengroß.

»Ich dachte, wir sollten dieses Jahr einen richtig großen Weihnachtsbaum haben«, sagte Rosemarie. »Es gibt so viel zu feiern.«

»Du hättest noch ein richtig großes Haus dazu kaufen sollen«, sagte ich. »Er ist fast einen Meter zu hoch.«

»Ich hole die Säge«, sagte sie fröhlich.

Sie hielt den Baum, ich sägte, und schließlich hatten wir zwei Bäume, einen großen breiten, der ohne seine Spitze wie verkrüppelt aussah, und einen kleinen, der wunderschön gewachsen war.

»Der ist für Annette«, sagte Rosemarie zufrieden. »Der kommt nach oben, neben die Chaiselongue, dann hat sie auch einen, wenn sie sich nachmittags hinlegt.«

»Du spinnst«, sagte ich.

Sie schenkte mir ein mildes Lächeln und trug das Bäumchen hinaus auf die Terrasse. Das Achtziger-Jahre-Telefon schrillte auf seine schreckliche Art, und sie kam wieder herein gerannt: »Dass Annette bloß nicht wach wird … Es ist für dich, Anna. Eine Frau Cohn.«

»Es tut mir so Leid, dass ich Sie störe, Frau Wolf«, sagte Frau Cohn, und ihre Stimme war hoch und zittrig, »aber Frau Silberhorn geht es sehr schlecht. Sie hatte schon wieder einen Anfall. Was soll ich nur tun? Muss sie nicht ins Krankenhaus? Ich weiß gar nicht, an wen ich mich wenden soll. Sie hat, glaube ich, keine nähere Verwandtschaft. Könnten Sie vielleicht kommen? Ich weiß, morgen ist Weihnachten, aber …«

»Ich komme«, sagte ich. »Ich bin bald da. Machen Sie sich keine Sorgen.«

Frau Silberhorn lag auf ihrem Sofa und war dünner und bleicher denn je. Ihr schwarzes Kleid war viel zu weit geworden, sie hatte sich die Haare schneiden lassen, das dauergewellte Blond war verschwunden, und mit ihrem kurzen blassbraunen Schopf sah sie aus wie das Mädchen mit den Streichhölzern aus Andersens Märchen.

»Sie müssen ins Krankenhaus«, sagte ich.

Sie presste die Lippen zusammen und schüttelte langsam den Kopf.

»Wir können hier nicht richtig für Sie sorgen. Jemand muss aufpassen, dass Sie Ihre Tabletten nehmen, und Sie müssen genug essen und regelmäßig schlafen.«

Sie sagte nichts. Sie sah mich nur an wie das Mädchen mit den Streichhölzern.

»Frau Cohn schafft es einfach nicht. Gehen Sie doch ins Krankenhaus, bitte. Wir besuchen Sie auch jeden Tag.«

Sie schüttelte nicht mal mehr den Kopf. Sie schloss einfach nur die Augen, als wollte sie sagen: Eher sterbe ich.

Ich blieb neben ihr sitzen, strich über ihre Hand und sah, wie ihr Gesicht sich entspannte.

Nach einer Weile stand ich auf: »Ich bin gleich wieder da. Bleiben Sie einfach liegen, ja?«

Sie rührte sich nicht, aber so, wie sie da lag, schien sie zu sagen: Okay, mache ich.

In meiner Wohnung nahm ich Marias Akte aus dem Regal und suchte nach der Telefonnummer von Georg Vanderbek.

Er war nicht da oder ging nicht ran, ich hörte nur seine Stimme auf dem Anrufbeantworter, die mir sagte, dass ich eine Nachricht hinterlassen sollte. Immerhin klang er lebhaft und gesund und nicht mehr nach Nervenzusammenbruch.

Ich hinterließ eine Nachricht und wählte Werner Silberhorns Nummer. Der Hörer wurde sofort abgenommen.

»Ja, Silberhorn?«, sagte seine Frau.

»Hier ist Anna Wolf«, sagte ich und erzählte ihr von Eva Silberhorn: »Vielleicht kann Ihr Mann sie überreden, ins Krankenhaus zu gehen, das wäre im Moment wohl das Beste für sie«, aber noch während ich sprach, spürte ich, wie sie sich verschloss.

»Auf keinen Fall«, sagte sie, »damit wollen wir nichts mehr zu tun haben, es hat ihn richtiggehend krank gemacht, besonders das, was wir zuletzt über Maria erfahren haben. Also, bitte, Frau Wolf, regeln Sie das alleine, und lassen Sie meinen Mann in Ruhe. Im Moment ist er noch dazu schwer erkältet, und ich will nicht, dass er überhaupt daran erinnert wird.«

Ich wollte etwas sagen, aber sie legte einfach auf, und als ich wieder anrief, war besetzt, über eine Stunde lang.

Frau Cohn hatte Frau Silberhorn etwas zu essen gebracht und ihre Tabletten, und ich saß bei ihr, und wir sahen fern, bis sie eingeschlafen war.

Danach fing ich wieder an, die beiden Nummern zu wählen. Vanderbek war immer noch nicht da. Vielleicht war er schon in Urlaub gefahren. Die zweite Frau Silberhorn hatte mittlerweile auch einen Anrufbeantworter eingeschaltet, und eine eintönige Stimme wiederholte: »Bitte Nachricht aufzeichnen«, so lange, bis der Piepton kam.

Du miese Tucke, dachte ich, aber so kommst du mir nicht davon, hättest du ihr nicht den Mann weggenommen, wäre das alles nicht passiert. Damit hat es ja angefangen.

Am anderen Morgen fuhr ich hinaus in den Vorort, in dem Silberhorns wohnten, parkte schräg gegenüber von ihrem Haus und wartete. Es war Heiligabend, und sie musste bestimmt noch einkaufen, und wenn er so krank war, wie sie sagte, musste er bestimmt im Bett bleiben.

Sie kam um zehn aus dem Haus, in einem adretten, teuren Mantel mit Pelzkragen, und holte einen adretten, teuren Wagen aus der Garage, die sie wieder verschloss, ebenso wie das Gartentor, bevor sie davon fuhr. Ich kletterte über das Tor und klingelte an der Haustür.

Ich musste lange klingeln, bis sich hinter der geriffelten Glastüre etwas regte und die Tür geöffnet wurde. Seine schönen braunen Augen waren gerötet, die Nase auch, das Haar zerdrückt, und er trug einen Schal um den Hals und einen von diesen missfarbenen gestreiften Bademänteln, die zu tragen Männer sich anscheinend durch ein Naturgesetz verpflichtet fühlen.

»Frau Wolf!«, sagte er mit hoher heiserer Stimme.

»Ich weiß, Sie sind krank«, sagte ich, »aber ich muss Sie unbedingt sprechen. Ich brauche Ihre Hilfe.«

»Kommen Sie doch rein«, sagte er. »Hoffentlich stecke ich Sie nicht an.«

Es war früher Nachmittag, Frau Silberhorn hatte gegessen, was Frau Cohn herüber gebracht hatte, und ich spülte das Geschirr, als es klingelte und eine Frau die Treppe herauf kam, die einen Jogginganzug trug und einen Parka und eine Art Arzttasche bei sich hatte.

»Schwester Angelika«, sagte sie. »Pflegedienst Berlinger. Ich komme zu Frau Eva Silberhorn. Herr Silberhorn hat uns angerufen. Notfall. Intensivbetreuung, vorerst über die Feiertage. Sie sind Frau Wolf, die Nachbarin?«

Ich nickte, stumm und beeindruckt, führte sie ins Wohnzimmer und sah zu, wie sie alles übernahm, die Verantwortung, die Versorgung und die verblüffte Frau Silberhorn und dachte mit Dankbarkeit an Herrn Silberhorn und daran, was Georg Vanderbek über ihn gesagt hatte: So wirkt er ja ziemlich schlafmützig, aber er kann auch sehr durchschlagend sein.

Ich sagte Frau Silberhorn auf Wiedersehen, und Schwester Angelika brachte mich zur Tür und wünschte mir gute Fahrt und ein frohes Fest.

Es hatte angefangen zu schneien, Straßen und Autos waren weiß überpudert, und der Himmel war wolkenverhangen und schneedunstig und versprach noch viel mehr Schnee. Als ich den Wagen anließ und die Scheibenwischer einschaltete, riss jemand die Autotür auf.

»Anna! Wo bist du die ganze Zeit?«

»Was zum Teufel geht dich das an? Ich hab's eilig, ich muss weg. Lass die Tür los, ich fahre.«

Er hielt sie fest. »Ich will mit dir reden.«

»Und dann mit Susanne Weihnachten feiern!«

Er griff nach meinem Arm, so fest, dass es weh tat: »Ich habe mich von Susanne getrennt. Ich bin ausgezogen.«

Ich stellte den Motor ab: »Und wo wohnst du jetzt?«

»Im Hotel.«

»Wie schade«, sagte ich. »Deine schöne Wohnung.«

»Ich konnte mich schlecht von ihr trennen und sie auch

noch auf die Straße setzen. Sie hat keine Wohnung mehr, weil sie zu mir gezogen ist. Weil ich es wollte. Also habe ich ihr meine gegeben. Redest du jetzt mit mir?«

»Meine Mutter wartet auf mich. Wir wollen zusammen Weihnachten feiern, das erste Mal seit ich-weiß–nicht-wie-vielen Jahren. Ich habe es ihr versprochen, und sie freut sich darauf. Ich auch.«

Er hockte sich in die geöffnete Autotür, Schnee fiel auf sein Haar und sein Gesicht und den Kragen seiner Lammfelljacke. Er war dünner geworden und nicht mehr so braun. Seine schmalen dunklen Augen sahen mich fast so an wie früher.

»Susanne dachte, sie wäre schwanger«, sagte er. »Auf den Malediven. Wir konnten keinen Test machen, wir mussten warten, bis wir wieder zu Hause waren. Ihr war das egal, sie hat sich gefreut. Aber ich nicht. Mir wurde plötzlich klar, dass ich auf keinen Fall ein Kind mit ihr will. Weil du die einzige Frau bist, mit der ich ein Kind will.«

Er wischte über sein Gesicht, auf dem der Schnee schmolz: »Das war vielleicht ein Urlaub. Zwei Wochen Vorhof der Hölle auf den Malediven. Sie hat sich gefreut, und ich hatte Panik und durfte es nicht mal zeigen. Ich musste so tun, als ob ich mich auch freue.«

»Und? Soll ich vor Mitleid mit dir zerspringen? Susanne tut mir Leid.«

Er lachte leise: »Der rüde Anna-Ton. Der hat mir gefehlt. Susanne ist viel zu nett.«

»Ich finde das gar nicht komisch.«

»Ich auch nicht. Aber ich streue jetzt keine Asche auf mein Haupt. Das geht dich auch gar nichts an. Das ist unsere Sache, Susannes und meine.«

Der klare Andreas-Ton, dachte ich. Sachlich und logisch und alles immer schön auseinander halten.

Er beugte sich vor: »Ich liebe dich, Anna. Ich will dich. Ich will mit dir leben bis ans Ende meiner Tage. Ich knie auch gerne vor dir nieder.«

Er tat es, er kniete im Schnee und sagte: »Ich will dich, für immer und ewig. Willst du mich auch?«

»Ich weiß nicht«, sagte ich. »Ich glaube schon. Aber ich habe so lange gebraucht, um von dir los zu kommen. Einigermaßen jedenfalls. Und jetzt plötzlich ...«

Es war nicht die passende Antwort für einen Mann, der vor mir kniete, im Schnee, und schwor, mich ewig zu lieben. »Es tut mir Leid, Andreas. Kannst du bitte wieder aufstehen?«

Er kam hoch, ich stieg aus, und wir nahmen uns vorsichtig in die Arme. Ich drückte mein Gesicht an seines, spürte das sanfte Kratzen seiner Bartstoppeln und seine Arme fest um meinen Rücken und seinen festen Körper an meinem und schob die Hände unter seine Jacke und den Pullover und fühlte durch das Hemd seine warme feuchte Haut. Ich roch den vertrauten Duft seines Rasierwassers und dahinter, noch vertrauter und schöner, seinen eigenen Geruch, und hörte ihn murmeln: »Anna, o Anna.«

»Du musst fahren«, sagte er nach einer Weile. »Der Schnee. Du bleibst sonst stecken.«

»Übermorgen bin ich wieder da«, sagte ich und löste mich aus seiner Wärme. »Ich rufe dich an. Wie heißt dein Hotel?«

»›Hotel Apart‹«, sagte er und küsste mich kurz und fest auf den Mund.

Es schneite immer stärker, und als ich auf die Autobahn kam, setzte Schneetreiben ein. Ich konnte kaum etwas sehen und kam nur kriechend vorwärts und war bald in einem Stau eingeschlossen, der sich in unübersehbarer Länge dahinzog.

Eigentlich hasste ich es, im Stau gefangen zu sein, aber heute war es mir egal. Ich telefonierte mit meiner Mutter, suchte im Handschuhfach nach etwas Essbarem, entdeckte eine Großpackung Pfefferminzdrops, von der ich nicht wusste, wie sie dahin gekommen war, und fand im Radio einen Sender, der Oldies aus den Siebzigern brachte.

Ich sang laut mit, den beruhigenden Geschmack von Pfefferminz im Mund, und dachte an meine Mutter und Rosemarie, die auf mich warteten, zusammen mit dem größten Weihnachtsbaum aller Zeiten, und an Frau Silberhorn und Schwester Angelika und an Werner Silberhorn und wie er in seinem hässlichen Bademantel in seinem ordentlichen Wohnzimmer gesessen hatte und sofort bereit gewesen war, zu helfen.

»Ach, die arme Eva«, hatte er gesagt. »Aber das ist kein Problem, ich besorge ihr eine Notfallversorgung für die Feiertage, und dann sehen wir weiter.«

Er stand auf: »Ich muss nur eben telefonieren. Ich bin gleich wieder da.«

Ich saß da, lauschte auf seine Stimme im Nebenraum und ließ meinen Blick durch das Zimmer gleiten, aufgeräumt, adrett, durchsetzt mit lautem Blau. Selbst der silberne Rahmen mit dem schwarzen Band, in dem ein großes Foto von Maria steckte, war in dieser Farbe emailliert.

Es war das Bild, das auch bei ihrer Mutter stand und sie bei ihrer Konfirmation zeigte, im dunklen Kleid, mit dem großen Kreuz um den Hals. Ein Silberleuchter stand daneben, glatt und schlicht und das einzige Stück im Zimmer, das mir gefiel, wenn man davon absah, dass er mit einer blauen Kerze bestückt war.

Werner Silberhorn war wieder herein gekommen, einen Zettel in der Hand, und meinem Blick gefolgt.

»Hübsch, nicht?«, hatte er gesagt.

»Oh, ja. Ich habe es schon bei Marias Mutter gesehen.«

»Sie hat es von mir. Ich habe es nämlich gemacht.« Er hatte gelächelt: »So hat Maria immer ausgesehen, wenn sie bei uns war.«

Er hatte mir den Zettel gegeben: »Pflegedienst Berlinger. Die schicken heute Nachmittag jemanden. Wenn nicht, rufen Sie noch mal an.«

Die Schlange vor mir leuchtete rot auf. Ich trat auch auf die Bremse und wechselte vom Schleichen zum Stehen.

Ich dachte an Maria auf den Fotos ihres Vaters, bei der Konfirmation, zu Weihnachten, an Geburtstagen, mit dem Kreuz um den Hals, in dem blauen Samtkleid, in dem sie ausgesehen hatte wie eine sehr schöne und sehr jungfräuliche Prinzessin. Ich hatte sie so nie gesehen, nur einmal, am Morgen nach ihrem Tod.

»Das ist ihr bestes Kleid, das trägt sie sonst nur an Feiertagen oder wenn sie ihren Vater besucht«, hatte Frau Silberhorn gesagt und ihren Arm gestreichelt, als wir bei ihr gesessen und in ihr fernes Gesicht geblickt hatten, in dem kurzen stillen Moment, bevor die Polizisten kamen, der Arzt, die Kriminalbeamten und schließlich die Männer, die sie mitnahmen in die Gerichtsmedizin.

Sie hatte Maria nicht wieder gesehen, aber das Kleid war zu ihr zurück gekehrt, zusammen mit dem Kreuz und Marias Wäsche, in einem Plastikbeutel mit Klebezettel, auf dem eine Nummer stand und Marias Name und ihr Todesdatum.

Ihr schönstes Kleid, ihr schönster Schmuck, dachte ich. Was für ein Zufall, dass sie es ausgerechnet an ihrem Todestag trug. Als hätte sie es geahnt. Sie trug es doch sonst nur an besonderen Tagen. Die zweite Frau Silberhorn hat auch gesagt: Ich dachte, das hatte sie nur an, wenn sie hier war, mein Mann hat es ihr nämlich geschenkt.

An Feiertagen, wenn sie ihren Vater besuchte ... Nur wenn sie hier war, mein Mann hat es ihr geschenkt ...

Sie trug es für ihren Vater, das Kleid und das Kreuz, dachte ich, weil er es ihr geschenkt hatte, weil es ihm gefiel, klar, aber warum trug sie es dann an ihrem Todestag? Der dreißigste Dezember war doch kein Feiertag, und sie hat ihren Vater auch nicht besucht. Er hat sie besucht! Natürlich. Sie trug es immer für ihn, also auch, wenn er sie besuchte. Aber wenn er an dem Abend da war, dann ...

Das kleine Kunstkino lag hinter dem Rathaus in der Altstadt und war wirklich sehr klein und außerdem sehr gemütlich mit roten Samtwänden und altmodischen Messinglampen und drei winzigen Logen.

Ich setzte mich in die letzte Reihe und betrachtete die anderen Besucher, drei Männer und ein junges Paar, ein sehr übersichtliches Publikum, kein Wunder am ersten Feiertag. Am dreißigsten Dezember, einen Tag vor Silvester, war es vermutlich nicht anders gewesen.

Der Film fing an, und die Platzanweiserin setzte sich auf einen Gangplatz und blickte auf die Leinwand. Es war einer dieser französischen Schwarz-Weiß-Filme, die mich immer sofort am Leben verzweifeln lassen, und ich stand auf und ging zu den beiden Türen, die nach draußen führten, und versuchte sie zu öffnen.

Der Lichtkegel einer Taschenlampe huschte über den Boden: »Kann ich Ihnen helfen?«

»Ich suche die Toilette«, flüsterte ich.

»Auf der anderen Seite. Kommen Sie, ich zeige es Ihnen.«

Ich inspizierte die Toilettenräume und ob es dort noch einen Ausgang gab, dann saß ich lange im Vorraum, und schließlich ging ich wieder hinein und hoffte auf das Ende des Films. Ich hatte Glück, die Schlussmusik setzte gerade ein, das Licht ging an, und die Platzanweiserin öffnete die Türen nach draußen und wartete.

»Kann ich Sie mal sprechen?«, fragte ich.

»Warum nicht?«, sagte sie. Sie hatte sehr kurzes weißblondiertes Haar und ein klares Gesicht und eine klare sachliche Art. »Ich habe Zeit. Die nächste Vorstellung fängt erst in einer Stunde an.«

»Ich bin Anna Silberhorn«, sagte ich. »Mein Mann kommt immer hierher, freitags, seit Jahren. Sie kennen ihn, glaube ich.«

»Aber ja, Herr Silberhorn, natürlich.«

»Es ist so …«, sagte ich. »Ach, es ist mir so peinlich, davon zu sprechen. Es ist nämlich so: Mein Mann hat mich betrogen. Bis vor einem Jahr ...«

Sie wich von mir zurück. »Das kann ich mir bei Ihrem Mann aber gar nicht vorstellen.«

»Ich auch nicht«, sagte ich, »das ist überhaupt nicht seine Art. Deswegen war es ja so schlimm für mich. Es war die Frau, manche Frauen sind ja so, die wollen jeden und kriegen jeden, da sind die Männer machtlos, besonders die netten, so wie mein Mann. Sie wissen sicher, wie das ist.«

Sie schwieg, und ich spürte ihre Ablehnung und ihr Misstrauen.

»Aber nun ist es vorbei, und er hat mir geschworen, so was passiert nie wieder. Und ich möchte ihm so gerne glauben, ich gebe mir die größte Mühe, aber es fällt mir so schwer ...«

»Und was habe ich damit zu tun?«

»Er hat sich mit dieser Frau getroffen, wenn er hier im Kino war. Er ist früher gegangen. Hat sich raus geschlichen. Aber seit einem Jahr tut er das nicht mehr, sagt er, da bleibt er immer hier und sieht den Film zu Ende. Wie früher. Und wenn ich ihm nicht glaube, soll ich Sie fragen, hat er gesagt.«

Sie schwieg.

»Die Polizei hat mich kürzlich auch gefragt, ob ihr Mann hier war«, sagte sie nach einer Weile, »und hier geblieben ist, an einem bestimmten Abend im letzten Winter, kurz vor Silvester. Natürlich war er hier, und er ist auch geblieben, er bleibt immer bis zum Ende des Filmes, das weiß ich ganz genau, das kann ich beschwören.«

»Ach, das«, sagte ich, »da wollte ihm jemand eine Fahrerflucht anhängen, damit hatte er nichts zu tun, das hat sich schnell gezeigt. Können Sie sich das vorstellen, bei meinem Mann?«

»Dass er Sie belügt und betrügt, kann ich mir noch viel weniger vorstellen.«

Wir schwiegen, bis das Schweigen in meinen Ohren dröhnte.

»Ich möchte nur wieder ruhig schlafen können«, sagte ich. »Und lernen, ihm wieder zu vertrauen.«

Sie sagte nichts. Sie war wie eine Mauer aus Granit. Vielleicht hatte er das Kino ja wirklich nicht verlassen. Aber auch wenn: Sie würde bis ans Ende ihrer Tage beschwören, dass er da geblieben war. Sie war eigensinnig und stark genug für so was.

»Und nun bin ich auch noch schwanger«, sagte ich leise.

Langsam brach sich Mitleid Bahn in ihrem sachlichen Gesicht. Sie sah mich forschend an, so lange, dass ich es fast nicht mehr aushielt. Dann seufzte sie.

»Das muss aber wirklich unter uns bleiben, Frau Silberhorn. Ich kriege sonst Stress mit der Polizei. Er sagt Ihnen die Wahrheit. Vorher war er auch nicht oft weg, so intensiv kann das gar nicht gewesen sein, aber jetzt bleibt er immer hier. Sie können beruhigt sein.«

»Ach, was bin ich froh«, sagte ich und stand auf. »Vielen Dank, Sie haben mir sehr geholfen.«

»Jetzt verstehe ich auch, warum Sie die ganze Zeit draußen gesessen haben. Sie haben ja Angst in engen Räumen, hat mir Ihr Mann erzählt, darum kommen Sie nie mit.«

»Genau«, sagte ich geistesgegenwärtig. »Seit ich schwanger bin, ist es noch viel schlimmer.«

Ich ging zurück zur U-Bahn-Station, durch die leere Fußgängerzone, die mit ihren Sternen und Lichtergirlanden wie ein geschmückter Ballsaal war, der auf die Gäste wartet.

13

Herbert Gobineau hatte gesagt, ich sollte umgehend Bescheid geben, wenn mir etwas einfiele. Ich rief bei ihm an, und eine Frau nahm ab und sagte: »Büro Gobineau«, und dass er in Urlaub wäre und übermorgen wieder da sein würde. Sein Vertreter hätte gerade eine Besprechung. Wollte ich meine Nummer dalassen, damit er zurück rufen könne?

Ich sagte, ich würde wieder anrufen.

Andreas kam aus dem Bad und blieb vor dem Bett stehen: »Hast du was gesagt?«

»Nein.«

»Ich höre anscheinend Stimmen. Deine vor allem«, sagte er und lächelte mich an, während er sich die Ohren trocknete.

Ich sah auf seinen Körper: schmal, glatt, bräunlich, mit schönen schlanken Muskeln. Ich schlug die Decke zurück und öffnete meine Beine. Sein Blick ging über mich, sein Glied stieg auf, er ließ das Handtuch fallen und schwang sich aufs Bett und drang in mich ein, so fest und sanft, wie nur er es konnte, und hielt still und sah mir in die Augen, und seine Hände strichen über mein Haar.

Ich hob meine Lippen und liebkoste seinen Mund und seine Wangen. »Du hast dich rasiert.«

»Ich reibe dich sonst so wund.«

»Ich mag es, wenn du mich wund reibst.«

Er streichelte mit seiner Wange mein Gesicht.

Ich strich über seine Hüften und hielt ihn fest in mir.

»Am liebsten würde ich immer so bleiben«, sagte ich. »Für immer und ewig.«

»So lange wird es nicht dauern. Irgendwann breche ich über dir zusammen, und wir sterben den Hungertod.«

»Und dann müssen sie die Leichenstarre abwarten, um dich aus mir herauszubekommen. Oder nein – wir hinterlassen eine Verfügung, dass sie uns so beerdigen. Ineinander. Wäre das nicht schön?«

»Wunderschön«, sagte er. »Traumhaft. Aber können wir es verschieben? So um fünfzig, sechzig Jahre?«

»Na gut. Aber dann bestimmt.«

Er küsste mich, lauter weiche kleine Schmetterlingsküsse mit geschlossenen Lippen, und streichelte mit seinem Glied die Wände meines Schoßes, und ich hob meine Hüften und ließ mich streicheln, bis die prickelnden kleinen Wellen in meinem Körper zu einer großen wurden, die hoch stieg und brach und mich mit süßer Erlösung überflutete.

Er hielt mich und sah mir in die Augen, während ich kam. Dann legte er sich neben mich und bettete meinen Kopf an seiner Schulter.

»Und du?«, flüsterte ich. »Du nicht?«

»Ich habe noch nicht genug von dir. Ich will dich noch mal.«

Ich drückte mein Gesicht an seine Brust, atmete seinen Geruch und genoss das sanfte Fluten in mir. Und dass er eine Weile später sein Glied in meine weiche offene Höhle gleiten ließ und sie streichelte und stieß, bis er kam, lang und laut.

Ich hielt ihn den Armen, lauschte auf seinen Atem, der nach Schlaf klang, und ließ die Augen wandern. Er wohnte in einem Appartementhotel, das Zimmer war im üblichen Hotelstil eingerichtet, aber hinter einem Tresen mit Barhockern gab es eine Küche und am Fenster einen großen Schreibtisch. Sein Laptop stand darauf, seine Aktenmappe daneben, und überall lagen Koffer und Kleider.

»Hast du einen Mann gehabt?«, fragte er plötzlich mit klarer Stimme.

»Ich dachte, du schläfst.«

Er schüttelte den Kopf an meiner Schulter. Ich tat, als hätte er nichts gesagt.

»Hast du?«, fragte er nach einer Weile.

»Ja.«

»Und?«

»Was und? Ich hatte einen Mann. Ich habe ihn immer noch. Er weiß noch nicht, dass wir wieder zusammen sind.«

»Ach so.«

»Lass uns nicht darüber sprechen«, sagte ich.

»Ich will aber darüber sprechen.«

Na gut, dachte ich. »Es waren drei Männer«, sagte ich. »Ich meine, es sind drei Männer.«

Er machte sich abrupt von mir los: »Drei? Warum?«

»Ich weiß nicht«, sagte ich. »Es hat sich so ergeben. Es ist einfach passiert.«

»Und? Wie ist das dann so? Schläft man da heute mit dem einen und morgen mit dem anderen und übermorgen mit dem dritten?«

»Natürlich nicht«, sagte ich. »Der eine wohnt gar nicht hier, sondern in Köln. Er kommt mich nur manchmal besuchen. Und mit dem anderen war ich noch gar nicht so lang zusammen – erst seit Herrn Fischlers Hochzeit.«

»Und mit dem dritten?«

»Seit Pfingsten.«

»Das hätte ich nicht von dir gedacht!«

»Ich auch nicht«, sagte ich, »aber was ist eigentlich so schlimm daran? Ich habe niemandem was getan und niemandem was weggenommen. Ich habe bloß mehr Menschen geliebt als vorgesehen. Und wenn es so ist, erscheint es einem ganz normal. Das würde dir auch so gehen.«

»Ich habe nicht die Absicht, es auszuprobieren«, sagte er tadelnd. »Und nun?«

»Nun muss ich ihnen sagen, dass du wieder da bist«, sagte ich. »Und dass es zu Ende ist.«

Ich dachte an Marek und seine Art, mich anzusehen, als versuche er, in meiner Seele zu lesen, und an seine festen starken Hände und wie er mich damit berührt und gehalten hatte. Und an Tigran und seine Ernsthaftigkeit und seine heftige Art, mich zu lieben, und den würzigen Geschmack seines Mundes …

Das wird schrecklich schwer, dachte ich. Denk jetzt lieber nicht daran.

Er verschränkte die Hände hinter dem Kopf und gab sich überlegen: »Warum? Dann hättest du eben vier Männer.«

»Das weißt du doch. Weil du mein Mann bist. Die Art von Mann, von der ich nur einen haben kann.«

Er zog die Decke über uns und schwieg lange Zeit.

»Es war gut mit ihnen, nicht?«, fragte er schließlich mit schwerer Stimme.

»Ja.«

»Verdammt! Ich wünschte, das alles wäre nicht passiert.«

»Das habe ich mir auch oft gewünscht«, sagte ich. »Jede Nacht, wenn ich wach wurde und mir vorgestellt habe, wie du mit Susanne schläfst.«

»Aber das habe ich nicht getan – nicht jede Nacht, meine ich.«

»Ich weiß. Aber ich habe es mir jede Nacht vorgestellt.«

»Es tut mir so Leid, Anna«, sagte er.

»Für mich ist es nicht mehr schlimm.«

Er drückte das Gesicht an meine Schulter. Ich spürte seine Tränen auf meiner Haut und hörte ihn schlucken. »Verdammt, verdammt«, murmelte er. »Du gehörst zu mir, und in deine Möse gehört nur mein Schwanz.«

»Und umgekehrt«, sagte ich.

Er blieb unbewegt und stumm, eine ganze Weile lang, dann hob er den Kopf und sah mich an, mit seinen schmalen dunklen Augen, die feucht und gerötet waren: »Und umgekehrt. Und ich will dich halten und hüten mein Leben lang.«

Während der beiden Tage, die wir im Bett verbracht hatten, war es warm geworden. Die Sonne schien, und von den Dächern tropfte es auf den Morast aus Matsch und Streukieseln, unter dem die Straßen verschwunden waren.

Ich nahm die Post aus dem Briefkasten und trat auf die Schmutzmatte, die die Hausmeisterin ausgelegt hatte. Über mir hörte ich Schritte: Werner Silberhorn erschien auf dem Treppenabsatz, einen Kranz aus Tannengrün und rosaroten Rosen vor sich her tragend, und hinter ihm Georg Vanderbek mit Frau Silberhorn am Arm. Alle waren dunkel gekleidet, die Männer machten feierliche Gesichter, nur Frau Silberhorn hatte rote Backen und sah frisch und nachgerade fröhlich aus.

»Frau Wolf!«, sagte sie. »Wie gut, dass Sie Georg angerufen haben!«

»Ich habe ihn nicht erreicht.«

»Ich war erst Heiligabend wieder da«, sagte er. »Ich bin sofort gefahren, als ich Ihre Nachricht bekommen habe.«

»Wir haben so schöne Feiertage gehabt, Georg und ich!«, sagte sie. »Und jetzt gehen wir zu Maria. Heute ist Jahrestag.«

»Ich weiß«, sagte ich und sah zu Werner Silberhorn. Er lächelte, ein liebenswürdiges Lächeln, das freundlich und traurig zugleich war.

Oben in meiner Wohnung rief ich bei Herbert Gobineau an.

»Morgen«, sagte seine Sekretärin, »morgen ist er wieder da. Soll ich ihm etwas ausrichten? Soll er Sie anrufen?«

Ich sagte, ich würde mich melden.

Draußen leuchtete das Gleisfeld. Seine nassen Schienen und die roten, grünen und grauen Dächer, auf denen Schneereste schmolzen, glänzten in der Sonne.

Ich war plötzlich unbeschreiblich müde. Etwas in mir schien nachzugeben, und ich wäre beinahe gefallen. Ich kroch auf das Sofa, auf dem Jochen immer gelegen und die Zeitung gelesen hatte, zog seine Decke über mich und schlief sofort ein.

Als ich aufwachte, war es dunkel, draußen wehte der warme Tauwetterwind und bewegte die Lampen über dem Gleisfeld und das Muster aus Hell und Dunkel, das sie ins Zimmer warfen. Das rote Auge des Anrufbeantworters glühte. Ich machte kein Licht, es war, als gäbe es etwas im Raum, das kein Licht vertrug: die Geister der Dämmerung vielleicht oder die Erinnerung an die Toten, die in der Dämmerung wach wird.

Ich bewegte mich vorsichtig in die Küche, setzte Teewasser auf und ging weiter ins Bad. Es lag im Widerschein des roten Leuchtens, das aus Marias Zimmer drang. Ich öffnete das Fenster und sah hinüber.

Die beiden Männer standen dort, zwischen den Bären und den Rosen, die Hände in den Hosentaschen, als warteten sie auf etwas, eine Explosion, einen Dammbruch, den Weltuntergang. Ob sie sprachen oder schwiegen, konnte ich in dem verwaschenen rötlichen Licht nicht erkennen.

Der Teekessel pfiff. Ich goss den Tee auf, ließ ihn genau fünf Minuten ziehen, richtete langsam das Tablett und trug es ins Wohnzimmer. Zehn Minuten. Jetzt war das Zimmer bestimmt wieder dunkel. Ich ging ins Bad und sah nach.

Sie standen immer noch da, Werner Silberhorn gestikulierte, und Vanderbek hatte die Schultern hochgezogen und ließ die Arme hängen wie ein Boxer. Ich lief hinüber und klingelte.

Es dauerte eine Weile, bis Frau Silberhorn die Tür öffnete. Ihr Gesicht war rot und erhitzt.

»Ist alles in Ordnung, Frau Silberhorn?«

»Ja, natürlich. Ich konnte nicht gleich weg vom Herd, ich mache nämlich gerade Kartoffelpuffer. Für meine Männer. Die mögen sie so.«

Mir fiel ein, was Vanderbek gesagt hatte: Sie hat nie gefragt, wo ich gewesen war, sie hat sich einfach gefreut, dass ich wieder da war. Sie fragt auch jetzt nicht, dachte ich. Es ist Marias Todestag und nicht der passende Moment für eine nette kleine Familienfeier, schon gar nicht mit diesen beiden Männern. Aber sie ist bloß froh, dass sie da sind. Und macht Kartoffelpuffer.

»Kommen Sie doch rein, Frau Wolf. Wo sind sie überhaupt, die beiden?«

Ich ging durch den Flur und öffnete die Tür zu Marias Zimmer.

»Sie war keine Hure«, sagte Vanderbek, »sie war mein kleines Mädchen. Ich habe bloß nicht richtig auf sie aufgepasst. Das verstehst du nicht, du Arschloch. Du hast keine Ahnung, du Arschloch.«

Werner Silberhorn lachte, ein fremdes hohes Lachen: »Was gibt es da zu verstehen? Rumgehurt hat sie, mit lauter alten Kerlen. Auf Bestellung. Die brauchten bloß anzurufen.«

»Was tut ihr denn?«, rief Frau Silberhorn. »Streitet euch doch nicht, ausgerechnet heute!«

Sie beachteten sie nicht.

»Aber wen wundert's«, sagte Werner Silberhorn. »Eva konnte ja auch nicht ohne. Immer wieder neue Männer! Das ist die Krankheit, ich sag's dir. Ich hab's gewusst. So was vererbt sich!«

»Du verdammtes dämliches Arschloch«, sagte Vanderbek. »Eva ist eine gute Frau, verdammt noch mal, und die Kleine war ein gutes Mädchen. Und die Krankheit ist bloß irgendeine Krankheit, so was wie Grippe oder Rheuma. Da ist nichts Abartiges dran, du verdammtes dämliches Arschloch.«

Werner Silberhorn lachte wieder und fing an, im Zimmer umherzugehen, mit hektischen wippenden Schritten, und die Plüschbären mit dem Zeigefinger zu stupsen, bis sie umkippten.

»Wahrscheinlich ist es überhaupt besser so«, sagte er, »jetzt ist sie wieder sauber, und sie bleibt sauber, und keiner fasst sie mehr an mit seinen dreckigen Fingern.« Sein hübsches Gesicht war verzerrt, und jedes Mal, wenn einer der Bären fiel, stieß er einen kleinen triumphierenden Laut aus.

»Es ist besser so, viel besser«, wiederholte er und fegte mit einer heftigen Handbewegung die restlichen Plüschbären vom Bücherregal.

»Werner!«, sagte Frau Silberhorn.

»Du verdammtes mieses Arschloch«, wiederholte Vanderbek, als wüsste er kein anderes Wort.

Silberhorn senkte den Kopf und betrachtete die Bären, die auf dem Boden lagen. »Es ist besser, viel besser, das könnt ihr mir glauben«, murmelte er. »Glaubt mir nur. Habt ihr ihr Gesicht gesehen? Es war so friedlich. So schön, so friedlich.«

Das stimmt, dachte ich.

»Werner!«, rief Frau Silberhorn. »Wo hast du ihr Gesicht gesehen? Der Sarg war doch zu!«

Georg Vanderbek drehte sich um und sah sie an. Er sah zu mir und wieder zu ihr, als versuche er, in unseren Gesichtern zu lesen, und fragte schließlich: »Er war es? Er hat es getan?«

Er wandte den Blick von uns weg, starrte ins Leere und nickte dann, als begriffe er plötzlich alles: »Ja. Klar, doch. Sicher. Natürlich.«

Ich legte die Hand auf seinen Arm: »Das können wir nicht wissen, das muss die Polizei herausfinden.«

»Ich weiß es«, sagte er, drehte sich um und warf sich auf Werner Silberhorn.

Silberhorn schrie auf, sie fielen krachend zu Boden, Vanderbek packte ihn an den Schultern und rammte ihn auf den Boden. Silberhorns Kopf schlug auf die Dielen, einmal, zweimal, dreimal, und plötzlich floss Blut, mit entsetzlicher Geschwindigkeit breitete sich ein Meer von Blut unter seinem Kopf aus.

»Georg!«, schrie Eva Silberhorn, und ich rannte zum Telefon.

Der Polizist versiegelte die Tür zu Marias Zimmer mit schwarzgerändertem Klebeband, auf dem das Stadtwappen zu sehen war, und fragte Frau Silberhorn, ob er sie irgendwo hin bringen könne, zu Verwandten oder zu einer Freundin?

Sie sagte nichts. Sie sah furchtbar aus, dünn und durchscheinend blass in dem schwarzen, viel zu weiten Kleid, die großen hellen Augen rot umrändert, fast so, als sei sie auch schon tot und bewege sich nur durch Zufall noch unter den Lebenden.

»Wirklich nicht?«, fragte er besorgt.

Sie hat Übung darin, in einer Wohnung zu bleiben, in der jemand getötet worden ist, dachte ich. Es ist ja nicht das erste Mal.

Er sah zu mir: »Aber Sie sind da, nicht?«

Ich nickte.

Sie brachte ihn zur Tür, machte sie behutsam hinter ihm zu, kam zurück und riss das Band ab.

»Das dürfen Sie nicht«, sagte ich, aber sie schüttelte nur den Kopf, öffnete die Tür und knipste das Licht an. Sie ging umher und hob die Bären auf, strich ihr Fell glatt, richtete ihnen die Ohren und setzte sie wieder hin, sorgsam und genau, jeden an seinen Platz.

Sie nahm den Stuhl hoch, der umgefallen war, und schob den Schreibtisch zurecht. Dann holte sie eine Schüssel mit Wasser und einen Schwamm und begann vorsichtig an dem Fleck zu reiben, den das Blut von Werner Silberhorns Kopf hinterlassen hatte.

Das Blut war getrocknet, sie rieb und wischte, und ich stand im Türrahmen und sah ihr zu. Ich merkte plötzlich, dass ich schwitzte, ich spürte klebrige Nässe am Körper, und der Geruch von Angst und Schrecken stieg mir in die Nase und die Ausdünstungen all der Menschen, die hier gewesen waren. Auch das Blut von Werner Silberhorn, das sich wieder verflüssigte und das Wasser in der Schüssel rot färbte, begann zu riechen, schwer und metallisch.

Der Fleck war fort, sie trocknete den Dielenboden und trug die Schüssel hinaus. Dann strich sie die rosengemusterte Bettdecke glatt und ließ sich vorsichtig darauf nieder. In dem rosigen Licht wirkte sie noch geisterhafter.

Ich wollte gehen, weglaufen, davonrennen, aber ich setzte mich neben sie. Draußen schneite es dicke Flocken, wie aus rosa Watte. Es war noch ganz dunkel und sah nicht so aus, als ob es bald Morgen würde. Ich war todmüde. Ich machte für einen Moment die Augen zu.

Als ich sie wieder öffnete, schien fröhliche Helligkeit durchs Fenster. Sonnenlicht fiel auf das beschneite Dach gegenüber und ließ den Schnee glitzern. Ich lag weich und warm unter einer Daunendecke, das Zimmer war erfüllt von Kaffeegeruch, und draußen war Geschirrklappern zu hören und dann Schritte.

»Jetzt sind Sie wach«, sagte eine fröhliche Stimme. »Hier ist Kaffee – und Buttertoast, mehr habe ich nicht im Haus.«

Ich wandte den Kopf. Es war Frau Silberhorn, die mit mir sprach. Sie war immer noch durchscheinend blass, aber ihr Haar lag frisch und fedrig um ihren Kopf, und sie trug nicht mehr das schwarze Kleid, sondern Hosen und einen graublauen Pullover, der viel zu weit war, aber ihre Augen leuchten ließ. Parfümduft umgab sie.

Ich setzte mich auf und trank von dem Kaffee, und sie sah mir zufrieden dabei zu. Dann warf sie einen geschäftigen Blick auf ihre Armbanduhr.

»Ich muss weg«, sagte sie. »Ich muss mich um Georg kümmern – Wäsche, Rasierzeug, was zu lesen – und vor allem ein guter Anwalt! Gott sei Dank ist das Untersuchungsgefängnis nicht weit von hier. Bleiben Sie liegen. Machen Sie es sich gemütlich. Da in der Thermoskanne ist Kaffee, und in der Küche ist noch Toastbrot.«

Ich horchte hinter ihr her. Selbst die Bewegungen, mit denen sie in den Mantel schlüpfte, nach Tasche und Schlüssel griff und die Tür hinter sich zuzog, klangen froh.

Ich dachte darüber nach, warum sie so froh war. Ach so. Sie hatte wieder einen Mann, darum. Er brauchte sie dringend. Sie war seine einzige Frau, und er konnte sie nicht verlassen. Nicht so bald jedenfalls.

Ich legte mich zurück und machte die Augen zu. Ich war immer noch sehr müde.

Herbert Gobineau zog das Protokoll meiner Aussage zu sich heran, betrachtete meine Unterschrift und schob die Blätter in eine grüne Mappe.

»Und? Wie geht es Ihnen?«, fragte er, bevor ich aufstehen konnte. »Sind Sie gut ins neue Jahr gekommen?«

»Sehr gut, danke«, sagte ich.

»Rauschend gefeiert? Oder still und besinnlich?«

Still und sinnlich, dachte ich. »Eher still.«

»Ich auch«, sagte er zufrieden. Vielleicht hatte er ja so schön gefeiert wie ich und dabei so gut vergessen können. Falls er etwas zu vergessen hatte.

Ich wollte aufstehen, aber er sah mich auf eine Weise an, dass ich sitzen blieb, und tippte mit dem Finger auf die grüne Mappe: »Sie haben etwas weggelassen. Sie waren bei der Platzanweiserin und wussten, dass es Silberhorn gewesen sein konnte. Dass er es vermutlich gewesen war.«

Ich nickte.

»Und?«

»Was und? Würden Sie gern darüber reden, dass Sie schuld daran sind, dass ein Mensch tot ist und ein anderer im Gefängnis sitzt? Bloß, weil Sie nicht Bescheid gesagt haben?«

»Das wird Ärger geben«, sagte er.

»Ach, Scheiße.«

Er zog mit gespielter Indignation die Augenbrauen hoch: »Was wollen Sie damit sagen?«

»Dann gibt es eben Ärger«, sagte ich. »Das ist mir scheißegal. Ich wünsche mir nur, es wäre nicht passiert.«

Er sah mich eine Weile an. Seine Augen waren sehr blau und sein Gesicht ausdruckslos.

»Es war nicht nur Ihr Fehler«, sagte er dann. »Es war auch meiner. Vor allem meiner. Ich habe mich von der Platzanweiserin über den Tisch ziehen lassen. Sie hat glaubhaft versichert, er war da, und ich habe ihr geglaubt. Ich war nicht gründlich genug. In der Mehrzahl dieser Art von Fällen steht der Täter dem Opfer nahe, es war der Freund, Ehemann, Vater oder so was in der Art, und darum müssen die Alibis dieser möglichen Tatverdächtigen absolut sicher sein. Zur Not muss man sie mehrfach überprüfen. Das habe ich nicht getan. Ich habe mich überzeugen lassen. Sie war auch sehr überzeugend. Trotzdem.«

Sein Blick glitt von mir weg in den Raum hinter meinem Kopf. »Ich wollte überzeugt werden. Ich wollte nicht denken müssen, dass es ihr Vater gewesen war. Ich wollte überhaupt nicht denken, dass Väter so was tun. Obwohl ich es natürlich besser weiß. Aber ich habe seit drei Monaten eine Tochter. Da will man so was nicht denken.«

Blut stieg in sein Gesicht, dunkel und fleckig. Es sah aus, als ob sein Herz überlief.

»Scheiße, wie Sie so richtig bemerkten. Das dürfte nicht passieren. Aber es passiert. Beim ersten Mal bringt es einen fast um. Man will den Beruf hinschmeißen. Man schwört sich, dass es nie wieder vorkommt. Aber es passiert wieder, immer wieder. Damit muss man leben. Mit der Zeit lebt man mit immer mehr Fehlern. Mit der Erinnerung an Menschen, die tot sind oder im Gefängnis oder krank, allein, unglücklich – nur weil man einen Fehler gemacht hat …«

Er schwieg und sah auf die grüne Mappe, dann blickte er auf: »Das gehört zum Beruf. Gewöhnen Sie sich daran oder machen Sie was anderes. Noch Fragen?«

»Warum war er an dem Abend da? Und warum ist er deswegen aus dem Kino verschwunden?«

»Seine Frau wollte nicht, dass er Maria zu Hause besuchte, obwohl das nur sehr selten der Fall war. Also tat er es heimlich, freitags, an seinem Kinoabend, und ging vorher in den Film, damit er seiner Frau davon erzählen konnte. An diesem Abend wollte er Maria ein verspätetes Weihnachtsgeschenk bringen, vermutet seine Frau: einen silbernen Leuchter, den sie sich gewünscht hatte. Mit dem hat er sie höchstwahrscheinlich auch niedergeschlagen. Der Leuchter hat eine Delle, und die Form – die des Leuchters wie die der Delle – passt zu der Wunde an Marias Kopf.«

»Oh, Gott«, sagte ich. »Er hat ihn wieder mit nach Hause genommen. Er fiel mir auf, weil er das einzige im Zimmer war, das mir gefiel. Er stand neben ihrem Bild. Neben dem Bild mit dem schwarzen Band.«

Er nickte: »Nett, nicht? Das Tötungswerkzeug neben dem Bild der Getöteten. Das muss einem erst mal einfallen.«

Mein Magen zog sich zusammen. Ich stand auf.

Er kam aus seinem Drehsessel hoch und gab mir die Hand.

»Danke«, sagte ich.

»Keine Ursache.«

Ich ging langsam die Treppe hinunter. Die Wände des Treppenhauses waren mit einem Fries steinerner Figuren versehen, wunderlicher Fabelwesen mit lachenden und weinenden Mienen. Unten in der Säulenhalle war es kalt, das Gesicht des Polizisten, der die Ausweise kontrollierte, war bleich über der grünen Uniform, und aus der Schwingtür, die zur Kantine führte, drang der widerwärtige Geruch von zerkochtem Rosenkohl.

Aber auf der Bank unter einer der Säulen, in seiner Lammfelljacke, den Laptop auf den Knien, saß Andreas und hob den Kopf und lächelte, als er mich sah.

SERIE PIPER

Franziska Stalmann

Annas Mann

Roman. 192 Seiten. Serie Piper

Annas geliebter Mann stirbt bei einem Autounfall. Für Anna geht die Welt unter. Sie sucht Zuflucht in Jochens Ermittlungsbüro und findet Hinweise, dass sein Tod kein Unfall war, sondern Mord. Naiv und unerfahren beginnt sie zu ermitteln. Dabei trifft sie auf Andreas, in dessen Bett sie Jochen für eine Weile vergessen kann. Hin und her gerissen zwischen neuer Leidenschaft und alter Liebe, ermittelt sie weiter, bis sie in einen unheimlichen Irrgarten aus Spurensuche und Bedrohung gerät … Franziska Stalmanns neuer Roman besticht durch Wärme, Ironie, Spannung und den schwebenden Ton, in dem sie vom Verlust einer großen Liebe erzählt und davon, wie Anna den Boden unter den Füßen zurück gewinnt.

Von der Autorin des Bestsellers »Champagner und Kamillentee«

05/1503/02/L

Franziska Stalmann

Champagner und Kamillentee

Roman. 230 Seiten. Serie Piper

Nach dreizehnjähriger Ehe wird die 39jährige Ines von ihrem Mann in Rekordzeit »ausgemustert«. Er wird anderweitig Vater und will eine schnelle Scheidung. Ines steht fassungslos und allein da, ohne Beruf, ohne Ausbildung, ohne Freunde.

Wie sie sich langsam fängt und sich mit neuem Outfit und neuen Aufgaben zum Schwan mausert, schildert die Autorin mit Charme, Sprachwitz und viel Situationskomik.

Eine Emanzipations-Komödie der allerfeinsten Art. Franziska Stalmanns spritziger Roman, erzählt in wunderbar leichtem Ton, ist längst zu einem Bestseller geworden, der sich bei Frauen wie ein Lauffeuer herumgesprochen hat.

Ein »Frauen-Power-Buch, süffig wie ein Glas Champagner.«
Brigitte

»Spaß vom Allerfeinsten.«
Die Welt

05/1041/01/R